Till Raether, geboren 1969 in Koblenz, arbeitet als freier Autor in Hamburg, u.a. für das SZ-Magazin. Er wuchs in Berlin auf, besuchte die Deutsche Journalistenschule in München, studierte Amerikanistik und Geschichte in Berlin und New Orleans und war stellvertretender Chefredakteur von Brigitte. Sein Sachbuch «Bin ich schon depressiv, oder ist das noch das Leben?» stand 2021 wochenlang auf der SPIEGEL-Bestsellerliste. Seine Romane «Treibland» und «Unter Wasser» wurden 2015 und 2019 für den Friedrich-Glauser-Preis nominiert, alle Bände um den hypersensiblen Hauptkommissar Danowski begeisterten Presse und Leser. «Blutapfel» wurde vom ZDF mit Milan Peschel in der Hauptrolle verfilmt, weitere Danowski-Fernsehkrimis sind in Vorbereitung. Till Raether ist verheiratet und hat zwei Kinder.

TILL RAETHER

DANOWSKI: HAUSBRUCH

KRIMINALROMAN

Rowohlt
Taschenbuch Verlag

Veröffentlicht im Rowohlt Taschenbuch Verlag,
Hamburg, März 2024
Copyright © 2021 by Rowohlt Verlag GmbH, Hamburg
Copyright © 2021 by Till Raether
Redaktion Katharina Rottenbacher
Covergestaltung HAUPTMANN & KOMPANIE
Werbeagentur, Zürich
Coverabbildung Max Kramer / EyeEm / Getty Images
Satz aus der Apollo MT
bei Pinkuin Satz und Datentechnik, Berlin
Druck und Bindung CPI books GmbH, Leck
ISBN 978-3-499-01025-5

Für Mizzywave

HAUSBRUCH (...) Es war ein waldreiches Gebiet, in dem es Rehe, Hirsche, Wildschweine, ja sogar Wölfe gegeben haben soll. In dieser Region, so wird gesagt, soll Otto I. von Harburg sich eine Jagdhütte, ein «Haus am Bruch», gebaut haben. Darüber ist viel geschrieben worden, selbst eine Doktorarbeit soll man darüber verfasst haben. Aber alles vergebens. Trotz dieser aufwendigen Mühsal und aller Recherchen, die Heimatforscher betrieben, war es wohl doch der falsche Weg, auf dem man sich befand.

Horst Beckershaus: «Die Namen der Hamburger Stadtteile. Woher sie kommen und was sie bedeuten», Hamburg 1998

1. Kapitel

«Ich bring den Alten um», sagte Finzi.

Danowski, geistesabwesend: «Eine Leiche reicht mir.»

«Auch wieder wahr», sagte Finzi. «Können wir mal kurz absetzen?»

Danowski musste zugeben, dass er mit den Füßen das leichtere Ende erwischt hatte. Der Kopf war generell schwer zu greifen, so auch hier, man glitt mit den Fingern am glatten dunklen Plastik der Verpackung ab, an den Schultern auch, und wenn man den Körper unter den Achseln fasste, konnte man nur rückwärts gehen, in unnatürlich gebeugter Haltung. Sie bemühten sich, «der Körper» zu sagen, aber die Versuchung war groß, dieser leblosen Achtzig-Kilo-Masse einen Namen zu geben. Lutz die Leiche, Professor Leblos, Leichy McLeichenface: Ein paar Stunden hatte Finzi sich mit Kalauern überboten, aber je länger sie hier schufteten, desto mehr verging ihm der Spaß an der Sache. Danowski war sich wie immer nicht so sicher, was Spaß war.

«Ich fass es nicht, dass Behling uns diese Scheiße eingebrockt hat», sagte Finzi, inzwischen doch leicht niedergeschlagen. Es übertrug sich doch was Tödliches auf einen, wenn man hier so herumhantierte. Finzi stützte den Kopf des Körpers mit dem Knie ab und lehnte sich gegen einen Laternenpfahl. Danowski sah auf die Uhr.

«Halt dich mal im Schatten der Häuser», sagte er, unfähig, die Verschnaufpause nicht für einen Verbesserungsvorschlag zu nutzen. Im Großen und Ganzen begegnete er den Dingen mit Verwunderung oder Gleichgültigkeit, aber in Kleinigkeiten war er penibel. Wenn sie sich schon die Mühe machten. Und auf die perfekte Nacht gewartet hatten. Dann konnte man das auch richtig machen. Weil, wenn man jetzt improvisierte, dann wurde das alles noch bizarrer und sinnloser und morbider.

Also, dachte Danowski, so wie immer im Leben.

«Was grinst du so dämlich», sagte Finzi.

«Lass mal weitermachen», sagte Danowski und schüttelte den Körper sanft bei den Füßen, damit Finzi sich wieder in Bewegung setzte. Der Rücken tat ihm weh. Also der eigene. Vielleicht bescherte ihm Behling mit dieser Aktion gerade eine kleine Berufsunfähigkeit, das hatte der dann davon. Danowski gruselte sich vor dem Moment, wenn sie die Promenade hinter sich hatten und dann später den Holzweg, und endlich in den Dünensand mussten. Tiefes Geläuf, würde Finzi sagen, mit seiner Vorliebe für alte Fußballplätze und alte Redensarten.

Die Nacht war wolkenlos, der Mond war halb, seine Reflexion ein Zackenband durch die Unruhe der tiefschwarzen Meeresoberfläche, eine Sehstörung mitten im Gesichtsfeld, nächtliche Lichtblitze. Danowski schwitzte vom Körpertragen. Die Luft roch nach Salz, Sand und Asphalt, am Nachthimmel schliefen Möwen.

Ist ja logisch, dass ich in dieser Konstellation wieder hinten gehe, dachte Danowski, während er betrachtete, wie Finzi mit breitem Oberkörper und Bauch, den Blick immer halb über die Schulter, sie und den Körper Richtung Dünen navigierte. Es fühlte sich eigentlich ganz gut für Danowski an. Die Verantwortung abgeben, einfach nur folgen. Das tat er ja meistens, er folgte Leslie, seiner Frau, oder eben Finzi, seinem Kollegen. Von Behling ganz zu schweigen, seinem Chef, dem er sich zwar mit Worten widersetzte und mit Stimmungen, aber am Ende machte er doch, was der Alte sagte, oder er ließ es geschehen. Wie die Sache hier mit dem Körper.

«Warum haben die den nicht verstümmelt», sagte Finzi düster, das Mondlicht glänzte auf seinem nassen Gesicht. Für den Bruchteil eines Augenblicks dachte Danowski, es wären Tränen. «Die hätten ruhig mal an uns denken können. Nur der Torso wär mir lieber gewesen.»

«Wenn das hier vorbei ist», sagte Danowski, «lad ich dich auf einen schönen Backfisch ein.»

«Backfisch zum Frühstück», sagte Finzi, es klang wie ein verworfener Schlager. «Warum eigentlich nicht.»

Danowskis Füße sanken im Sand ein. Von Schritt zu Schritt wurde ihm der Körper schwerer und zugleich vertrauter, seine Arme brannten wie Heidekraut in der Morgenröte. Er wollte nur noch ins Bett. Er wollte, dass das hier aufhörte, und vielleicht alles. Er wollte endlich seine Ruhe.

«Tiefes Geläuf», ächzte Finzi, während der Mond das Wasser zackte, als wäre nichts, oder alles.

2. Kapitel

Jahre später, am Rande von Hamburg, wo die Stadt, das Land und der Fluss miteinander verschwommen: ein Mann und eine Frau in einem Haus.

Eigentlich bestand der Mann nur aus Hobbys. Er hatte im Keller eine Aufhängung mit den Fernbedienungen für seine RC-Cars, benzingetrieben. Die fuhr er in dänischen Mehrzweckhallen gegen andere mit ähnlichen Aufhängungen in anderen Kellern. Er spielte Volleyball, seit er fünfzehn war. Er trainierte die Erste Senioren und nahm das ernster als die Ersten Senioren. Zum Geburtstag schenkten sie ihm einen dunkelblauen Frotteebademantel, auf den sie hinten COACH hatten sticken lassen, vorne über der Brusttasche in einem Halbkreis FRANKIE. Was tat man in so eine Brusttasche. Lernkarten für japanische Katakana-Zeichen, die büffelte er in der Sauna, die er sich eingebaut hatte. Zweimal im Jahr musste er beruflich nach Japan, darum verlangte er von sich selbst, dass er sich mit dem Shinto auskannte und mit dieser speziellen Wertschätzung fürs Unvollkommene und Vergängliche. Hanami, wenn die fallenden Kirschblüten mehr sagten und wertvoller waren als jene, die noch am Baum waren, ihr Rosa wie von Plastiktüten. Wenn er das seiner Frau nicht erklären konnte, ballte sich was in ihm.

Was kann ich dafür?, fragte er sich. Dass sie mich nicht versteht.

3. Kapitel

Danowski ließ den Sand durch die Zehen rieseln. Man grub die ein, dann hob man die Füße, und dann rieselte der Sand durch die Zwischenräume. Der Hammer, dass Leute deshalb an die Ostsee fuhren. Um das wochenlang zu tun. Er verstand die Menschen von Tag zu Tag weniger. Allerdings mochte er seine Füße. Warum war er nicht Fußmodel geworden. War das ein absurderer Beruf als der, den er hatte? Sicher war man da zeitig zu Hause. Und musste nicht zwischendurch in die Psychosomatik. Andererseits, was war schon sicher. Erstaunlich, wie er am Ende jedes Gedankens bei einem Kalenderspruch landete. Warum ließ er das nicht einfach. Mit dem Denken. Und sicher gab es auch Fußmodels, die Antidepressiva schluckten.

«Adam», sagte Meta. Er riss sich von seinen Füßen und seinen hochgekrempelten Jeans und dem rieselfeinen Ostseesand los. Sie wandte den Blick zum Meer, und er konnte sie im Profil betrachten. An Meta sah er, wie die Zeit verging. Weil sie nicht so viel aß und nicht so viel drinnenblieb, hatte sie mit Anfang, Mitte vierzig so ganz feine Falten vor den Ohren und die Mundwinkel hinab oder hinauf, und ihre Haare wurden röter, was ihm recht war, denn so erkannte er sie besser von weitem. Und konnte sich dann, je nach Sachlage, verstecken oder freuen.

«Ja, was», sagte er.

«Lässt du dich darauf ein?»

Er fing wieder an mit den Zehen und dem Sand.

«Lass ich mich darauf ein», sagte er nachdenklich und rieb sich die Stirn, seine Stelle. Da war was eingeschlossen, unter der Haut.

«Die ganze Sache hier», sagte Meta. Er wandte sein Lächeln ab. Irgendwie liebte er sie für ihre Verstocktheit. Warum sagte sie nicht einfach, dass er jetzt endlich in der psychosomatischen Klinik war, weil Finzi und sie einen Einsatz versaut hatten. Und dass er sich deshalb jetzt aber auch darauf einlassen musste. Auf die Klinik und alles. Darauf, dass sie ihm hier helfen wollten. Und dass das nicht wieder an ihm scheitern sollte. Oh, und wie sie die Sache an die Wand gefahren hatten. Vollkaracho, Kindheitswort. Und am Ende, als der Qualm sich verzogen hatte, war da Danowski auf den Knien und hyperventilierte, mit Blut und Knochensplittern übersät, und andere rannten herum, um Hilfe zu holen oder um einfach was zu tun, niemand bewahrte irgendeine Art von Ruhe, es schrillte ihm in den Ohren, und als er sich die Ohren zuhielt, hörte das auf, also schrillte tatsächlich in diesem Moment die ganze Welt, und Finzi kam über den Gang, mit so gestelzten Schritten, als hätte er die Hosen voll, und war weiß im Gesicht wie ein Camembert vom Frischeparadies oder der obere Rand von Metas Maniküre, wie sehr langweilte die sich eigentlich in ihrer Taskforce, und Meta stand da und ließ ihre Arme schlenkern, die Sicherungsweste mit dem POLIZEI-Krepp halb abgerissen, die Murmelaugen aufgerissen wie noch nie. Finzi und sie hatten richtig Mist gebaut, und bauen war gar kein schlechtes Wort, weil es nach Bauplan, Bauleitung klang, diese Scheiße war sorgfältig vorbereitet worden, von seinen zwei ältesten Kollegen und Freunden, und er mittendrin, richtig geknechtet, wie seine jüngere Tochter sagen würde, Martha.

Und jetzt kam Meta ihn hier besuchen in Damp 2000, und wie Danowski diesen Namen liebte, also, den zweiten Teil, das war doch pure Nostalgie. Als die Zukunft noch verheißungsvoll gewesen war. Er liebte die 2000, wie er das schwarze Loch im Zentrum der Milchstraße liebte, das dabei war, alles an sich zu reißen. Und jetzt kam sie hier nach Damp 2000, besuchte ihn in der Klinik und sagte ihm, er müsste sich jetzt aber auch darauf einlassen.

Auf jeden Mist, dachte Danowski, habe ich mich eingelassen. Und guck mal, wohin es mich gebracht hat. Aber du hast eigentlich recht. Auf einen Mist mehr oder weniger kommt es auch nicht mehr an.

«Erinnerst du dich», sagte er, und Meta richtete sich zwei, drei Grad in der Vertikalen auf; das hörte niemand gern am Strand im September, im Niemandsland zwischen Sommersaison und Herbstferien, die Luft irgendwas zwischen zehn Grad und fünfundzwanzig, nur die Ostsee kalt wie immer.

«Der Sand erinnert mich daran», sagte Danowski, und Meta sah ihn an, ein bisschen ratlos. Das hatte offenbar doch nichts mit ihr zu tun, denn im Sand waren sie zusammen nie gewesen.

«Ist ein paar Jahre her, vor dem Kreuzfahrtschiff», sagte Danowski.

«Da war ich noch nicht in eurem Team», sagte Meta, eifersüchtig und erleichtert zugleich.

«Ja, nee, ich weiß», sagte Danowski, der jetzt gerne weitererzählen wollte. «Wir waren damals an einer richtigen Bettkantengeschichte, also, Frau und ihr Liebhaber …»

«Das Wort gibt's auch nur noch bei uns», sagte Meta.

«Ja», sagte Danowski. «Jedenfalls haben die ihren Mann umgebracht, das war der Verdacht. Seine Leiche wurde in den

Dünen bei Scharbeutz gefunden, und Behling war sich ganz sicher, na ja, wir auch, dass die …»

«Nie gehört», sagte Meta.

«Okay», sagte Danowski. «Also für den Staatsanwalt hing das alles an der Frage, ob die den Leichnam unerkannt von der Ferienwohnung, und Behling sagte immer Fewo, das ging mir wahnsinnig auf die Nerven, also ob die den von da zu den Dünen hätten kriegen können in den etwa dreißig Minuten, in denen ihre Handys nicht mit dem Fewo-WLAN verbunden waren …», jetzt sagte er das selbst, «… und ob sie dabei wirklich keiner hätte sehen müssen, bei Halbmond und klarer Nacht.»

Meta war jetzt doch interessiert, denn jeder amüsierte sich im Nachhinein über die schikanösen Ideen von Behling, der inzwischen, im September 2019, endlich in Rente war, und keiner hatte je wieder von ihm gehört. Seit Behling, längst pensioniert, einen der Verdächtigen in einem Entführungsfall erschossen hatte und entmündigt worden war. Unter amtliche Vormundschaft gestellt, hieß das. Zu verwirrt für einen Strafprozess. So wollte man auch nicht enden.

Meta guckte gespannt, ihre scheinbar so harten Kieselaugen in Wahrheit grau und grün und klar und abwechslungsreich. Meine einzige Freundin, dachte Danowski. Trotzdem konnte er ihr irgendwie nicht verzeihen, dass sie ihn in die Psychosomatik in Damp 2000 gebracht, also besser gesagt: erst mal traumatisiert hatte.

«Und dann mussten Finzi und ich das unter Realbedingungen nachspielen, mit so einer Art Leiche, die Behling immer Der Körper nannte, die hat die KT aus einem Basketball und ein paar Säcken mit Quarzsand auf ungefähr die Gestalt eines Toten und auf achtzig Kilo gebracht, und Finzi und ich haben uns da mitten in der Nacht abgeschleppt, und …» Danowski lachte. Er merkte, dass er die Atmosphäre von Dunkelheit, Erschöpfung und Verwirrung, die ihn und Finzi in jener Nacht umfangen hatte, zwar heraufbeschwören, aber nicht in Worte fassen konnte.

«Lachschwach», sagte er nach einer Weile. «Finzi und ich waren richtig lachschwach am Ende. Und wir haben's nicht geschafft in der Zeit, die der Staatsanwalt gebraucht hätte. Aber es war irgendwie irre. Zwischendurch war das, als hätten wir echt eine Leiche getragen.»

«Man muss wohl dabei gewesen sein», sagte Meta. Er sah sie von der Seite an. Das Gesicht voller Spätsommersprossen.

Danowski nickte und schaute aufs Meer. Wenn ihm damals, mit Dem Körper in den Händen, jemand gesagt hätte: Das ist jetzt übrigens der Moment, wo die Welt noch in Ordnung ist. Falls du dich das später mal fragst. Wann das war. Das war jetzt. Er verzog das Gesicht, weil es ihm damals nicht so vorgekommen war, er den Moment also verpasst hatte.

«Und wie ist das ausgegangen?», fragte Meta.

«Was?»

«Damals. Dieser Fall.»

Danowski überlegte. So viele Tötungsdelikte gab es ja auch wieder nicht. Aber manchmal stellte er fest, dass er dennoch das eine oder andere davon vergessen konnte. Was er gut fand.

«Ich weiß es nicht mehr», sagte er. «Das hat nicht zur Anklage gereicht, glaube ich. Der Fall liegt sicher noch irgendwo. Eines Tages grabt ihr den wieder aus. Warte mal ab. Sag Bescheid, wenn ihr mich dann braucht. Als Austauschgeisel oder so was.»

«Ich weiß, dass wir Scheiße gebaut haben», sagte Meta. «Aber das kann ich jetzt auch nicht mehr ändern.»

4. Kapitel

Manche bauten also Scheiße, andere bauten Häuser. Zumindest sagte man das so, auch, wenn sie keinen Ziegel und kein Veluxfenster selbst in die Hand genommen hatten: Der Frankie und ich bauen ein Haus.

Von Mareike und Frankie hast du gehört? Die haben ein Haus gebaut.

Das hieß also: Sie hatten die Entscheidung getroffen und das Geld geliehen. Eine Firma beauftragt. Fertighaus, alles aus einer Hand. Da musste man sich nicht mit vielen verschiedenen Gewerken rumschlagen.

Ganz schnell hatte man diese Formulierungen drauf: Gewerke, sich mit denen rumschlagen.

Das Baugrundstück, fertig erschlossen, Rand von Hamburg. Wohneigentum als Kapitalanlage, weißt du, wir wohnen dann im Alter mietfrei. Das ist die beste Altersvorsorge. Von der BfA kommt ja nicht viel. Sie waren eigentlich jung, und sprachen unvermittelt viel übers Alter. Also er. Sie hörte zu. So ging bei ihnen «sprechen über». Walmdach, Carport, Eingangsbereich. Fußbodenheizung, Mörtelbatzen, Teilunterkellerung. Sie hörte zu. Wie friedlich ihn die Wörter machten. Sie merkte etwas wie Vorfreude in sich, oder Vor-Erleichterung, sie machte sich ihre eigenen Wörter.

Vielleicht würde es dann aufhören. Besser werden. So nannte sie das, wenn sie ihrer Mutter davon erzählte oder Freundinnen: Er ist manchmal so gereizt. Aber es wird besser.

Es ist ja auch alles superstressig gerade. Er hat ja nicht mal Zeit für seine Hobbys.

So gereizt: ganz schön ruppig.

Ganz schön ruppig: gleich so aggressiv.

Gleich so aggressiv: Ja, wenn du dich mir in den Weg stellst.

Ja, wenn du dich mir in den Weg stellst: beiseitegeschoben.

Beiseitegeschoben: weggeschubst.

Weggeschubst: mit dem Kopf gegen den Küchenschrank.

Na ja, komm. Wenn du mich hier in die Ecke drängst.

Aber der Küchenschrank, das war in der alten Wohnung. So ein Hängeschrank, der da schon hängt, wenn man reinkommt, bei der ersten Besichtigung, und die Vormieterin will dreitausend Euro Abstand für die Küche, die aber eben in Wahrheit nur aus diesem Küchenschrank besteht und aus einem niedrigen Kühlschrank, Krümel im Drei-Sterne-Fach.

Der Küchenschrank kommt als Erstes raus, das sagte sich so leicht.

Der Küchenschrank hängt dann da bis zum Schluss, immer noch, vielleicht ist er das Letzte, was du siehst beim Auszug. Vielleicht. Vom Winkel her käme es hin, Blickachse von der Wohnungstür in die Küche.

Im neuen Haus aber, endlich alles neu: Einbauküche, Küchenzentrum, Küchenzeile von der Küchenmeile an der A1. Neubau, Neuanfang, neuwertig. Der Rohbau Beton, die Fassade vorgeklinkert, die matten Steine in einem Beigegelb, das natürlicher aussehen könnte.

Na ja, es ist auch ganz schön viel Stress gerade. Kein Wunder, dass er gereizt ist. Aber wenn wir erst einziehen. Ist er immer noch so gereizt? Nur noch manchmal.

War das eigentlich ein Code? Und wussten die anderen, wie man diesen Code verwendete, oder wusste sie es? Oder verstand sie einfach keiner, und das war dann irgendwann auch in Ordnung, weil der Schmerz sich am Ende womöglich verdoppelte, je nachdem, mit wem man ihn teilte?

Und im neuen Haus, Neukauf, Neubau, Neuland, würde man den Schmerz in Beton einschließen können wie einen havarierten Reaktorkern. Ein Sarkophag, um die Welt zu schützen vor allem, was nach draußen drang. Aber was sie vergessen hatte: dass sie dann ja mit einbetoniert war. Mit verklinkert, unterkellert. Vielleicht drang der Schmerz wirklich nicht mehr nach draußen. Aber sie auch nicht.

Einer der Maurer, Ende dreißig, Pragmatiker, ein Meister der kurzen Wege, nie ging der mit leeren Händen; und die Kollegen fanden ihn einen «schrägen Typen», was manchmal lustig war, aber meistens musste man da schon weggucken. Einer der Maurer hatte sich im Falle von Naturklinker angewöhnt, etwas dunklere Steine beiseitezulegen, und dann irgendwo in Kniehöhe ein Hakenkreuz zu klinkern. Der Effekt war immer der gleiche: Man sah das nur, wenn die Sonne in einem bestimmten Winkel auf die Fassade fiel. Und wann tat sie das je, in Kniehöhe, im Hamburger Stadtteil Hausbruch. Zweite Ausfahrt A 7 hinterm Elbtunnel Richtung Süden. Drittletzte Ausfahrt in Hamburg.

Waltershof

Hausbruch

Heimfeld

Marmstorf

Wie ein Nachkriegsgedicht aus Kommissbrot, Spätheimkehr und Bewohnerfeuchte. Man sah das Hakenkreuz also nur, wenn die Sonne daraufffiel, und selbst dann musste man sich fragen: Sah man da ein Hakenkreuz in der Sonne? Weil der horizontal vermauerte Klinkerstein sich eigentlich gegen die geometrische Darstellung von Kreuzformen wehrte, das Hakenkreuz lag, wenn es denn überhaupt eines war, flach und gedrückt in der Wand und der Sonne.

Ein schräger Typ.

Mit den Jahren und Jahrzehnten dunkelten die Naturklinker ungleichmäßig nach, die ohnehin schon dunklen wenig, die hellen sehr, und dann verschwand das Hakenkreuz, ohne jemals weg zu sein, aber das war viel später, da gehörte das Haus schon längst einem anderen Paar, mit Kindern, und alles ganz normal.

Ihr Leben bestand aus Fragen.

Warst du den ganzen Tag im Haus?

Was hast du gemacht, so allein im Haus?

Oder, wenn sie doch mal losmusste, obwohl er schon da war, noch mal ins Einkaufszentrum oder zum großen Rewe: Wann bist du wieder im Haus? Und es musste schon stimmen, auf die zehn Minuten genau. Manchmal wartete sie hinter der Ecke, die Einkaufstasche zu ihren Füßen, den Blick aufs Feld, als hätte sie Tiere gesehen. Um nicht zu früh zu kommen. Manchmal musste sie so hetzen, weil sie sich verschätzt hatte, dass sie die Hälfte vergaß und dann zu Hause improvisieren musste.

Im Haus. Er sagte nie zu Hause.

Wenn sie zu spät kam, wurde er misstrauisch. Wenn sie zu früh kam, noch mehr, als hätte ein geheimer Plan von ihr sich zerschlagen, oder als hätte sie den Mut verloren zu etwas, worüber er keine Kontrolle hatte.

Die Eltern hatten ihnen achtzigtausend Euro geliehen. Er hatte durch seine erfolgreiche und gleichförmige Berufstätigkeit im Bereich der Kabelbaumzuganlagen rund vierzigtausend Euro angespart, sie durch die Arbeit als Buchherstellerin achttausend Euro. Sobald sie das Geld auf ihr gemeinsames Baukonto gezahlt hatte, schlug er ihr vor, ihren Job zu kündigen, damit sie sich auf den Umzug, die Einrichtung und das Haus konzentrieren konnte. Auf das Kinderzimmer. Und dass es nicht so lange leer stehen würde.

Sie nahmen einen Kredit von rund zweihundertneunzigtausend Euro auf, und auf etwa eintausendsiebenhundert Euro belief sich nun ihre monatliche Belastung, die tägliche nicht eingerechnet.

5. Kapitel

Danowski atmete Ostseeluft. Nicht so salzig wie Nordseeluft. Weicher. Leichter zu atmen. Und wenn man dem Kurzentrum den Rücken kehrte: freier Blick auf Beige und Grau und Hellblau. Endlich Ruhe. Oder? Danowski hatte diesen sechsten Sinn im Rücken, für den Fall, dass einer von hinten kam und sich in zwischenmenschlicher Absicht schräg neben ihn stellte. So wie jetzt.

«Käffchen?» Holm, der sich ihm mit Plauder-Absichten näherte. Das war die Psychosomatik hier, und da saßen sie alle im selben Boot und Meta ja auch wieder mit ihrem Ratschlag: sich drauf einlassen. Seine Frau sagte das schon gar nicht mehr, die hatte ihn, als sie ihn hier abgesetzt hatten, nur auf diese ganz feste Art und Weise in den Arm genommen, dass ihm klar war: Sich nicht drauf einlassen war jetzt keine Alternative mehr. Eine der letzten Chancen, so in die Richtung. Wenn Leslie ihm letzte Chancen gab, dann wollte er die nutzen. Egal, was es ihn kostete. Er dachte daran, wie seine Töchter darauf bestanden hatten mitzukommen, und wie lange sie nicht mehr zu viert im Auto gesessen hatten. Früher hatte er von ihnen bestenfalls die krummen Scheitel im Rückspiegel gesehen, jetzt nur noch ihr Kinn. Leslie war gefahren, Danowski auf dem Beifahrersitz wie ein Patient. Nach einer Weile Stellas Hand durch die Kopfstützenstreben auf seiner Schulter. Martha, bisschen zu laut wegen Airpods: «Hoffentlich behalten die dich nicht gleich für immer da.»

Danowski seufzte, vielleicht hatte er wirklich: «Kaffee-durscht?»

Holm nahm ihm auf diese Weise das Wort aus dem Kopf und reichte ihm den Pappbecher, Automat im Flur, zehn Schritte von der Gruppentherapie entfernt.

Danowski nickte und versuchte sich zu merken, an welcher Stelle des Becherrandes Holm seine unegalen Spenderfinger gehabt hatte, von da wollte er nicht trinken. Hinter Holm fiel die schwere Glastür zu, und sie waren in der Außen-welt allein. Raucheraustritt, Kippen in die Betonaschererde gesteckt, dicht an dicht wie eine Flechte.

Sich drauf einlassen hieß für Danowski, diesen Kaffee anzunehmen. Was sollte man machen, wenn da einer mit zwei Bechern stand, von denen einer ganz offensichtlich einem sel-ber zugedacht war. Danke, Holm, ich möchte keinen Kaffee? Dann hätte man sich ja wieder nicht drauf eingelassen. Wäre sich drauf einlassen aber nicht in Wahrheit gewesen, den Kaf-fee abzulehnen und sich drauf einzulassen, dass die anderen sich vor den Kopf gestoßen fühlten?

«Danke, Holm», sagte Danowski, der sich vom ersten Tag an angewöhnt hatte, seine Mitpatienten ständig mit Namen anzureden, damit er sich die durch Wiederholung besser mer-ken konnte. Und weil er merkte, dass es eine Verbindlichkeit erzeugte, die ihm die Leute paradoxerweise vom Leibe hielt. «Genau das Richtige jetzt.»

«Ja, Scheißsitzung mal wieder.» Das war Ehrensache: nicht über den Inhalt der Gruppentherapiesitzung zu sprechen, aber darüber, wie scheiße sie gewesen war. War sie aber auch gewesen. Heute besonders.

Es gab zwei Leute, die Danowski hier nicht ausstehen konnte, obwohl er von Anfang an sein Bestes gegeben hatte.

Holm und diese Frau, die in seiner zweiten Woche in der Gruppentherapie aufgetaucht war und die Aufmerksamkeit auf eine unauffällige Weise an sich gezogen hatte, die ihm nicht gefiel. Mareike. Immer in so gesunde Sandtöne gekleidet, als wollte sie in der Wandfarbe verschwinden. Ernsting's Family. Von fröhlichen Familien empfohlen. Zum Verschwinden war sie aber zu penetrant. Sie strahlte was Bedürftiges aus, als stünde ihr was zu. Ein paar Jahre jünger als er, aber wer war das nicht. Holm auch. Mareike fragte immer nach bei den Geschichten der anderen und schaffte es irgendwie, sich in allem wiederzufinden und alles auf sich zu beziehen, sodass Danowski am Ende immer das Gefühl hatte, sie hätten die ganze Stunde nur über Mareike geredet, obwohl sie in Wahrheit kein Wort von sich erzählt hatte. Und die Therapeutin, Frau Birkmann, die hin und wieder hinter ihren Schoßunterlagen auf dem Telefon spielte, während die anderen erzählten, nickte Mareike ganz ergriffen und aufmunternd zu: wie gut die mitarbeitete. Ich mag einfach keine Streber, dachte Danowski, als wäre der Fall damit für ihn erledigt.

Wenigstens verschwand Mareike im Erdboden, sobald die Gruppentherapie vorüber war. Aber Holm lief Danowski hinterher. Der hatte sich in ihn verguckt, sobald die Vorstellungsrunde gelaufen war. «Ich bin bei der Kriminalpolizei», hatte Danowski gesagt, weil er sich eigentlich vorgenommen hatte, in der Gruppe von dem Einsatz zu erzählen, das war ja der Sinn der Sache, denn, so seine Therapeutin in Hamburg: «Das sind Traumata.» Aber dazu würde es nun nicht mehr kommen. Denn Holm hatte gleich dazwischengebellt: «Ha! Endlich ein Kollege.»

Die anderen hatten gelacht. Die lachten, sobald es auch

nur ansatzweise einen Anlass gab. Was, wenn man sich hier umsah, selten genug vorkam.

Kiel, ein Dezernat für Verbrechensbekämpfung.

Ah ja. Was denn für Verbrechen.

Einbrüche.

Oha. Viele Einbrüche in Kiel?

Ferienhäuser. Wohnungen. Alles.

Schwer, da Fortschritte zu machen, oder?

Ja. Und dann holte Holm noch mal so richtig aus.

Fachsimpeln konnte Danowski. Einbrüche, im Grunde das perfekte Verbrechen. Bisschen Vorarbeit, paar Fachkenntnisse, dann: wenig Risiko, raus und weg, in der Masse verschwinden, und zwar in der der unaufgeklärten Delikte.

Na ja, nach einer Weile hatte sich rausgestellt, dass Holm eher der Typ im Dezernat war, der Beratungsbesuche bei Leuten machte, die Einbruchsangst hatten, und denen er erklärte, für welches Schloss ein erfahrener Einbrecher 30 Sekunden und für welches er 30 Minuten brauchte.

Prävention, ach so.

Prävention verhindert mehr Verbrechen als Aufklärung.

Sicher, Holm.

Danowski ließ sich auf den Kaffee ein und bereute es sofort.

Vor seiner Bekanntschaft mit Holm hatte Danowski nicht gewusst, wie viele unterschiedliche Arten von Kleidungsstücken man aus Jeansstoff fertigen konnte, er hatte angenommen, dies beschränke sich auf Hosen, Jacken und Hemden. Holm hatte sogar Jeansschuhe, die Danowski öfter sah, als ihm lieb war, weil er gern den Blick gesenkt hielt. Davon abgesehen war Holm so ein Ausrüstungstyp. Manchmal hatte er ein Fernglas um den Hals und guckte, als wollte er danach gefragt werden. Oder eine Kamera mit auffälligem Objektiv. Aber Danowski fiel nicht darauf rein, wenn er Holm so traf. Der würde ihn nicht in ein Gespräch über Blessrallen, Gänsesäger und Eiderenten verwickeln.

«Prost», sagte Holm und schob seinen Pappbecher gegen Danowskis. «Blue lives matter.»

Danowski setzte den Kaffee ab. Verbrüderungen fand er schwierig, und erst recht auf Grundlage einer zufällig geteilten Berufstätigkeit. Zumal einer, die sie beide auf unterschiedliche Weise hierhergeführt hatte, in die psychosomatische Kurzklinik. Bei Holm vermutlich Bore-out.

«Na ja», sagte Danowski und rieb sich die Stirn, wo ihn dieser Einschluss unter der Haut noch mehr plagte als Holm.

«Ist doch wahr», sagte Holm. «Immer müssen wir den Kopf hinhalten.»

Holm, du erklärst Leuten, wie man einen Alarmanlagenbauer in den Gelben Seiten findet, dachte Danowski. «Na ja, weiß nicht», sagte er.

«Na», sagte Holm und hob seinen Kaffeebecher noch mal so prostgierig, «meinetwegen all lives matter.»

«Wirklich all lives?», sagte Danowski und fühlte das ganze Sich-drauf-Einlassen aus sich entweichen wie Atemabluft aus einem schlecht verknoteten Ballon. «Also jetzt zum Beispiel hier von dem Cordon Bleu, was die hier dienstags machen? Ich meine, Holm, ich ess das nicht, aber bist du jetzt Vegetarier oder so?»

Holm hatte sich schnell an Danowskis Gereiztheit gewöhnt, was aber, das war Danowski schon klar, nicht bedeutete, dass er gut damit klarkam.

«Na ja, ich sag mal, menschliche lives», sagte Holm, «aber das ist ja wohl auch klar.»

«Also jetzt zum Beispiel auch Leute, die eine Patientenverfügung haben, und da steht, alles abschalten, aber du sagst, all lives matter?» Man hatte ja schon viel Zeit hier und führte die seltsamsten Gespräche. Beim Abendessen fand Danowski das nach wenigen Tagen ganz schön, er hatte da so eine Zufallsrunde, am Tisch war nicht mehr genug Platz für Holm, er und die drei anderen hatten sich an einem Vierer gefunden, am zweiten Abend, und da mochte er dieses ziellose Reden über alles, was nichts mit der Vergangenheit und der Zukunft zu tun hatte. Aber mit Holm, da suchte er den Gesprächsausgang, fand aber nur den Selbstzerstörungsknopf.

«Nee, klar nicht.»

«Oder so Kriegsverbrecher, die …»

Holm hob abwehrend die Hände.

«Also nehmen wir mal die Nürnberger Prozesse», sagte Danowski.

«Meine Güte, ist ja gut», sagte Holm.

Danowski war ihm eigentlich dankbar dafür. Sie schwiegen. Das war auch ganz gut. Danowski war sich nicht sicher, ob er einen Black-lives-matter-Vortrag hingekriegt hätte, an dessen Ende er sich nicht wie ein Heuchler oder ein Klugscheißer vorgekommen wäre. Das Thema war eh durch. Sie hatten 2019. Es ging vorwärts.

«Wo bist du noch mal genau, welche Dienstelle?», fragte Holm.

Danowski runzelte die Stirn über ein Jucken an seiner Stelle hinweg. «Hab ich dir doch schon gesagt.»

«Nee, ich glaube nicht», sagte Holm. «Das hätte ich mir ja gemerkt. Also, ich merk mir eigentlich Sachen, die mich interessieren.»

«Warum interessiert dich das?», fragte Danowski und

fürchtete, Holm würde antworten. Zugleich war es ihm lieber, als sich seine Dienststellenbezeichnung und seine Arbeitsplatzbeschreibung aus der Nase ziehen zu lassen.

«Ich kenn ein paar von euren Jungs», sagte Holm. «Vom Lehrgang in Neumünster. Einbruchsdelikte und Delikte am Menschen: Unterscheidungen, Schnittmengen, Tendenzen.»

«Klingt nach einem Lehrgang in Neumünster», pflichtete Danowski bei.

«Da war auch ein Hamburger», sagte Holm. «Name habe ich vergessen.»

«Ich war's nicht», sagte Danowski.

Holm steckte sich eine an und lachte den Rauch weg. Das war erstaunlich, wie viel hier geraucht wurde. Womöglich, weil es vielen half, mit Sachen klarzukommen, die entweder noch gefährlicher oder so schlimm waren, dass es auf eine Schachtel mehr oder weniger auch nicht mehr ankam. Menschen, die todkrank waren. Oder die in der Trauergruppe. Erwachsen gewordene misshandelte Kinder. Suizidale Mobbingopfer. Warum sollten die nicht rauchen. Viel, wie das hier pauschal hieß: Depression. Danowski auch. Und Trauma.

«Und», sagte Holm, Themenwechsel in der Stimmlage. «Was läuft da mit dir und Mareike?»

6. Kapitel

Einer der letzten größeren Maschinenbauer in Norddeutschland, na ja, Zulieferbetrieb. Komponenten für Ziehanlagen für Kabelbäume. In Süddeutschland brauchten sie damit gar nicht erst aufzutauchen, Süddeutschland war dicht. Aber weil da unten alle Mitbemüher feste Verträge mit den deutschen Marken hatten und ihre Preise stabil halten konnten, lieferten sie ihre norddeutsche Feinmechanik zum Kabelziehen und die IT zum Auseinanderklamüsern der unterschiedlichen Anforderungsprofile nach Japan und Korea. Eigentlich kam er aus der Reifenbranche. Reifen, ja, da denkt keiner drüber nach. Aber überlegen Sie sich das mal: Das Einzige, was Sie mit der Straße verbindet, sind vier handtellergroße Gummiflächen. Das war so einer von seinen Texten gewesen. Das war bei den Kabelziehern nicht so einfach, da war er auch nicht ganz mit der gleichen Leidenschaft dabei. Vielleicht merkte man ihm das auch an. Gefällt's dir noch bei uns? Wenn der Chef das fragte, Familienbetrieb, gute Stimmung war wichtig. Deine Zahlen stimmen, aber ich will ja auch, dass du dich wohlfühlst bei uns.

Wohl fühle ich mich nur zu Hause, dachte er auf dem Heimweg, durch den dunklen Schacht der Nordheide, die Ränder seines Gesichtsfeldes ausgekleidet mit Kettendiscountern, Logistikunternehmen, Tankstellen und Gartenbedarf, gelborange beleuchtete Außen-Lagerflächen. Wohl fühle ich mich nur im Haus.

7. Kapitel

Danowski schob Backfisch im Bierteig über den Teller wie einen Toten im Schlafsack, der den Ausgang versperrte. Fisch mit Finzi, Ostseeblick. «Scholle & Meer». Der Appetit war ihm nicht vergangen, weil er keinen gehabt hatte.

Finzi in so einer zweifarbigen Sportjacke, das war doch würdelos. Fehlten nur noch die Nordic-Walking-Stöcke, fand Danowski. Er nahm sich übel, dass er seinen Freunden übelnahm, wenn er ihnen sein eigenes Alter ansah.

«Und?», sagte Finzi.

«Na ja», sagte Danowski.

Finzi nickte und kaute, Pannfisch. «Kannst du dich hier drauf ein...»

Danowski hob die Hand und ließ das Kinn sinken. Finzi hörte auf, kaute und nickte.

«Der Abschlussbericht ist da», sagte Finzi.

«Interessiert mich nicht», sagte er. Konnten nicht mal alle aufhören, sich um ihn zu kümmern.

«Meta und ich ...» Finzi legte die Gabel hin. «Der Einsatz war falsch angelegt. Beruhend auf einer fehlerhaften Lagebeurteilung. Zu wenig Deeskalation vor Ort, die ganze Unklarheit über die juristischen Hintergründe ...»

«Das ist mir bekannt», sagte Danowski. «Mein Reden.»

Jetzt hob Finzi die Hand, das fiel ihm zu schwer hier. Runter von der Ich-verarsch-dich-du-verarschst-mich-Ebene, auf der sie sonst alles regelten.

«Aber sie nennen es eine Verkettung von Umständen. Jeder einzelne Fehler hat passieren können und war nicht auf Nachlässigkeit oder menschliches Versagen zurückzuführen, sondern auf Fehleinschätzungen.»

«Kann man wohl sagen.» Danowski quetschte was ab vom Backfisch und steckte es sich in den Mund, um etwas zu tun zu haben. Finzi hatte die Hand gar nicht wieder runtergenommen. Als dirigierte er seine eigene Verlegenheit. Diese auswendig gelernte Sprache. Vielleicht entfernte man sich im Laufe der Jahre sowieso immer weiter voneinander, und das war einfach ein weiterer großer Schritt auf diesem Weg.

«Also Meta ist … Du weißt, dass das bei Meta und mir in der Diskussion bis zu vorläufiger Dienstenthebung ging, Einbehalt der Bezüge …»

«Suspendierung», sagte Danowski, der sich nichts weniger wünschte für Meta und Finzi. Und nichts mehr für sich, als endlich seine Ruhe zu haben und nicht jeden zweiten Tag Entschuldigungs- und Erklärungsbesuche.

«Also, das ist vom Tisch», sagte Finzi.

Danowski kaute den Fisch und fand ihn doch gar nicht so übel. «Das freut mich.»

Finzi nahm die Hand runter. «Echt?»

«Klar. Was hab ich davon? Was hätte irgendjemand davon? Darum geht's doch gar nicht. Ehrlich. Ich …»

«Auf 'ne Art ist es fast schlimmer», sagte Finzi. «Also, für Meta.»

Bisschen Remoulade mit dem nächsten Bissen, dieser unklare, säuerliche Fertighausgeschmack.

«Die lösen Metas Taskforce auf.»

Danowski hörte auf zu kauen.

«Oh.»

Wie immer, wenn etwas Überraschendes geschah, war es aus seiner Sicht im Nachhinein absehbar gewesen. Paradox, aber ermüdend.

«Das ist der Preis, sozusagen. Die offizielle Lesart ist: Die Struktur der Taskforce war nicht geeignet für Einsätze dieser Art, das muss aus den Dezernaten und Kommissariaten kommen, das muss dann direkt im LKA koordiniert werden und nicht von einer Außenstelle.»

«Arme Meta», sagte Danowski. Die Taskforce Sexualisierte Gewalt: ein Thema, das Meta wichtig war, bei dem sie kompetent war. Verantwortung, Leute unter sich. Die Entführung vor zwei Jahren war für die Taskforce eigentlich glimpflich abgelaufen: das Opfer befreit, Täter gefasst. Leider hatte ihr pensionierter Ex-Chef Behling einen davon erschossen, mit einer Dienstwaffe von Danowski, eine von diesen alten Geschichten, die einen einholen, sobald man sie vergessen hatte. Ein Desaster also, und deshalb: keine gute PR. Wie sollte man erklären, dass ein pensionierter Polizist mit Demenz seine alten Kollegen stalkte und in einem laufenden Einsatz eine Waffe abfeuerte? Gar nicht. Also hatte Meta da nichts zu verbuchen gehabt. Seitdem machte die Taskforce Kleinkram, bis runter dahin, an Schulen zu gehen und mit Lehrer*innen über Missbrauch zu reden. Wichtig! Aber komplett nicht das, was Meta sich vorgestellt hatte, das wusste Danowski, weil er sie kannte und selten mit ihr sprach. Meta sagte Kolleg*innen, Leslie sagte Lehrer*innen, mit dieser charakteristischen Pause wie bei Spiegelei, manchmal versuchte er das auch, schüchtern. Er gewöhnte sich langsam daran.

Fremdes Blut auf seinem Körper. Das war seine letzte Erinnerung an den Einsatz vor drei Monaten, das letzte große Ding der Taskforce. Diese überraschende Wärme, aber nur im ersten Moment, und wie schnell das kalt wurde, dabei war die Sommernacht so lau, das Fenster ja nun offen. Aufgeschossen. Also, weggeschossen. Blut und er: jedes Mal überrascht vom metallischen Geruch, noch nach dreißig Jahren im Job. Na ja. Wie oft hatte er in der Zeit frisches Blut gerochen? Frisch war es selten.

«Adam?»

«Arme Meta.»

«Sagtest du bereits.»

«Und was wird jetzt aus ihr?»

«Zurück ins Glied», sagte Finzi und sprach das Wort mehrsilbig aus, um Danowski zu ärgern oder zu trösten, Geliehied. «Mordbereitschaft. Sie haben einen Deal gemacht. Mit Kienbaum.»

«Mit wem?» Warum war sein Glas leer. Das war ja nicht zu fassen. Bei den Namen mancher alter Kollegen bekam er sofort einen trockenen Mund. Kienbaum: definitiv ganz oben auf dieser Liste.

«Kienbaum leitet künftig die vierzehn, und der Deal war, dass er mich die letzten fünf, sechs Jahre nimmt. Bisschen demütigend. Und er hat sich Meta ausgesucht. Ein paar Leute waren überrascht. Aber ich versteh genau, was er will. Erstens ist Meta super …»

Danowski nickte. «Zweitens hat er mit euch zwei Gestrauchelte unter seiner Knute.» Kienbaum, die sprechende Lederjacke. Danowski würde nie vergessen, dass er statt Kienbaum in einen Kabelgang unterm neuen Elbtunnel hatte kriechen müssen, damit sie einen suizidalen Tatverdächtigen an den Füßen herausziehen konnten; Kienbaum war zu breit dafür gewesen, Kraftsport, Proteine, mittags immer Hüttenkäse am Schreibtisch, nach Dienstschluss erst mal zwei Stunden in den Kraftraum im Erdgeschoss vom Präsidium, Omelette ohne Eigelb. Einarmige Liegestütze, aber nicht in einen Kriechgang kommen. Es hatte eine Zeit gegeben, da fand er Kienbaum weniger schlimm als Behling. Aber Behling war weg. Jetzt war Kienbaum schlimmer.

«Was für eine Scheiße», sagte er, und es fühlte sich gar nicht schlecht an für ihn, denn es kam endlich von Herzen.

«Kann sein, dass er dich auch noch holt», sagte Finzi brutal, aber es sollte wohl tröstlich klingen.

«Kann ich mir nicht vorstellen», sagte Danowski, der sich in der Taskforce eigentlich ganz wohl gefühlt hatte. Er ging gern an Schulen. Keine Ahnung, was jetzt werden würde. Hauptsache nichts mit Kienbaum. Neues Leben. Vielleicht ganz was anderes. Außerhalb der Polizei. Ohne Polizei. Nicht Polizei. Unpolizei.

«Fragst du dich manchmal, warum so viel schiefgegangen ist bei unseren Sachen?»

«Es tut mir wirklich leid, Adam.»

«Ja, nee, das meine ich jetzt gar nicht. Ich meine, so insgesamt. Wir haben niemanden vor Gericht gebracht wegen der Impfgeschichte damals. Du wärst fast gestorben dabei. Wir mussten die Amerikanerin gehen lassen und hätten fast die falsche Frau vor Gericht gebracht beim Elbtunnelmord. Ich konnte ein weiteres Tötungsdelikt nicht verhindern in Friederikenburg, trotz dem ganzen Fallanalysezauber. Meta musste sich in Kassel aus den Händen eines Irren befreien, wobei, der war ja nicht psychisch krank, der war einfach … wütend mit einer Nagelpistole. Und am Ende der Schwimmbadentführung waren auch zwei Leute tot. Und jetzt diese Scheiße mit dem Schüller. Was ist das, Finzi?»

«Du bist vielleicht einfach kein guter Polizist, Adam», sagte

Finzi, der hatte langsam wieder Oberwasser. Das war Danowski auch lieber. «Also, wir beide. Wir sind keine.»

«Sicher», sagte Danowski. «Aber die anderen sind ja auch nicht besser. Oder? Wer ist eigentlich gut? Wie macht man das gut? Merkst du was?»

Finzi beugte sich über seinen Teller, als wäre der ein Trog. Dann schob er ihn weg, lehnte sich zurück, verschränkte die Arme vorm Bauch und sagte über ein Aufstoßen: «Meta ist gut.»

«Ja», sagte Danowski. «Meta ist Meta.»

Als sie aufbrechen wollten, kam Danowski nicht hoch. Erst dachte er, mit dem Fisch wär was gewesen. Jenseits von Gut und Böse, hatte seine Mutter immer gesagt. Von der musste er hier in der Therapie wohl auch mal erzählen.

Aber stattdessen war er wieder in diesem Moment, als Schüller zu ihm gesagt hatte: Aufstehen, jetzt, und Danowski hatte gemerkt, dass ihm die Beine eingeschlafen waren. Weil er sich so darauf konzentriert hatte, Schüller davon abzulenken, dass der eine Waffe in der Hand hatte, die auf Danowski gerichtet war. Wer die Waffe vergaß, legte sie vielleicht irgendwann auf den Tisch oder ließ sie wenigstens sinken, um sich an der Nase zu kratzen. Oder oder. Wer die ganze Zeit an die Waffe in seiner Hand dachte, bekam womöglich irgendwann Interesse daran, sie zu benutzen. Jedenfalls waren Danowski über die Versuche, Schüller von dessen Waffe abzulenken, die Beine eingeschlafen, erst im vergeblichen Aufstehversuch merkte er, wie verkrampft er mit Schüller gesessen und ihm zugehört hatte, «wie weit nach oben» «das alles» ginge. Verkrampft, weil es um sein Leben ging. Und dann war das dieser eine Moment, in dem Schüller ihn berührte: Er schlug Danowski mit der Hand, die nicht die Waffe hielt, in den Nacken, auf so eine ganz merkwürdig beiläufige, fast kumpelhafte Weise, und Danowski wollte sich das Fleisch abreißen an der Stelle, Schüllers warme, weiche Hand, und dann stützte er sich an der Tischplatte ab, bis das einigermaßen ging mit dem Aufstehen, die Beine taube Klumpen, und gleich die Ameisen, oder tausend Stecknadeln.

Finzi wartete. «Alles okay?»

Danowski winkte ab.

Bisschen eingerostet oder so was.

Bisschen traumatisiert von eurem verschissenen Einsatz oder so was. Aber damit wollte er Finzi nicht behelligen. Er sah ihm an, dass der sich damit schon selbst genug behelligte.

Auf dem Parkplatz hinter der Klinik blieb Danowski noch einen Moment stehen. Weniger, weil ihm der Anblick von Finzis wegrollendem Golf so gut gefiel, Kies unter den Ganzjahresreifen. Mehr, weil er noch nicht in sein Zimmer wollte. Blick auf genau diesen Parkplatz. So Leute wie Mareike hatten Meerblick, da musste man sich wohl schon im Vorfeld dahinterklemmen. Das waren alles Wörter, die er nicht verstand. Und immer dachte er, er bräuchte so was nicht. Aber wenn andere es dann hatten, war er sich nicht mehr so sicher, ob er es nicht selbst doch auch gern gehabt hätte. Also, nur wegen des Lichts. In seinem Zimmer war bis zum späten Nachmittag keine Sonne, und solange keine Sonne da war, saß die Erinnerung an Schüller mit im Raum.

Sein Telefon klingelte. Erst ein bisschen Erleichterung, weil: Aufschub vor der Rückkehr ins Zimmer, was zu tun. Dann ein bisschen Unwillen, denn: eine Nummer aus dem

Präsidium. Immer fehlten noch irgendwelche Unterlagen, um dieses oder jenes abzuschließen, und wenn alle keine Idee mehr hatten, schob es irgendwer auf Danowski, ruf doch den mal an, vielleicht weiß der, wo das abgelegt ist.

Er sagte seinen Namen.

«Adam.» So was Raues, bisschen Gepresstes. Immer dieser Ich-hab-eigentlich-was-Wichtigeres-vor-Tonfall, mitten aus der Lederjacke. Kienbaum.

«Wir haben gerade von dir gesprochen», sagte Danowski.

«Finzi schon weg?»

Danowski zögerte. Schade. Er mochte es lieber, wenn Leute wie Kienbaum nicht in sein Leben eingeweiht waren. «Gerade eben. Glückwunsch zur Beförderung.» Das ging ihm leicht über die Lippen. Er mochte Kienbaum nicht, aber er würde nie wieder was mit ihm zu tun haben. Solchen Kollegen gratulierte er leichten Herzens.

«Danke. Ist natürlich ein Arsch voll Arbeit.»

«Ja, klar», sagte Danowski. Und was fehlt dir dabei, was brauchst du von mir, was hab ich noch, was dir nützlich sein könnte. Lass mich doch einfach.

«Wann kommst du denn wieder?», fragte Kienbaum.

«Paar Wochen», sagte Danowski. Was ging den das an.

«Dann kann ich zum Ersten hier mit dir rechnen?» Es hörte sich an, als raschelte Kienbaum im Hintergrund pro forma tatsächlich mit Papier.

Danowski runzelte die Stirn, und zwar so, dass er fand, man hätte es eigentlich hören müssen.

«Adam?»

«Du meinst, bei dir? In der Mordbereitschaft?»

«Ja. Klar. Zweite Chance. Dritte Chance. Du kannst doch am wenigsten dafür. Du hast das gut gemacht mit dem Schüller.

Du hast ein bisschen Pech gehabt in den letzten Jahren. Aber ich glaub, wir können zusammen was Gutes ...»

«Martin», sagte Danowski, und er konnte sich nicht erinnern, Kienbaum je so direkt angesprochen zu haben, seit Jahren redete immer nur der ihn an, und Danowski hörte zu und dachte sich seinen Teil. «Ich hab keine Ahnung, wie das weitergeht bei mir, ich ...»

«Du bist formal immer noch hier angesiedelt in der Abteilung, Fallanalyse war ja ausgelaufen, und die Taskforce hat ja nun keinen strukturellen Rahmen, also beamtenrechtlich ...»

«Das mag ja sein», sagte Danowski und guckte sich um, ob der Strandkiosk noch offen hatte. Vielleicht noch ein Bier, für mit aufs Zimmer. Um besser durchs Abendessen zu kommen. Oder noch mal ans Wasser damit. «Aber ich werd garantiert niemals in einer Mordbereitschaft arbeiten, die von dir geleitet wird.»

Ja, der Kiosk sah offen aus.

«Hm», machte Kienbaum nach einer Weile. «Verletzend. Aber ich mag deine Offenheit. Offenheit schafft Vertrauen.»

«Ja, nee», sagte Danowski. «Nimm's nicht persönlich. Das war einfach 'ne Feststellung.» Ich habe keine Lust, für dich in die Kriechgänge zu gehen. Er fummelte in seiner Hosentasche nach Geld. Wie klar ihm das jetzt war, wo er es einmal ausgesprochen hatte: dass er ja auch was anderes machen konnte. Vielleicht Methodenlehre an der Polizeihochschule in Münster, Ethik oder so was, Di-Mi-Do, kleine Wohnung unter der Woche, Freitag bis Montag in Finkenwerder so richtig mit Kochen anfangen. Nie wieder ins Präsidium gehen, den grauen Todesstern hinterm Stadtpark.

«Ich bin durch damit», sagte Danowski.

«Damit.»

«Ja.»

«Mit mir.»

«Lass mal Schluss machen, jetzt», sagte Danowski. Kienbaum holte Luft, Danowski legte auf.

Er holte sich ein Bier und suchte eine Weile nach der passenden Bank. Der erste Schluck war warm, weil er die Flasche auf dem Weg am Hals festgehalten hatte. Es störte ihn nicht. Er hatte zum ersten Mal seit längerer Zeit das Gefühl, etwas gut gemacht zu haben.

8. Kapitel

In ihrem Kopf fing sie an, Lieder zu sammeln, in denen Häuser wie Menschen lebten. Ein Haus ist kein Heim. Wenn diese Wände sprechen könnten.

Konnten sie nicht. Aber sie konnten hören. Was da alles drin steckenblieb. Der Empfang war schlecht, der moderne Beton. Mit dem Handy telefonierte man, indem man sich aus dem Fenster lehnte. Sonst riss die Verbindung ab. Manchmal zerrte er sie zurück, weil es zog. Er zog. Ja, zu doll, mein Gott, zu doll, es tut mir leid, aber währenddessen hole ich mir hier den Tod, und mit wem telefonierst du überhaupt. Mit wem redest du da die ganze Zeit. Komm, steh auf. Es tut mir leid.

Das veränderte sich im Laufe des Abends.

Es tut mir LEID.

Es tut mir doch LEID.

Es tut mir so leid.

Wenn du wüsstest, wie leid mir das tut.

Warum glaubst du mir nicht, wie leid mir das tut.

Und dann tat es ihm wieder leid.

Wie viele Geräusche also in den Wänden sein mussten. Das Leidtun, die Kollisionen. Das war eines von seinen Wörtern: Es tut mir leid, dass wir eine Kollision hatten. Die Kollisionen, die Fehltritte. Noch so ein Wort, wenn es um die Treppe ging: Ich habe dich nicht geschubst, ich wollte dich halten, das war vielleicht ein Fehltritt von dir. Fehltritte, Fußtritte. Das Wort benutzte er nie. Wörter, die eine Anwältin finden würde für Dinge, die eigentlich unbeschreiblich waren, weil sie von verborgenen Orten kamen, an verborgenen Orten stattfanden, und danach wieder an verborgene Orte verschwanden. Vielleicht in aller Öffentlichkeit.

Was brauchst du hier so lange.

Wie sie sich geduckt hatte in das hellgoldene Licht der Umkleidekabine, die hatten das ganz schön gelöst hier, es schmeichelte einem, aber wie wütend ihn dieses Ducken machte.

Es tut mir leid, du kannst dir nicht vorstellen, wie anstrengend das für mich ist, man kann sich hier ja nirgendwo hinsetzen.

Meine Frau hatte eine kleine Kollision in Ihrer Umkleidekabine, was ist denn mit dem Licht da, man sieht ja die Hand vor Augen nicht. Seitdem bestellte sie online und versteckte die Pakete und die weichen Versandtüten aus hellgrauem Plastik, damit er nicht wütend wurde, weil sie Signale empfing von außen.

Wenn ihre Mutter und ihr Vater zu Besuch kamen, weil sie ihnen Geld gegeben hatten und sehen wollten, wo es geblieben war, lieb gemeint, wünschte sie, ihre Mutter und ihr Vater würden nicht zu nah an die Wände gehen, denn wer wusste, was darin alles aufgehoben war, die Wände mit Rohputz und nur hier und da eine Tapete, als Akzent: ein unvollkommenes Speichermedium, wer wusste denn, wie leicht oder schwer sich abrufen ließ, was darin gefangen war an Kollisionsgeräuschen. Hotel in Hamburg, die Eltern wollten ja auch eine schöne Zeit zu zweit haben, aber zum Kaffee kamen sie dann schon mal.

Also hoffte sie, ihre Eltern würden nicht zu nah an die

Wände gehen, damit sie den Sound ihrer Schande nicht hören konnten.

Oder hoffte sie, ihre Eltern würden so nah an die Wände gehen, dass sie hören, innehalten und sie mitnehmen würden. Wäre das eigentlich undenkbar? Wenn sie zu viert beim Kaffee saßen, in eine von den Gesprächspausen – und davon gab es wirklich genug –: Mama, Papa, nehmt ihr mich mit, ich kann hier nicht mehr leben. Ihr wisst nicht, was er mit mir macht.

Aber sie ahnte, was dann kommen würde.

Mutter: Aber das Haus.

Vater: Komm, nun werd mal nicht hysterisch.

Mutter: Jede Ehe hat ihre Höhen und Tiefen.

Vater: Da könnt ihr doch drüber reden wie erwachsene Leute.

Mutter: Morgen sieht das schon wieder anders aus.

Er: Es tut mir leid, so geht das die ganze Zeit. Aber wir kriegen das hin.

Wenn ihre Eltern wieder abfuhren, der Kaffee auf dem Schienbeintisch noch nicht kalt, gab es sicher etwas, was ihm nicht gepasst hatte. Er wartete geduldig. Aus den Wänden kam ihre Vergangenheit und Zukunft, und sie ging lieber gleich zu ihm, dann hatte sie das hinter sich und konnte abräumen.

Sie war fünfunddreißig, und ihre Eltern fanden, dass ihr langsam die Zeit davonlief, wenn das noch was werden sollte mit den Enkelkindern.

9. Kapitel

«Und du hattest Besuch von 'nem Kollegen?»

Danowski ließ sich Zeit mit dem Antworten, man musste die Neuigkeiten hier ein bisschen strecken.

«Ex-Kollegen», sagte er. «Ich glaub, ich hör auf mit der Polizeiarbeit.»

Die Wojtyła kaute nicht weiter, Knäckebrot, augenblicklich wurde es still an ihrem Vierertisch.

«Puh», sagte Saskia, die keinen Sinn für impulsive Entscheidungen hatte, ständig riet sie zur Vorsicht. Kinderbuchhändlerin, Ende zwanzig. Mit dem Daumennagel strich sie sich über die Augenbraue, immer in eine Richtung, weg von der Nasenwurzel; es war ihr sichtlich unangenehm, dass ihr Puh von Danowski als Kritik aufgefasst werden könnte, zugleich war sie offenbar kurz davor, die ganze Angelegenheit durch ein nachgeschobenes Uff noch zu verschlimmern oder sie zu verlängern, indem sie sich nun erklärte und entschuldigte. Danowski lächelte ihr zu.

Die Wojtyła hatte beim ersten Abendessen in die erste Stille gesagt: Ach so, alle nennen mich die Wojtyła, als täte sie ihrer Tischrunde einen Gefallen, indem sie das Offensichtliche aussprach. Schließlich sähe sie, das wüsste sie, man bräuchte nun auch nicht um den Brei herumzureden, sähe sie also «haargenau» aus wie der Papst, also Johannes Paul der Zweite, an den sich Danowski, der keinerlei Interesse an Päpsten hatte, kaum erinnerte, und der Saskia offensichtlich völlig unbekannt war. Allein Liva, in Danowskis Alter, Verwaltungsleiterin einer Pflegeeinrichtung und hin und wieder, er musste zweimal hinschauen, mit einer Zigarette für nach dem Essen schon hinterm Ohr, hatte ganz verständig genickt und gesagt, ja, es wäre ihr auch sofort aufgefallen, um dann, nach einer perfekten Kurzpause, in neckendem Tonfall hinterherzuschieben: Die Wojtyła sei ja offenbar auch so alt wie der besagte Papst.

Nur nicht so tot!, schoss die Wojtyła zurück, Saskia hatte sich vor Entsetzen verschluckt, Danowski hatte ihr sehr vorsichtig auf den Rücken geklopft, und seit dem Moment waren sie eine eingeschworene Tischrunde, vier Menschen, die einander die Plätze in immer der gleichen Saalecke reservierten. Das ging nur, weil sie tagsüber keine Anwendungen und keine Kurse zusammen hatten. Man brauchte ja Abwechslung.

«Mit deiner administrativen Erfahrung könntest du dich in einem Jahr zur Heimleitung umschulen lassen», sagte Liva. «Also, Leitungsebene Pflegeeinrichtung, Papierkram im Seniorenzentrum.»

«Ich will mal was nicht mit Menschen machen», sagte Danowski. Saskia runzelte die Stirn. Liva nickte.

«Es ist gar nicht so sehr … Also, wie sich das entwickelt hat oder so. Wir haben ja auch gute Supervision. Aber ich glaub, ich hab mir damals einfach den falschen Beruf ausgesucht», sagte er. Und dann, weil das hier sein musste, so was musste man hier einfach aussprechen, genau für so was war die Tischrunde da, heiter: «Augen auf bei der Berufswahl.»

Die Wojtyła schenkte Tee nach. Danowski beschloss, am Ende eine von den metallenen Kannen im Jugendherbergsstyle zu stehlen, um seinen inneren Neuanfang zu markieren. Zur Feier des Tages konnte er ruhig mal ein bisschen kriminell werden, fand er und lächelte innerlich, fast wäre daraus so was wie ein Schmunzeln geworden. Er erkannte sich in der Kur manchmal gar nicht wieder. Man geriet hier zwischendurch in eine ganz harmlose Stimmung, das hatte er anfangs gar nicht glauben mögen. Vielleicht war das die eigentliche Therapie. Viel Langeweile, aufs Meer gucken oder auf Beton, und abends diese leicht bekömmlichen Tischrunden.

«Ich stelle mir den Beruf schon auch sehr hart vor», sagte Saskia.

«Na ja», sagte Danowski und schmierte Schmierkäse, «sicher nicht härter, als vor den Feiertagen oder so im Einzelhandel niedergetrampelt zu werden.»

«Ja, wir haben immer einen wahnsinnigen Ansturm», sagte Saskia.

Auch in der zweiten Woche hatten sie noch nicht rausgefunden, warum die Wojtyła hier war. Liva hatte sich im Laufe der Jahre eine, Zitat, «hübsche Schmerzmittelabhängigkeit zugelegt» und dadurch «die eine oder andere Psychose ausgelöst, du spielst im Grunde Lotto mit deiner geistigen Gesundheit, wenn du das Zeug länger einwirfst», und dann langte sie sich ans Ohr, erleichtert, wenn die Zigarette noch da war, selbstgedreht, was gar nicht zu ihrer Frisur und ihren Strickjacken passte. Danowski bewunderte ihre starken Finger. Wenn er zu lange hinsah, schaute sie unterm Pony zurück, das war ihm zu flirtig. Saskia war «der wahnsinnige Ansturm» auf die Dauer zu viel geworden, ihr Burn-out war in so ein unspezifisches Erschöpfungssyndrom übergegangen.

«Na gut», hatte Liva am ersten Abend gesagt, «ein Burn-out, ein Suchtproblem, ein Trauma», dabei mit dem Kinn zu Danowski. «Da hätten wir ja 'ne ganze Menge abgedeckt.» Absichtlich mit Kunstpause, damit die Wojtyła sich nun offenbaren, einreihen oder abgrenzen konnte. Aber die Wojtyła hatte nur gelächelt und die Hände zwischen die Knie geschoben und sich nach vorn gebeugt, als hörte sie ganz aufmerksam zu und alles sei gut und jeder Tisch bräuchte einfach einen Papst oder eine Päpstin. «Nächsten Monat werde ich achtzig», hatte sie nur gesagt, und Danowski dachte: Vielleicht reichte das als Grund, um in die psychosomatische Kurklinik zu kommen, denn was wusste er vom Achtzigwerden.

«Was willst du denn machen?», fragte Liva. «Erst mal eine Weltreise oder so was?»

«Genau», sagte Danowski. «Mal ordentlich meine Ersparnisse auf den Kopf hauen.» Alle lachten ein bisschen, er auch, es fühlte sich sehr gut an, hier war alles auf mittlerer Flughöhe. Er merkte, dass er hier gar nicht an Schüller dachte. Tja. Sofort hatte er dessen Geruch in der Nase. Was Säuerliches, als hätte der in der Untersuchungshaft die Körperpflege verweigert. Oder waren das die schlesischen Gurkenhappen, die die Wojtyła an ihren Tellerrand geschoben hatte.

Nein, das war Schüller, ganz unverkennbar. Zwischendurch hatte Danowski hin und wieder die Augen zugemacht, aber dem Geruch hatte er nicht entfliehen können. Und den Atemgeräuschen von Schüller. Und dass der ihn dann anschrie: «Tu bloß nicht so, als ob du schläfst.»

«Sie sind ja ein junger Mann», sagte die Wojtyła, die manchmal das Tisch-Du vergaß.

«So jung nun auch wieder nicht», sagte Danowski erleichtert. Wie schön er es fand, hier am Tisch einfach so automatische Geräusche zu machen.

«Moment mal bitte», sagte Liva gleichaltrig.

«So jung wie du möchte ich erst mal werden», rettete sich Danowski. Saskia runzelte die Stirn, und Liva sah unterm

Pony vor und fasste ihn kurz an die Hand, die neben seinem Teller lag. Als Liva zudrückte, merkte er, dass seine Hand vibrierte wie auf dem Abteiltisch bei einer unruhigen Bahnstrecke.

10. Kapitel

Wo die Liebe hinfällt.

Das war so ein Satz, den dachte er ganz oft.

Er hatte so Sätze, die blieben ihm hängen, die flatterten in seinem Kopf, wie buddhistische Gebetsfähnchen oder so was. Er konnte da gar nichts gegen tun.

Wo die Liebe hinfällt.

Komm mal her, mein Butscher. Wenn die Oma das gesagt hatte in Preetz. Er hatte das danach nie wieder gehört, er hatte die Oma nicht mal besonders gemocht, aber dieses Wort, von dem er damals dachte, alle Kinder hießen so, war ihm geblieben, das war manchmal schon da, wenn er aufwachte.

Ohne Hirn, Halbes Hirn, Provinz-Idiot, Wilder Landwirt: Wenn er im Autobahn-Korridor durch die Nordheide die Autokennzeichen der Region nicht sehen konnte, ohne ihre Verballhornung mitzudenken, OH HH PI WL, es war wie ein Zwang, und wie sein Fahrlehrer gesagt hatte: Grüner wird's nicht. An jeder Ampel.

Wo die Liebe hinfällt. Und fällt und fällt. Die Liebe ist hingefallen, das wird schon wieder. Die Liebe ist ja auch wieder aufgestanden. Die Liebe hat vielleicht ungläubig geguckt die ersten Male, und später, als erwartete sie gar nichts anderes mehr. Wenn die Liebe hinfällt.

11. Kapitel

Die Zeit zwischen Abendessen und Schlafenszeit dehnte sich jeden Tag mehr, Danowski war kurz davor, sich eine Fernsehzeitung zuzulegen. Niemand war im Wasser, es nieselte. Seine Tischrunde spielte Skat, er hätte es gern gekonnt. Sie hätten es ihm beigebracht, aber er hatte undeutliche Skrupel, dann die Wojtyła oder Saskia zu verdrängen. Außerdem wusste er aus Erfahrung, dass er sich nicht auf Spiele konzentrieren konnte.

Er sah aufs Wasser und wartete auf Müdigkeit. Wenn man vom Essen kam, war die Ostsee dunkelgrau und der Himmel auch. Manchmal schien der Mond, nie konnte er sich merken, wo der heute auftauchen würde. Im Zimmer wartete Schüller. Es hatte die gleichen Ausmaße wie der kleine Büroraum, in dem Danowski mit Schüller gesessen hatte. Ich verstehe, dass du da ein ungutes Gefühl hattest: Metas Worte, einen Tag danach.

Ungutes Gefühl, dachte Danowski. Wie Meta sich immer ausdrückte.

Vom Dünenrand aus sah er, wie sich nun doch ein etwas dunklerer Fleck aus dem Seegrau löste und womöglich größer wurde. Für einen Moment dachte Danowski an eine Robbe oder einen Seehund, etwas, wovon er den Mädchen erzählen konnte. Bis ihm einfiel, dass sie nicht mehr acht und elf waren, sondern so alt, dass sie auftauchende Robben am Telefon nur noch ihm zuliebe interessant fanden.

Aus dem Wasser löste sich die Gestalt eines Mannes, den Danowski erst für einen Taucher hielt. Da, wo die Gestalt aufstand, war das Wasser viel flacher als erwartet, der Froschmann war viel näher ans Ufer geschwommen, als nötig gewesen wäre, und als er aufstand wie jemand, der auf dem Fußboden gespielt hatte, schienen sowohl der Taucher als auch Danowski einen Moment überrascht, dass ihm das Wasser nur bis zum Knie reichte. Dann war er ein dunkelhaariger Mann in einem Neoprenanzug. Die letzten hundert, zweihundert Meter stapfte er durchs flache Wasser zum Strand. Als er auf Danowskis Höhe an Land kam, sah er sich einen Moment um, als hätte er die Wahl, Danowski zu übersehen, sobald mehr Leute am Strand waren. Ein Hund lief durchs Bild, ansonsten waren sie allein.

Danowski und der Schwimmer nickten einander zu, und sofort breitete sich eine geteilte Schüchternheit auf dem Strand aus, die Danowski ebenso vertraut wie unangenehm fand. Der Schwimmer rieb sich die Augen und deutete ein paar Dehnübungen an, dann kam er auf ihn zu. Erst jetzt merkte Danowski, dass etwa zwei Meter neben ihm ein zusammengefaltetes Handtuch über dem Draht der Dünenabsperrung hing.

Kilometerweise Strand, und er setzte sich genau dahin, wo der einzige andere Mensch weit und breit sein Handtuch platziert hatte. Danowski legte sich bereits eine unpassende Erklärung zurecht, bevor ihm wieder einfiel, dass er einundfünfzig war und sich hinsetzen konnte, wo er wollte.

«Schön im Wasser?», fragte er, weil der Schwimmer ihm zunickte und neben ihm stehen blieb, das Gesicht ins Handtuch gepresst. Seine Waden unter dem Neopren sahen aus wie Brotlaibe.

«Kalt», sagte der Schwimmer durchs Frottee. Dann legte er sich das Handtuch über die Schulter und sah Danowski an.

Oh, dachte Danowski. Der Mann von Mareike. Die sich in seine Gruppentherapie gedrängelt hatte. Obwohl sie eigentlich schon genug waren. Frau Birkmann hatte extra einen neuen Stuhl geholt, sie mussten den Kreis erweitern.

Manche Leute bekamen überall eine Extrawurst, also Mareike. Und anderen Leuten fiel immer auf, wenn andere irgendwo eine Extrawurst bekamen. Also mir, dachte Danowski.

Unangenehm. Ein bisschen Großzügigkeit stünde ihm gut zu Gesicht, fand er. Das war doch die Entscheidung der Therapeutin, ob sie noch jemanden in die Gruppe ließ oder nicht, und wenn es eine für seinen Geschmack etwas penetrante und zugleich seltsam verhuschte Frau war, die er für sich Person nannte, und die eigentlich wegen eines komplizierten Ellenbogen-Gelenkbruchs Reha im Orthopädieflügel machte. Es redete doch eh niemand in der Gruppentherapie. Die Therapeutin kam jedes Mal mit einer anderen Strategie, erst das Vorstellspiel, dann Assoziationsketten, Danowski war gespannt, was sie sich für morgen ausgedacht hatte, um die Gruppe zum Reden zu bringen.

Hätte er Leslie eigentlich auch mitbringen können?

Die Vorstellung fand er absurd. Aber warum eigentlich. Vielleicht, weil er dann nicht in die Tischrunde mit Saskia, Liva und der Wojtyła gefunden hätte, die Ehepaare blieben eher unter sich: Mareike und ihr Mann hatten anfangs mit einem älteren Paar gesessen, wo die Frau eine neue Hüfte hatte, das sah Danowski schon nach kurzem am Gang, man bekam hier schnell ein Auge für die Leiden der anderen. Zumindest die orthopädischen.

Er lächelte ein bisschen beim Gedanken an Leslie in der Kurklinik. Er stellte sie sich mit Sonnenbrille, Handtuchturban und Longdrink auf dem Balkon vor, eine Zeitschrift durchblätternd, die keine Fernsehzeitung war. Natürlich hätte er mit Leslie Meerblick; mit Leslie hatte man immer Meerblick.

Vielleicht hatte der Mareike-Schwimmer das Lächeln falsch verstanden, vielleicht war der auch einfach nicht so verkorkst wie Danowski, dachte Danowski. Er schlug sein Handtuch einmal in der Mitte zusammen, breitete es geschickt in einer Bewegung auf dem Sand aus und setzte sich ein paar Meter neben Danowski, nah genug für ein unverbindliches Gespräch.

«Kalt, aber mit dem Neo geht's. Also, der ist extra dafür da.»

Danowski nickte. Sein Interesse an jeder Art von Zubehör ging gen null. Vielleicht war das sein Hauptproblem. Man war doch auf der Welt, um sich für Zubehör zu interessieren, das stellte er immer wieder fest.

«Ich glaub, ich bin noch nie im Dunkeln geschwommen», sagte er. Was gar nicht stimmte: Sommernächte im Schlachtensee, Sommernächte in der Krummen Lanke, das schien ihm Jahrhunderte entfernt, die Landschaftsbilder von Leistikow im Foyer der Stadtbücherei Zehlendorf, Drucke.

«Ja, nee, ist auch nicht zur Nachahmung empfohlen. Normalerweise mach ich das morgens», sagte Mareikes Mann und sah aufs dunkle Meer. Zwei Männer, die auf den gleichen Punkt guckten, aber keinen Blickkontakt hatten, so konnte man sich doch unterhalten.

«Ich müsste auch mehr Sport machen», sagte Danowski.

«Reine Gewöhnungssache.»

Nach einer Weile merkte er, dass der andere gegangen

war, dunkle Spuren im grauen Sand. Durch den Strandhafer, obwohl der abgesperrt war, wegen Erosionsschutz. So was fiel Danowski auch hier immer noch auf: was erlaubt war und was nicht. Danowski dachte, dass bei ihm wirklich alles Gewohnheit war. Er hatte sich irgendwie angewöhnt, Polizist zu sein. Immer im Auftrag irgendwelcher Regeln unterwegs, die er nicht aufgestellt hatte und für die er sich womöglich gar nicht interessierte, die er durchsetzte, weil das so die Vereinbarung war, Voraussetzung für die Tarifklasse. Das Gehirn entwickelte dabei Gewohnheiten, um sich die Arbeit leichter zu machen, Energie zu sparen: Dinge einfach abzuwickeln, ohne jedes Mal darüber nachdenken zu müssen. Kein Wunder, dass sein Polizistengehirn immer erst mal vom Negativen ausging, vielleicht war es einfacher, Fehler zu korrigieren, die man aus Misstrauen beging, als Fehler aus Vertrauen. Und manchmal war es einfach zu kompliziert. Schüller hatte er vertraut: also, dass der unschuldig war. Wenn Danowski das nicht geglaubt hätte, wäre er niemals bereit gewesen, sich als Geisel eintauschen zu lassen. Aber war das jetzt ein Fehler gewesen? Oder gerade nicht?

Danowski lehnte sich zurück auf die Ellenbogen und streckte die Beine von sich, die Abendluft kalt an den Knöcheln.

Ich muss mal atmen, hatte Danowski gesagt. Darf ich aufstehen?

Schüller hatte genickt und die offenbar ungewohnte Waffe mit beiden Händen festgehalten. Da guckte fast nur noch der kurze Lauf aus seinen fleischigen Händen, gerichtet auf Danowskis Körpermitte. Danowski stellte sich ans Fenster und fummelte hinter der zugezogenen Aluminium-Jalousie nach der Kippvorrichtung, frische Luft. Körpermitte, wenn Schüller jetzt abdrückte: Bauchschuss, das könnte man überleben, aber nur ausnahmsweise, und vermutlich nicht gut.

Die meisten Büro-Jalousien waren ja irgendwie kaputt, und Danowski hatte noch nie dermaßen auf eine intakte Zugvorrichtung gehofft wie in diesem Moment. Mit dem ganz charakteristischen und befriedigenden Ratsch-Geräusch flog die Jalousie nach oben und knallte zusammengedrückt gegen die Aufhängevorrichtung. Danowski war so abgelenkt von dem Geräusch, dass er sich einen Moment zu spät auf den Boden warf, grauer Nagelfilz.

Draußen war es auf diese seltsame Hamburger Weise undunkel, Mitternacht zwar und Neumond, aber der Himmel gelb bedeckt vom Hafenlicht. Danowski sah den roten Punkt vom Dach gegenüber auf Schüllers Stirn, und wie dessen Finger einander unterhalb des Laufs Platz machten, damit einer den Abzug drücken konnte, das verschmolz zu einem einzigen Moment, der für Danowski einfach nicht aufhören wollte seitdem.

12. Kapitel

Kind verloren. Sie konnte keinen Satz mit diesen Wörtern bilden, die ihr von allen Seiten aufgedrängt wurden, zuerst von der Frauenärztin, die sich dann aber korrigierte, als sie merkte, das kam nicht an. Im fünften Monat.

Die MFA, Kopftuch, perfekte Augenbrauen, tröstete ihn im Wartebereich. Sie sah in eine andere Richtung. Auf dem Tresen stand ein Glas mit indonesischen Ingwerbonbons. Sie nahm sich eins und wickelte es aus und steckte es sich in den Mund, während er weiter weinte. Dann nahm sie ein zweites und steckte es in die Hosentasche, für später. Als sie den Blick der MFA traf, bekam sie ein schlechtes Gewissen.

Untröstlich. Er ging voran, und sie sah am Vibrieren seines Rückens, dass er ihre Zukunft plante, und wenn es die nächste halbe Stunde war, und dass er immer noch weinte.

Als er durch die Tür war und sie noch an ihrer Jacke zuppelte, hielt die Praxishelferin sie am leeren Ärmel fest. Ihr Blick war hart und pragmatisch, und sie brauchte einen Moment, um zu merken, dass die Härte nicht ihr galt.

«Sie brauchen Hilfe», sagte die MFA. Es klang wie ein Fluch.

Kollision, eine kleine. Große Wirkung. Kein Kind.

Die Praxismitarbeiterin schob ihr eine Karte mit spitzen Ecken in die Hand. Sie machte ihre Hand starr, sodass die Karte davon abglitt. Sie merkte, dass ihr Schweiß ins Unterhemd lief.

Die Praxistür offen, seine Schritte auf der Treppe: angehalten.

«Sie kennen ja unsere Sprechzeiten», sagte die MFA mit einem Tresensingsang und nahm die Hand mit der Karte weg wie bei einem Zaubertrick. «Wegen Nachuntersuchung noch mal, in den nächsten zwei Wochen. Auch kurzfristig.» Dabei im Blick eine unbeschreibliche Zärtlichkeit, unbeschreiblich dahingehend, dass Mareike in den nächsten Minuten und Monaten davor zurückschreckte, sich diesen Blick zurück in Erinnerung zu rufen und sich zu erklären, was ihn ausgemacht hatte. Sie hatte Angst, da in ein Gefühl reingezogen zu werden, aus dem sie nie wieder rauskommen würde, Hoffentlichkeit nannte sie das später.

Von der Praxis aus lief NDR 2 ins Treppenhaus.

Als sie auf der Treppe zu ihm aufschloss, weinte sie auch und ergab sich seinem Schulterarm.

Das Haus wartete auf sie.

13. Kapitel

Dreimal in der Woche war also Gruppe, und an sich fand Danowski das Konzept ganz interessant: Leute erzählten, wie schlecht es ihnen ging, und die anderen nickten. Dann war es vorbei.

Nach zwei oder drei Sitzungen hatte der Neuigkeitswert allerdings nachgelassen, und der Bauingenieur und die Frau mit der Stola hatten ihren Beiträgen nicht mehr viel hinzuzufügen. Der Bauingenieur war hier, weil er gemobbt wurde und darüber depressiv geworden war, «richtig fett depressiv». Danowski hatte anfangs mit Interesse zugehört, gemobbt fühlte er sich auch oft, und er fragte sich, warum ihn das nie gestört hatte, er hoffte, aus der Erzählung des Bauingenieurs etwas herauszuhören, was ihm seinen eigenen Gefühlsmangel womöglich erklären könnte. Aber dann war es wie so oft bei Mobbing-Geschichten, manchmal bekam er die ja auch von Zeugen zu hören: Sie waren alle gleich und alle zugleich sehr kompliziert. Wer wann was gesagt oder nicht gesagt hatte, und wie das bei dem oder der angekommen war, und wie sich das dann hochgeschaukelt hatte, und schon in der zweiten Sitzung hatte Danowski das Gefühl, der Bauingenieur kämpfte noch mehr um die Aufmerksamkeit seines schläfrigen Publikums als um die Verarbeitung seiner Erlebnisse. Am Ende wirkte er unzufriedener als zuvor, er fiel in sich zusammen. Danowski betrachtete währenddessen seine Hände, als hätte er einen erwürgt damit, so eine Mischung aus Unverständnis,

Abscheu und Faszination. Was würde er künftig machen mit diesen Händen?

Darüber hätte er ja hier mal reden können. Über diese Frage. Über seinen Neuanfang. Ob das einer werden würde. Aber wie fing man das an?

Hallo, ich bin Adam. Ich bin hypersensibel. Hochempfindlich. Das hätte er noch vor vier, fünf Jahren gesagt. Weil ihm der erste Neurologe das erzählt hatte. Und weil es sich für ihn so anfühlte: Als wäre seine Haut zu dünn, als dringe alles zu tief in ihn ein und wäre dann, sobald er sich darauf eingestellt hatte, auf der anderen Seite aber auch schon wieder heraus, und er leer. Ich bin depressiv. Wer nicht! Also, wie sollte er was sagen, wenn er gar nicht wusste, wie er anfangen sollte. Ich bin traumatisiert. Nun! Das hätte bedeutet, noch mal in Ruhe darüber nachzudenken und davon zu erzählen, wie und wodurch. Und wäre das nicht, okay, keine Ahnung: quasi eine Retraumatisierung? Also, lieber erst mal die Klappe halten.

Die Frau mit der Stola, selbstgestrickt, Regenbogenwolle, eine ganz raffinierte Geometrie, hatte ihren Mann verloren und fand nun, wie sie sagte, «nicht mehr aus der Trauer raus». Es hörte sich an, als hätte ihr jemand diesen Satz angeboten und sie hätte ihn angenommen, weil sie nichts Besseres zur Hand hatte. Danowski hörte ihr eine Weile zu, bekam dann aber Angst, Leslie stürbe.

Holm saß einfach nur da und sagte nie was. Wenn jemand sprach, guckte er kritisch. Das hatte Danowski gerade noch gefehlt.

«Adam, möchten Sie mal erzählen?» Wahrscheinlich, weil er bei der Vorstellung so gequält geguckt hatte. Die Therapeutin Frau Birkmann hatte seinen Vornamen sehr unauffällig von ihrem Klemmbrett abgelesen, das gefiel ihm, er respektierte es, wenn Leute die Tricks ihres Berufsstandes draufhatten.

Er räusperte sich.

Von Holm durfte er sich doch jetzt nicht unterkriegen lassen. Eigentlich war er ganz kurz davor, mal ein bisschen was zu erzählen. Dann sah er wieder nur den roten Lichtpunkt auf Schüllers Stirn, und weil er den nicht mehr sehen wollte, sah Danowski, wie er sein Glied in eine leere Anderthalb-Liter-Flasche Lidl-Wasser gepresst hatte, um dort hineinzupinkeln, und das Wasser hieß Saskia wie die Buchhändlerin in seiner Tischrunde, ach, wenn doch schon Abend wär und die vertraute Runde beisammen, richtig Sehnsucht bekam er.

In der ersten Erleichterung hatte er sich beim Zielen auf die Hand gepinkelt, und keine Möglichkeit, sich die Hände zu waschen; wie demütigend das war. Also hoffte er, dass sein Glied womöglich mit großer Anstrengung in die tatsächlich viel zu enge Flaschenöffnung passte, es gab dann schnell kein Zurück mehr, wenn man einmal angefangen hatte. Aber als er laufen lassen wollte, entstand durch den dichten Abschluss der Flaschenöffnung und die zulaufende Flüssigkeit ein Unterdruck in der Flasche, der es ihm unmöglich machte, sein Glied länger unter Kontrolle zu behalten, und …

«Ich bin noch nicht so weit», sagte Danowski nach einer Weile. Das war in der vorigen Sitzung gewesen. Er hatte den Satz in einem so bestimmten Ton gesagt, klar und fest, dass er den anderen in der Runde offenbar wie so eine Art amtliche Verlautbarung oder wie eine offizielle Sprachregelung erschienen war, mit der man aus der Sache hier erst mal rauskam, und die Sache war der fragende Blick der Therapeutin. Frau Birkmann, Ballerinas und Rollkragenpullover, alles immer in einer Farbe, beim ersten Mal Rot, das war ein richtiges Bekleidungskonzept, dahinter steckte eine Entschlossenheit, die Danowski bewunderte. Er trug Jeans und T-Shirt und Pulli, blaugrauschwarz, er griff in den Schrank, ohne hinzusehen, und langweilte sich schon beim Anziehen.

«Ich bin noch nicht so weit», sagten daraufhin auch die sechs anderen, die außer ihm und der Stola-Witwe und dem gemobbten Ingenieur noch hier waren. Am Ende sagte sogar eine, wohl, um das alles ein bisschen aufzulockern: «So weit bin ich noch nicht», und es hörte sich für ihn so lustig an, dass Danowski als Einziger richtig lachen musste.

Mareike hatte ihn von gegenüber im Stuhlkreis mit einer ziemlichen Abneigung angeschaut. Als ob man hier nicht lachen durfte.

«Lachen ist die beste Medizin», sagte Danowski und rutschte auf seinem Stuhl hin und her, was den Eindruck erwecken sollte, als fühlte er sich wohl und wollte es sich noch bequemer machen, aber auf dem Kunststoffboden entstand durch die Stuhlbeine nur ein ganz seltsames, katzenartiges Geräusch.

Mareike hielt ihren Arm in der Schlinge mit dem anderen Arm und bewegte ihr Knie nach oben und unten, als müsste sie weg. Dabei hatte sie sich doch extra hier reingedrängt.

«Mareike kommt aus der Orthopädischen», hatte Frau Birkmann gesagt, «aber wir haben nicht so viele übergreifende Angebote, ich denke, wir können da auch mal ein Auge zudrücken, zumal Mareike vielleicht auch noch das eine oder andere zu erzählen hat.»

Beim letzten Satz guckte Mareike ein bisschen gequält, daraufhin Frau Birkmann sofort: «Aber muss natürlich auch nicht», als wäre Mareike so eine Art vornehmer Besuch hier, dem man auf keinen Fall Unannehmlichkeiten bereiten durfte.

Mareike war ihm schon im Speisesaal aufgefallen, wie sie sich die ganze Zeit verstohlen umguckte, so nach dem Motto: Wo bin ich hier hingeraten. Diesen einen Tick zu sorgfältig angezogen für die Umgebung: Ich lass mir hier von euch keine Jogginghose vorschreiben und keine Adiletten, egal, wie ihr hier rumlauft. Weil Danowski sich selbst ziemlich viel umguckte, waren ihre Blicke einander irgendwann begegnet, und zwar genau in dem Moment, als Danowski sich gerade aus Langeweile und einfach, weil es niemanden an seinem Tisch interessierte, ein komplettes, aber geschältes hartgekochtes Ei in den Mund geschoben hatte, um es darin langsam und kindlich zu zerdrücken und, das hatte er für sich noch nicht ausgeschlossen, es zwischendurch womöglich direkt in der Mundöffnung noch nachzusalzen, den Streuer hatte er schon in der Hand, er musste nur noch den Kopf in den Nacken legen.

Abschätzig, das war vielleicht das richtige Wort, so hatte sie ihn angesehen. Er hatte außerordentlich lange geschluckt, Tränen der Anstrengung in den Augen.

Heute also hatte Frau Birkmann offenbar beschlossen, andere Saiten aufzuziehen, und Danowski fand es ganz interessant, sie dabei zu beobachten. Nachdem die Frau, die nicht aus der Trauer fand, und der Bauingenieur kurz berichtet hatten, wie es ihnen seit dem letzten Mal ergangen war (ganz gut eigentlich!), sagte Frau Birkmann nur: «Wer möchte?» Danach lehnte sie sich nicht einmal zurück, sie blieb einfach ganz gerade sitzen und guckte lieb und geduldig in die Runde. Schräg über ihrem Kopf hing eine genormte Uhr. Es war noch ordentlich Zeit, um hier unbehaglich zu schweigen.

Danowski unterdrückte ein Grinsen. Dasitzen und Schweigen war eine ganz alte Verhörtaktik, mal sehen, was diese

Frau Birkmann so draufhatte. Vielleicht konnte er sogar noch was lernen von der, dachte er gönnerhaft. Na ja. Oder sie von ihm. Schweigen fiel ihm leicht. Man ging halt innerlich einfach woandershin und glotzte dort an die Wand.

Obwohl, na ja. Überall, wo er hinging, war Schüller mit dem roten Punkt auf der Stirn. Gar nicht genau in der Mitte, ein Stück weit links, vom Patienten aus gesehen, etwa drei Zentimeter unterm Haaransatz.

Danowski wurde unruhig. Er hielt es für eine empathische Reaktion, wie Gähnen, sobald jemand im Raum damit anfing. Alle waren unruhig. Ganz interessant, das mal auszuhalten.

Unglaublich, wie langsam der Sekundenzeiger um diese Uhr schlich, und warum hatte sich niemand die Mühe gemacht, ihn mit dem Minutenzeiger zu synchronisieren, warum war der zwischen den Strichen, wenn der Sekundenzeiger auf der zwölf war.

Danowski spürte sein Herz. Frau Birkmann zündete die nächste Stufe und lehnte sich mit einem kaum hörbaren Seufzen zurück, so bequem waren die Stühle hier nun wirklich nicht. Er merkte, wie ihm das Atmen schwerer fiel. Das Herz, war es nicht links, warum fühlte es sich an wie ein Klumpen, der einem mitten in der Brust saß. Heiß und schwer. Er musste richtig drumherum atmen. Besser wäre es womöglich, nun doch einfach zu reden. Den anderen mal ein bisschen von seiner Arbeit zu erzählen.

Er räusperte sich, als hätte er einen trockenen Mund, dabei war der ihm vollgelaufen wie nach einer Lebensmittelvergiftung. Wo anfangen. Mit diesem Satz von Meta, «Kannst du uns helfen?», oder mit diesem Satz von Finzi, «Um fünf bist du zu Hause, so oder so.» Ja, genau. Fünf Uhr morgens. Des darauffolgenden Tages. Und seitdem fühlte sich das nicht mehr an wie sein Zuhause. Er rieb mit den Händen über seine Oberschenkel, war er nicht zu alt für Jeans. Er stieß die Luft aus, um endlich Platz für die Wörter zu machen.

«Okay», sagte Mareike, und sie sprach es ganz amerikanisch aus. «Ich will mich nicht vordrängeln, aber ...»

Die anderen seufzten erleichtert, ganz knapp über der Grenze des Hörbaren. Er fühlte sich, als würde er ausgeschäumt mit Enttäuschung. Gerade hatte er doch. Also, er wollte doch. Er war doch jetzt.

«Ist das in Ordnung für euch?»

Jetzt hörte er, wie die nickten.

«Also», sagte Mareike.

Spannend, dachte Danowski. Was jetzt wohl kam. Beim Rollerbladen den Arm gebrochen, und seitdem schreckliche Angst vor jeder Art von Rollschuhen.

«Ich», sagte Mareike.

Ja, dachte Danowski. Ja, du.

Er hob den Blick. Frau Birkmann sah Mareike an, ganz sachlich und aufmunternd, und dann stand sie auf, während Mareike noch einmal «Ich» sagte.

Wir haben's begriffen, dachte Danowski, der sein Herz zwar nicht mehr spürte, aber auch endgültig nicht mehr das Interesse hatte, jemals seine Geschichte zu erzählen. Frau Birkmann ging zur Tür des Gruppenraumes und machte etwas an der Tür, als wollte sie die Klinke prüfen. Er hörte ein Schließgeräusch.

«Manchmal kommen die von der Rhythmischen hier rein», sagte Frau Birkmann erklärend. «Da gibt es manchmal Doppelbelegung. Das kann sehr störend sein.» Sie setzte sich wieder hin und nickte Mareike aufmunternd zu.

«Ich», sagte Mareike, «kann das nicht.»

Ach so, dachte Danowski. Als ob es uns nicht allen so geht.

«Das kann ich verstehen», sagte die Frau mit der Stola, die nun wirklich am allermeisten geredet hatte. Der Bauingenieur guckte, als würde er sich schon wieder gemobbt fühlen. Danowski fragte sich, ob er in fünfundzwanzig, ach, dreißig Jahren Polizei mittlerweile einen kompletten Empathieverlust erlitten hatte. Zwar bekam er, hochsensibel, wie sie ihn immer genannt hatten, noch sehr genau mit, was in den anderen vorging – aber es war ihm inzwischen völlig egal.

«Lass dir Zeit», sagte der Bauingenieur, «mir wollte am Anfang auch keiner zuhören.»

Danowski sah, wie Mareike weinte. Mit gesenktem Kopf, mit Flüssigkeit an der Nase, einem richtigen Faden, und einem Puh-Puh-Puh aus dem Mund. Es sah aus, als täte sie es oft, aber hätte dennoch keinerlei Übung darin, so, als müsste sie das Weinen für sich jedes Mal wieder neu erfinden.

Er schluckte.

Mareike stand auf und wischte sich mit dem fein gestrickten Pullover übers Gesicht, im nächsten Moment erschrocken über die Flüssigkeit am Ärmel. Dann trat sie aus dem Stuhlkreis, wieder das Katzengeräusch, und rüttelte an der verschlossenen Tür, bis Frau Birkmann kam.

14. Kapitel

Sein Lieblingswort als Kind: Rauschgift.

Das Wort war oft auf so Zeitschriftenfotos, wo man dann weißes Pulver auf einem Spiegel sah, der Hintergrund schwarz, vielleicht eine Tischplatte oder ein Waschbecken, und ins Bild ragte auch noch eine Spritze, doppelt hielt besser. In seiner Erinnerung war es immer dasselbe Bild, die ganzen achtziger Jahre über, und immer wenn er das Wort dachte, sah er dieses Bild vor sich. Er hatte das Wort gemocht, weil es schön und gefährlich klang, und weil die Eltern und die Lehrer nichts mehr hassten als: Rauschgift.

Am Ende mussten die Eltern ihm selbst beibringen, wie er das am besten machte: sich eine Spritze setzen.

Aber der erste Teil des Wortes zischte so schön, der zweite stach kurz und spitz, es war wie eine interessante Oberfläche, über die man gern mit dem Finger strich, musst du denn alles anfassen. Rauschgift, das Wort nahm er jetzt auch. Wenn er versuchte, sich selbst ins Gewissen zu reden.

Die Finger endlich vom Rauschgift lassen. Vom Rauschgift loskommen. Und dass das Rauschgift sein Leben zerstört hatte.

Weil es ein Rausch war und ein Gift, wenn die Liebe wo hinfiel.

15. Kapitel

Beim Mittagessen wollte Danowski ein bisschen über Mareike lästern, obwohl es eigentlich keinen Grund dafür gab. Außer, dass es ihn erleichtert hätte. Die Situation wäre für ihn besser abzuhaken gewesen, wenn er sie so hätte erzählen können, dass Mareike darin wie eine Diva erschien. Alle hier hatten Geschichten über diese oder jene Person, die sich immer in den Mittelpunkt stellte, und sich darüber auszutauschen, stiftete Gemeinschaft und schaukelte das Mittagessen über die Runden, darum hingen Liva, Saskia und die Wojtyła richtig ein bisschen an seinen Lippen, als er über der klaren Brühe anhob mit «Oh Mann, bei uns war ja heute wieder was los in der Gruppe». Er mochte sich eigentlich selber nicht, wenn er solche Sätze sagte. Vor allem nicht, wenn er dann nicht weiterkam und die Anekdote unauffällig abbrechen musste, bevor es überhaupt eine hatte werden können.

Er ließ die Brühe von seinem Löffel laufen, während die drei Frauen warteten, ob noch was käme von ihm. Na ja. Er hätte sagen müssen: Ich glaube, ich hatte eine Panikattacke, und gerade, als ich mich durchgerungen hatte, endlich was zu sagen, fängt diese andere Frau an, und das hat mir nicht gepasst, und dann kriegt sie das nicht mal erzählt. Genau wie ich. Also, ich ärgere mich über diese Frau, weil sie sich genauso verhält wie ich, nur mit dem Unterschied, dass sie es mehr und mutiger versucht hat als ich, und dass sie dann bewusster und entschiedener abgehauen ist als ich. Und dass sie weinen konnte. Ich bin wieder nur in mich versunken. Er legte den Löffel ab.

«Hat bei euch die Therapeutin schon mal die Tür abgeschlossen, während der Gruppe?», fragte er, weil er sich keinen Reim darauf machen konnte.

«Um Gottes willen», sagte Liva. «Das ist doch keine Geiselnahme.»

Danowski merkte, dass er stand, und zwar schon einen Schritt oder zwei entfernt vom Mittagstisch, die Platte helles Holzfurnier, Kiefer oder Fichte, rautenförmig eine hellgelbe Decke aus einer Kunstfaser, die aussah wie Baumwolle und sich abwischen ließ wie Wachstuch.

«Adam?»

Er hustete.

«Hast du dich verschluckt?» Liva war schon halb aufgestanden, weil sie ihm wohl auf den Rücken klopfen wollte. Danowski schüttelte nickend den Kopf. Eine richtig feste Umarmung, das wäre es jetzt gewesen, gern auch von Liva, und dann wegrennen, so schnell er konnte. Wann würde es jemals einen sozialen Rahmen geben, in dem seine hochspeziellen Wünsche sich erfüllen ließen? Umarmtwerden und Wegrennendürfen innerhalb von drei Sekunden? Warum war das kein allgemein anerkannter Brauch?

«Gehen Sie mal besser an die frische Luft», sagte die Wojtyla, das Sie, als würde sie ihm ein gestärktes Taschentuch anbieten, er wusste es zu schätzen.

«Soll ich dir deine Quarkspeise aufheben?», fragte Saskia.

Hinter dem zweiten Betonrhombus der Kurklinik war eine mit Pflanzenkübeln und Normbänken durchschossene Grünanlage, die auf den Wegweisern als «Kurpark» bezeichnet wurde. Darin am östlichen Rand, wo das Gelände sich zum Strand hin öffnete, die recht abstrakt übermuschelte Bühne für ein Kurorchester, das vermutlich noch während der Kanzlerschaft Schmidt Zwo aufgelöst worden war. Auf der Bühne standen Wasserlachen. Danowski lief daran vorbei, in der Nase noch den Warmhaltegeruch aus dem Speisesaal, Waschbetonplatten unter den Schuhsohlen. Je ruhiger er atmete, desto schwieriger wurde es, die richtige Bank zu finden. Eben noch wäre ihm jede recht gewesen, aber jetzt, wo er sich gar nicht mehr dringend hinsetzen musste, wollte er eine finden, von der man ein bisschen einen Blick hatte, gleichzeitig abseits war und geschützt.

Er fluchte innerlich. Alles geriet ihm hier zur Persönlichkeitsanalyse. Irgendwie machte diese Klinik doch was mit einem.

Er fand eine Bank mit dem Rücken zu einer kniehohen Koniferenhecke und gab sich damit zufrieden.

Er legte die Hände auf die Oberschenkel und sah schräg zu einem Brunnen aus vertikal ineinandergefügten Betonplatten, auf denen das längst abgestellte Wasser grüngraue Laufspuren hinterlassen hatte. Am Anfang hatte er hier Angst vor der Einsamkeit gehabt, jetzt bekam er Angst, sich gar nichts anderes mehr vorstellen zu können.

Es fing ein bisschen an zu nieseln, und Danowski fiel ein, dass sein Kapuzenpulli eine Kapuze am Pulli hatte. Zum ersten Mal in seinem Leben setzte er sie auf, sie war erstaunlich groß und fiel ihm bis auf die Nase, wenn er sich nach vorne beugte. Das Nieselgefühl verschwand aus seinem Gesicht, und die Welt zum größten Teil auch. Er hörte sein Blut rauschen und Schritte hinterm Brunnen.

Womöglich Liva, die nach ihm schauen wollte. Mit ein

bisschen Zigarettenrauch angeatmet werden, das würde ihm jetzt guttun. Aber er hielt den Kopf unten und ließ das auf sich zukommen.

Mehr Schritte als nur von einer Person. Und auch keine Turnschuhsohlen, wie Liva sie hatte. Was Scharrendes, vielleicht Leder, und was Unpraktisches, Absätze, Klackerschuhe, wie Martha früher gesagt hatte, als sie sich nichts sehnlicher wünschte, von ihr genannt auch: Prinzessinnenschuhe.

Eine Männerstimme, die ganz ruhig und fest einredete. Es schien ganz unwichtig, auf wen, die Stimme hatte sich in Danowskis Kapuze vom Rest der Welt gelöst, wie eine höhere Instanz, die alles und jeden zur Vernunft bringen konnte.

Er verstand etwas wie «Reg dich bitte nicht so auf», und tatsächlich, dachte Danowski, ließ sich auf diese Bitte am Ende womöglich alles reduzieren, und gern wollte er diese Bitte auch an sich selbst richten.

Danowski schob sich die Kapuze aus der Stirn. Vielleicht, weil er Luft brauchte. Oder Licht, einen klaren Moment. Oder doch wieder diese Polizeiverbogenheit: Auch wenn fast nie was passierte, konnte doch jederzeit was passieren, oder gerade passiert sein.

Vielleicht hatte er auch nur gehört, wie eine der beiden Personen gestolpert war, und sein Instinkt war, zu schauen, ob jemand am Boden lag und Hilfe brauchte. Oder ihm waren die Geräusche bekannt vorgekommen, so wie wenn man Handschuhe zum Auskrempeln gegeneinanderschlug, Fäustlinge.

Mareike in der Daunenweste.

Der Mann, mit dem er gestern am Strand gesessen hatte, hielt sie im Arm.

Ihr Tisch war heute leer geblieben.

Danowski hatte augenblicklich ein schlechtes Gewissen:

weil er sich über sie lustig hatte machen wollen, weil sie ihn so genervt hatte, aber dieser Mann hier, der machte das richtig, der ließ sich nicht aus der Ruhe bringen, der tröstete seine Frau.

Die Umarmung sah ganz fest aus, so, wie Danowski sich das vorhin selbst gewünscht hatte. Mareike vibrierte richtig darin, und einen Moment fragte er sich, ob ihr der gebrochene Arm nicht wehtat, so eingedrückt in die Fürsorge ihres Mannes.

Als der sie losließ, taumelte sie einen Schritt zurück, und Danowski sah eine Leere in ihrem Blick. Sie schaute in seine Richtung, aber von ganz weit weg. Ihr Mann nickte ihm zu, sein Lächeln gerade so traurig, wie man sich das erlauben konnte, wenn man schon nebeneinander im Sand gesessen hatte.

Für einen Moment dachte Danowski, die Machtverhältnisse sind hier doch unklar, zwar sieht es so aus, als wäre der Mann ganz im Griff der Emotionen seiner Frau und als versuchte er mit aller Kraft, sich und sie davon nicht unterkriegen zu lassen. Die Art, wie er sie tröstete und beschützte, hätte man aber auch als Aggression lesen können, und manches an seiner Körpersprache als Schuldbewusstsein: das schnelle Abwenden, die erst hängenden, dann schnell gestrafften Schultern, die Hand im Rücken, mit der er Mareike von Danowski und der Koniferen-Bank wegschob.

Aber, dachte Danowski, das ist genau wieder so eine Sache. Immer alles mit dem Polizistenblick zu sehen, immer gleich vom Schlimmsten ausgehen, die Leute verdächtigen, alles beargwöhnen.

Wenn ihm das hier irgendwas beibrachte, wenn er irgendwas lernte aus diesen Betonwochen, dann doch wohl hoffentlich, dass alle Menschen sich sehr viel weniger leicht in sein Polizeiraster einordnen ließen, als er das bisher gedacht hatte. Wenn er hier überhaupt irgendwas lernte, dann wohl hoffentlich, die Dinge besser abzuwägen, zwei- oder dreimal hinzusehen, sich Zeit zu lassen.

Danowski widerstand der Versuchung, den beiden hinterherzuschauen. Er ließ los. Er lehnte sich auf der Bank zurück, schlug die Beine übereinander und breitete die Arme aus, sodass er sie weit nach beiden Seiten auf die Rückenlehne legen konnte. Die Luft schmeckte nach Salz und Möwenschrei. Er fand, dass er auf einem ganz guten Weg war.

16. Kapitel

«Na.»

Holm setzte sich mit einem ganz spezifischen Funktions-jackengeräusch neben Danowski. Dabei wollte Danowski gerade aufstehen. Also, seit Holm. Er rutschte ein Stück bei-seite, als wollte er Holm Platz machen. Holm rutschte hinter-her, als wollte er Platz machen für einen Dritten, dann strich er sich an den Oberschenkeln die Jeans glatt, die, wie Danow-ski nun sah, gebügelt war. Wind pfiff von der Betonmuschel. Danowski sehnte sich nach dem Meer.

«Nervig heute», sagte Holm und brachte vor allem die augenblickliche Situation damit ganz gut auf den Punkt, fand Danowski.

«Manche Frauen», sagte Holm und ließ langsam die Luft entweichen. «Was will die überhaupt.»

Danowski nickte unbehaglich. In der Mittagsrunde, das wäre was anderes gewesen. Aber mit Leuten aus der Gruppe über Leute aus der Gruppe lästern, das war … er suchte das passende Wort. Unpassend.

«Ich meine, am Anfang sagt die Frau Birkmann, die Gruppe ist voll, schön, dass wir alle vollzählig sind, und dann kommt nächstes Mal noch die mit ihrem Arm. Verstehe ich nicht.»

«Mareike», sagte Danowski.

«Ja.»

Danowski scharrte mit den Füßen, eingewehter Sand auf Waschbeton. Auf den ersten Blick hatte er gedacht, er müsste im Sommer mal mit Leslie und den Kindern herkommen, auf den zweiten dann nicht mehr, denn ihm war eingefallen, dass es hier hässlich war, und die Kinder fünfzehn und zwölf.

«Die sollten eine Männergruppe machen und eine mit Frauen», sagte Holm und spielte an einem Druckknopf seines Jeanshemdes herum, als könnte er diese geniale Mechanik noch immer nicht begreifen. «Damit man da auch mal zu Wort kommt.»

«Na ja», sagte Danowski.

«Und sich das Gelaber nicht anhören muss.»

Lass mal über was anderes reden, wollte Danowski gern sagen, aber das hätte bedeutet, dass er überhaupt reden wollte mit Holm, und den Eindruck wollte er jetzt auch nicht unbedingt hervorrufen.

«Das ist so dieses Gefühlszentrierte», sagte Holm. «Ich merk das ja auch im Job. Bei Männern steht die Abwehr im Vordergrund, bei Frauen diese Schutzbedürftigkeit. Also, du kannst ja jedes Schloss öffnen, Frage ist halt immer nur, wie lange das dauert. Das dauert von bis. Und ich muss immer lachen, weil, die Leute stellen sich da einen Neubau hin für 'ne halbe Million, und dann so Sicherheitsschlösser, da braucht unser Freund Vlad eine halbe Minute, da macht der kurzen Prozess. Und dann sag ich, so und so, da ist der schon mal 'ne halbe Stunde beschäftigt, und die Männer nicken, weil sie verstehen, das schreckt den ab, das dauert zu lange, das ist Abwehr, und die Frau steht daneben und sagt: Wieso, ich will, dass der gar nicht reinkommt, ich will mich sicher fühlen. Also, denen geht's ums subjektive Sicherheitsempfinden. Das ist natürlich illusorisch. Aber da kommst du nicht gegen an, Adam. Da kannst du dir den Mund fusselig reden. Und dann gucken die, wenn ich denen sage: Unter fünfhundert Euro brauchen

Sie gar nicht erst anzufangen hier, das sind alles Kinkerlitzchen. Das Ding für eine halbe Million, aber am Türschloss wird gespart. Ich kann dir sagen. Und wir müssen's am Ende ausbaden. Kein Wunder, dass die Zahlen so scheiße sind. Und damit setzen sie uns unter Druck, und deshalb sitzen wir dann hier und müssen uns von denen volllabern lassen in der Gruppe.»

Danowski rieb sich die Stirn. «Wieso Vlad?», ächzte er.

«Was?», fragte Holm, als hätte Danowski komplett das Thema gewechselt.

«Vlad», sagte Danowski. «Wieso Vlad?»

«Rumänen halt. Und wie die alle heißen.»

«Nicht alle Vlad. Und nicht alle Rumänen …»

«Oh, muss ich dir erklären, wo der Bandenschwerpunkt liegt, wenn es um Haus- und Wohnungseinbrüche …»

«Was willst du denn erzählen? Also, in der Gruppe. Wenn du da nicht zu Wort kommst», sagte Danowski, tapfer, wie er fand.

«Na ja. Ich ja vielleicht nicht. Aber andere.» Holm, ganz ritterlich.

«Außerdem hat die ja gar nichts gesagt. Die war ja dann weg. Danach war noch genug Zeit.»

«Na ja», sagte Holm, ein bisschen klöternd, weil er sich einen Halsbonbon in den Mund gesteckt hatte, «aber so was versaut doch die ganze Stimmung, da war die Luft doch raus.»

«Ja, nee, aber sag mal. Wir sind doch so 'ne Art Männergruppe jetzt hier», sagte Danowski, der ein bisschen Blut geleckt hatte, Lust auf zwischenmenschliche Grausamkeit, payback time.

Holm lutschte und atmete schwer, Fisherman's Friend.

«Na ja», sagte er. «Also, wenn ich …»

«Nee», sagte Danowski, ganz nett und behutsam eigentlich. «Mach mal anders. Also so: Ich bin Holm. Und dann erst: Also, wenn ich …»

«Sehr witzig», sagte Holm.

Danowski schüttelte geduldig den Kopf. «Ich bin Holm, sehr witzig.»

«Ja, ist gut jetzt.»

«Du kannst hier alles sagen. Das ist ein geschützter Ort.» Danowski streckte den Arm aus und zeigte ein bisschen ins Halbrund des vergurkten Kurparks, obwohl er eigentlich nur ihre Bank meinte.

«Ist dir dein Job zu stressig?», fragte Danowski. «Du hast bestimmt manchmal zwei Termine am Tag oder so, und wenn man dann die Mappe mit den Sicherheitsbroschüren im Präsidium liegenlässt, gerät der ganze Zeitplan durcheinander, man gerät ganz schön unter Druck, stelle ich mir vor, und dann …»

«Arrogantes Arschloch», sagte Holm ganz knapp und endgültig, blieb aber sitzen. Das beeindruckte Danowski ein bisschen. Nach einer Weile stand er selber auf und machte ein entschuldigendes Geräusch, das sich anhörte wie ein Seufzen. Holm sah zur Seite. Das Mittagessen war vorbei, drei oder vier Leute strömten in den Kurpark, mit langsamen Schritten wie durch schweres Wasser.

Danowski ging weg, hungrig und durchgefroren und dachte über Schlösser nach und über Abwehr und Schutz und ärgerte sich, dass Holm ihm das sozusagen mitgegeben hatte.

17. Kapitel

Und wie läuft's bei euch?

Dann erzählte er vom Urlaub, Teneriffa, oder davon, dass sie ihre Nähmaschine wieder hochgeholt hatte und die alten Schnittmuster aus den Neunzigern, die weiten Hosen waren ja wieder da.

Ja, nein, sagte seine Mutter, das meine ich nicht. Jetzt so als Paar. Habt ihr euch gut eingelebt in Hausbruch? Mal betonte sie die erste, mal die zweite Silbe.

Und wie seine Mutter ihm eine Tür öffnete und dann gleich dahinter die nächste, den Ausgang: Da wäre eine Öffnung gewesen, aber er konnte auch ganz schnell durchgehen. Denn, ach ja, gut eingelebt hatten sie sich schon.

Das ist natürlich nicht Eppendorf, klar. Also so von der Infrastruktur, schon mal allein.

Aber so richtig wohl gefühlt habt ihr euch da am Ende ja auch nicht, sagte seine Mutter.

Das war ein wunder Punkt, darüber ging er hinweg wie schnell mit dem Finger über eine Verletzung: die Beschwerden der Hausgemeinschaft, am Ende hatte die Nüther von gegenüber ihm mit Anzeige gedroht. Und einmal dieses Klingeln, wo man sofort wusste: Jetzt steht die Polizei vor der Tür. Junge Beamtin mit blondem Zopf, die Gummihandschuhe schon an, kurze Ärmel, Hochsommer, die andere mit schwarzen Haaren und sehr modernen Augenbrauen, breiter als früher. Daneben ein schwitzender Bulle Ende fünfzig, der nur guckte und nickte. Da hatte Mareike sich womöglich noch mehr erschrocken als er. Das hatte ihn gerührt. Da ließ er die Finger vom Rauschgift tagelang. Also, vier oder fünf.

18. Kapitel

Danowski mochte, wie dunkel es nun am Vormittag im Gruppenraum wurde. Vor den Fenstern des Erdgeschossraums wirbelte der Sand über die Terrasse, die Büsche dahinter bogen sich ineinander. Aus dem Niesel von gestern war ein merkwürdig abrupter, schlagender Regen geworden, der immer wieder für ein paar Atemzüge aufhörte und dann zurückkam, als würde etwas überschwappen, durchhängende Markisen im Himmel. Holm starrte zu ihm herüber, mit so einem schläfrigen Rolltreppenblick. Wenn Danowski zurückguckte, ganz demonstrativ den Kopf dabei in Holms Richtung drehend, schaute der, im Stuhlkreis schräg gegenüber, schon wieder auf seine verschränkten Jeanshemdärmel.

Danowski hatte durchaus das eine oder andere Problem mit Männerfreundschaften, mit Männerfeindschaften hingegen kam er bestens klar.

Er schabte ein bisschen mit seinem Stuhl und vergewisserte sich, dass Frau Birkmann immer noch bei ihrer neuen Taktik war. Die darin bestand, zur Begrüßung nur «So» zu sagen, dann noch einmal aufzustehen und Mareike hereinzulassen, die Tür abzuschließen, und, sobald Mareike sich umständlich gesetzt hatte, Tasche unter den Stuhl?, Tasche über die Lehne?, gar nichts mehr zu sagen.

Sein Stuhlschaben war das einzige Geräusch im Raum, bis ein paar von den anderen wie angesteckt auch damit anfingen. Erst klang es zufällig, dann wie ein kleines Fußbodenkonzert, sodass es peinlich wurde und alle sofort aufhörten außer der Apothekenangestellten, die seit einem Autounfall keinen Sex mehr mit ihrem Verlobten haben konnte.

Danowski war über das Wort Verlobter gestolpert. Was versprachen die Leute sich davon. Er hatte Leslie eines Tages beim Tretbootfahren auf der Havel gefragt, ob sie ihn heiraten wollte, der Gedanke war ihm durch den Kopf geschossen, weil diese typischen Berliner Sommergewitterwolken aufgezogen waren von einer Sekunde auf die andere, anthrazitfarben, undurchdringlich, albern gefährlich, und dann Blitze vor der amerikanischen Abhörstation, wie überraschend die immer waren, als sähe man für Sekundenbruchteile etwas aus einer anderen Dimension. Die Havel schaukelte noch mehr als sonst, Danowski musste sich anstrengen, mit den nackten Füßen nicht von den sandigen, quadratisch kleinen Pedalen zu rutschen, deren Tempo Leslie vorgab. Die Blitze waren sechs, sieben, acht, neun, dann donnerte es, Kilometer entfernt, aber der Schall drückte aufs Wasser, dass man lachen musste.

«Willst du mich heiraten?», schrie Danowski. Sie kannten einander seit der Schulzeit, die war sechs oder sieben Jahre her.

«Ich bin der Käpt'n, ich kann uns trauen», schrie Leslie. Drei Wochen später heirateten sie im Standesamt Zehlendorf schräg gegenüber von Woolworth, Leslies Eltern hatten kein Problem damit, aus Dänemark zu kommen mit Plundergebäck, das sie «Luksuskringel» nannten, und ihm die ganze Zeit den einen oder anderen Arm um die Schultern zu legen, als wollten sie ihn darüber hinwegtrösten, dass sein Vater in seiner Rede beim Griechen mehrfach das Wort «kurzfristig» verwendete und zwei Witze darüber machte, dass er wegen der «Impulsivität» seines Sohnes einen Zahnarzttermin hatte verschieben müssen. Er aß nur die Hühnersuppe mit Reis und Zitrone, wegen der beschädigten Krone. Danowskis Brüder Karl und Friedrich zettelten eine Diskussion über die Ehe als bourgeoise Institution an, die Leslie mit zwei oder drei aus dem Kontext gerissenen Sätzen von Luce Irigaray und Hélène Cixous gewann, so was hatte sie studiert, dann Lehramt. Also waren sie verheiratet. Aber verlobt gewesen? Danowski konnte sich nicht daran erinnern.

Frau Birkmann schaute so ein bisschen in die Runde. Nicht ausdruckslos, sondern mit einem ganz einfachen Lächeln, mauve. Sie schaute niemanden zu lange an, und man hatte trotzdem nicht das Gefühl, sie würde einen übersehen. Danowski fuhr mit der Zunge an der Innenseite seiner Zähne entlang, um sich die Zeit zu vertreiben, bis er merkte, dass er es genau in Geschwindigkeit und Richtung von Frau Birkmanns Blickgeschweife tat. Er hörte auf und wusste nun nicht, wohin mit seiner Zunge.

Man konnte ja auch einfach an was ganz anderes denken. Hier jetzt was zu sagen, das lag ja wirklich nicht in seiner Zuständigkeit. Also, höchstens zu einem Achtel war das sein Ding. Die anderen sieben Piepel, die heute hier saßen, waren genauso oder noch mehr dafür zuständig als er. Gut, wenn man die abzog, die schon mal was gesagt hatten: die Apothekenmitarbeiterin, deren Namen er vergessen hatte, und noch mal über deren Sexprobleme wollte er ungern hören, sie nannte es «nicht mehr so viel zusammen schlafen»; die Witwe mit der Stola, die tatsächlich, wie Danowski fand, einen etwas triumphierenden Gesichtsausdruck zu unterdrücken schien, jetzt verschränkte sie die Arme nach dem Motto: tja, an mir liegt's nicht. Der Bauingenieur guckte ausgegrenzt, als ließen die anderen ihn und ausgerechnet ihn im Stich, indem sie hier nun nicht auch mal was erzählten, und stattdessen gemeinschaftlich dieses unangenehme Schweigen produzierten.

Er atmete aus und versuchte, dabei seine Stimmbänder zu aktivieren. Es entstand ein winziges Geräusch, und Frau Birkmann war klug genug, nicht in seine Richtung zu schauen. Danowski räusperte sich, um das winzige Geräusch zu überspielen, und es hörte sich an, als würde er ankündigen, was sagen zu wollen, wie eine Gabel am leeren Weinglas. Alle sahen ihn an. Er wollte den Kopf schütteln, ach so, nein, wieso ich. Aber dann spürte er einen kurzen Machtrausch, weil er auf sich aufmerksam gemacht hatte und nun was sagen würde: Was sitzt ihr hier alle so rum, na gut, dann halt ich.

«Adam», sagte er, «ihr kennt mich ja.» Na ja.

«Ich bin Polizist.» Er räusperte sich noch mal. Holm nickte aggressiv: ich auch. Die Witwe verschränkte ihre Arme fester, und die Frau aus der Apotheke beugte sich vor.

«Das macht doch nichts», sagte die Witwe. Danowski war ganz dankbar, dass ihm in dem Moment einfiel, wie sie hieß, Anne.

«Na ja», sagte er. Vielleicht reichte das jetzt schon. Aber als er die anderen da so sitzen sah, ein bisschen gelangweilt, ein bisschen überheblich, ein bisschen neugierig, da bekam er Lust, ihnen mal richtig was um die Ohren zu hauen. Sein Leben.

«Ich war vierundzwanzig Stunden in der Gewalt eines entflohenen Straftäters», sagte er. Gleich mal mit der Tür ins Haus fallen. Aber wenn er das so sagte, hörte es sich an wie der Anreißer unter dem briefmarkengroßen Foto von Leuten mit Pistolen in einer Fernsehzeitschrift, bei der man das Gefühl nicht los wurde, das Papier wäre grau und nicht weiß. Nicht der Tipp des Tages, aber vier von fünf Sternen.

82

«Wie konnte das denn passieren?», fragte Holm. «Also, wie habt ihr den entkommen lassen.»

Ah. Na klar. «Die Gefangenenüberführung», dozierte Danowski, «ist die Schwachstelle des Strafvollzugs.»

«Wenn man sie dazu macht.»

«Du meinst, die Justizvollzugsbeamten hätten einen Schließzylinder mit Aufbohrschutz montieren sollen, dann wär das nicht passiert?»

«Ist halt oft Schlamperei», sagte Holm, und ganz salbungsvoll: «Das geht dann ja auf Kosten von Leuten wie dir in der Situation.»

«Oder Kernziehsperre», sagte Danowski, «die ist vielleicht noch besser geeignet, um solche Probleme zu verhindern, was sagst du, Holm, du kennst dich doch aus mit Schließvorrichtungen?»

«Wollen wir Adam nicht erst mal in Ruhe erzählen lassen?», sagte Frau Birkmann, und er hatte schon gar keine Lust mehr. Die anderen nickten.

«Was war das denn für einer?», fragte Anne und mummelte sich ein bisschen fester in ihre Stola ein, so ein bräunliches Orange, das ganz behaglich aussah. Story time!

«Hm», sagte Danowski, dankbar für die komplizierte Frage, die nichts mit seinen Gefühlen zu tun hatte. «Also, eigentlich nur so ein IT-Typ. Also ein Fachmann für Server und so was.»

Er rieb sich die Stirn, seine Stelle, und wieder war er sich sicher, dass sie da was vergessen hatten.

«Aber … Also, ich habe bei einer Taskforce für sexualisierte Gewalt gearbeitet.» Die nächsten paar Sätze verwendete er auf verwaltungstechnische Fragen, wer diese Taskforce wann und wie auf wessen Druck eingerichtet hatte, und wie sie zusammengesetzt gewesen war: Finzi, er, ein paar andere Kollegen, ein paar Informatiker, und Meta als die Leiterin. Er merkte, dass ihn das schon selbst nicht mehr interessierte, aber dass die anderen nicht undankbar waren über die verstreichende Zeit.

«Die Arbeit mit kinderpornographischem Material ist einerseits sehr belastend», sagte Danowski, «andererseits technisch sehr anspruchsvoll. Also, da überhaupt ranzukommen. Und wir bemühen uns eigentlich, nicht mehr von Kinderpornographie zu sprechen, sondern von Missbrauchs- oder Vergewaltigungsvideos. Aber das hat sich nun mal so eingebürgert.» Wie er redete.

Holm sah jetzt ausdauernd zum Fenster, als würde er sich erst wieder einklinken, wenn es interessant würde, und davon könnte im Moment ja wohl keine Rede sein.

«Jedenfalls war das ein Netzwerkbetreiber, sagen wir mal so, also, er hat die Serverarchitektur bereitgestellt, auf der die Verdächtigen Missbrauchsmaterial ausgetauscht und gelagert haben. Deshalb war er in Untersuchungshaft. Die Vorbereitung dieser Prozesse zieht sich. Das kann Jahre dauern.»

Danowski zwang sich, seine Stirn in Ruhe zu lassen. Er konzentrierte sich auf seine Hände, die ihm riesengroß erschienen.

«Er hat immer seine Unschuld beteuert. Das ist natürlich nicht ungewöhnlich. In der U-Haft war er unter Suizidbewachung. Aber das ist auch nicht ungewöhnlich. Also, dass die sozusagen labil ... und sei es aus Scham.»

Er stockte. Eine große Müdigkeit schien ihn auszufüllen, als sei er während der letzten paar Sätze damit aufgepumpt worden. Er hätte gern die Augen zugemacht, und er hatte keine Ahnung, was ihn daran hinderte.

«Also, wenn jemand eines Verbrechens wie Besitz und Verbreitung von, also, Kinderpornographie beschuldigt wird ... Die Leute sind entweder Wiederholungstäter, dann haben sie die eigene emotionale Reaktion auf die Enttarnung schon hinter sich, oder es führt zu einer extremen Existenzkrise, das kann bis zur Dissoziation gehen. Bei Ersttätern.» Er registrierte, dass Frau Birkmann etwas vorsichtig aus der Wäsche guckte. Mareike knetete ihre Hände und betrachtete ihn mit einem Interesse, das auf ihn widerwillig wirkte.

«Der Mann», Schüller, «ist dann bei einem Transport ins Krankenhaus», Tilman Schüller, «flüchtig geworden.»

«Wieso ins Krankenhaus?», fragte Holm.

«Wegen seiner Mutter.»

«Also ein spontaner Fluchtversuch.»

Danowski nickte.

Finzi: Das hat die Alte doch geplant. Ein Suizidversuch mit Abflussreiniger, gerade schwer genug, um kurz vorm Tode zu sein, und noch ein letztes Mal besuchsfähig. Natürlich ließ man da die Angehörigen. Den Angehörigen. Noch ein letztes Mal. Und es waren nicht die besten Kolleginnen und Kollegen, die bei diesen Gelegenheiten eingesetzt wurden. Dem einen war Schüller einfach weggelaufen, Adipositas, stand im Fallbericht. Dem anderen hatte er auf der Verwaltungsetage der Asklepios-Klinik hinter einer Ecke aufgelauert, ihn mit einem Wasserkocher zu Boden geschlagen und sich ihm dann auf die Schläfe gekniet, bis der ihm die Dienstwaffe aus dem Holster gezogen hatte. Aber da war natürlich schon Alarm, in den Fluren, zu hören bis in die Büros, Amokprotokoll: alles verriegeln und verrammeln. Die Fahrstühle blockiert, dieses halblaute Knirschen von Füßen im Treppenhaus, Streifenwagenbesatzungen auf dem Weg nach oben. Schüller war zurückgerannt, die Waffe in der Hand wie einen Staffelstab, und Danowski stellte sich vor, wie er im Vorbeirennen gehört hatte, dass Leute versuchten, mit ihren Büroschlüsseln von innen die Türschlösser zu treffen, und dass es nicht immer gelang. Wie jemand, der durch die Gegend rannte auf der Suche nach einem Ansprechpartner, können Sie mir weiterhelfen.

In Raum 3.14 fand Schüller die Verwaltungsangestellte Haubach, Nele, geb. 13. Mai 1993, schwanger im siebten Monat, dreieinhalb Wochen entfernt vom Mutterschutz. Er wählte ihr Büro, weil es am Ende des Ganges war, nur einen Eingang hatte, und sie ihren Schlüssel vergessen hatte. Er schob einen hüfthohen Metallschubladenschrank leicht angewinkelt unter die Türklinke und schickte dem letzten Polizisten, mit dem er vor seiner Verhaftung als Zeuge Kontakt gehabt hatte, eine Nachricht, die nur aus einem Foto bestand und den Worten: «Und jetzt?» Auf dem Foto hielt er die Dienstwaffe des Justizvollzugsbeamten vor den Bauch von Nele Haubach, sie trug ein graues Strickkleid von H&M Mom.

Und jetzt?

Danowski merkte: Das war natürlich ein ganz guter Cliffhanger. Zu gut vielleicht. Mareike betrachtete ihn mit ausdruckslosen Augen. Frau Birkmann runzelte die Stirn Richtung Uhr. Es war zwar noch viel Zeit. Aber vielleicht war ihr gerade das nicht recht.

«Und jetzt?», sagte Mareike. «Und dann?»

19. Kapitel

Gewohnheitsmäßig gab er bei eBay-Kleinanzeigen Klein-anzeigen auf. Wenn das Haus schlief und schließlich er neben ihrem starren Körper, stand sie noch einmal auf, duschte vorsichtig und schaute dann «im Computer», wie sie es für sich nannte, auf seinem Profil nach den Spuren seines und ihres Lebens.

— stahlgerahmte Fotografie von Stühlen
— CCD Überwachungskamera
— 120 Gazin Saugkompressen
— Fliegenfischerrute
— Mikrowelle
— Bosch 3 kW Frequenzumrichter
— Ölgemälde mit Goldrahmen
— Druckluftkompressor
— Mountainbike
— Herrenjacke aus Rehleder

Das Einzige, was sie erkannte, war die Mikrowelle aus der alten Wohnung, die im Haus war integriert. Ölgemälde und Lederjacken und Medizinbedarf zog er aus Umzugskisten im Keller, die noch aus dem Hausstand seines Vaters stammten. Manchmal tauchten von ihr Dinge in seinen Angeboten auf, mit denen sie sich vom Haus hätte entfernen können: ihre Rollerblades, kaum benutzt, fünfzig Euro, die wurde er am

Ende los für zehn. Ihre Gummistiefel für zwanzig, Barbour. Fast rechnete sie damit, er würde eines Tages ihr Handy anbieten. Ihren Fiat stellte er bei Automobile24 rein, aber erst nach einem längeren Vortrag, den er als Gespräch tarnte, indem er einmal «Meinst du nicht auch» sagte.

Unter der Dusche betrachtete sie ihre Handgelenke, sie hielt sie ausgestreckt in Bauchnabelhöhe vor sich, als wollte sie baggern beim Volleyball, und führte sie dann näher an ihr Gesicht, bis sie die Abdrücke seiner Finger sehen konnte, die flüchtigen Ovale seiner Daumen, symmetrisch, wie sie im Wasserdampf verschwanden.

Und jetzt?, dachte sie.

20. Kapitel

Danowski sah sie an. Er erzählte das hier ja nicht für sie, sondern für sich.

«Mareike», sagte Frau Birkmann. «Jeder in seinem Tempo.»

Er merkte, dass er nicht undankbar war über die Unterbrechung. Es entstand eine kleine Distanz zu seiner Erzählung, ein Raum, in dem er besser manövrieren konnte.

«Die Frau habt ihr da hoffentlich als Erste rausgeholt», sagte Holm, als dürfte hier jetzt jeder seinen Senf dazugeben.

«Zwei Kollegen von mir haben den Fall betreut», sagte Danowski. «Also, eine Kollegin und ein Kollege. Ich hab mich eher im Hintergrund gehalten und Täterprofile erstellt. Mich kannte der also nicht. Meine Kollegen haben angeboten, sich gegen die schwangere Frau auszutauschen. Aber er hat gesagt: Nee, danke, ich will eure Fressen nicht mehr sehen.»

Danowski musste unwillkürlich ein wenig lächeln, obwohl die Geschichte ab hier immer hakeliger für ihn wurde. Ihm war ja klar, wer die Kollegen waren. Und wie es jetzt weiterging.

Schüller und er. Wann hatte er jemals so viel Zeit mit einem anderen Menschen in einem Raum verbracht. Freiwillig ohne Unterbrechung noch nie, obwohl, mit achtzehn, mit Leslie, aber das zählte ja nicht. Danach nur noch unfreiwillig, in der Gondel einer Windkraftanlage, und das war auch schon wieder Jahre her.

Schüller also. Selbständiger IT-Berater, das, was Danowskis Vater eine verkrachte Existenz genannt hätte: geschieden, unregelmäßige Unterhaltszahlungen, das Umgangsrecht ausgesetzt, weil Schüller irgendwann aufgehört hatte, die Kinder zu besuchen. Die Ex-Frau hatte einen neuen Mann und wollte, dass die Kinder den Papa nannten. Es beklagte sich also niemand, außer vielleicht eines Tages die Kinder: nicht justiziabel. Für Meta und Finzi hieß das: womöglich Missbrauch. Danowski hätte gern widersprochen. Aber er konnte nicht. Die ganzen Lebensumstände von Schüller schienen zu passen zu einem, der aus der Welt gefallen war, weil für ihn nur noch die andere Welt zählte, wo Männer einander Aufnahmen sexualisierter Gewalt zugänglich machten. Die Hölle hatte was Geordnetes, Übersichtliches, da fanden viele von ihnen ein Gefühl von Sicherheit und Zugehörigkeit. Später hielten sie sich im Gerichtssaal einen Aktendeckel ihrer Pflichtverteidigung vors Gesicht, Mitte fünfzig, Computerteint. Freie Aufträge in Netzwerkarchitektur. Mittelständische Unternehmen, Metropolregion Hamburg, bis rauf nach Neumünster, bis runter hinter Lüneburg, norddeutsche Tiefebene, ein Leben auf Besucherparkplätzen, Essen vom Beifahrersitz, Škoda Octavia Combi RS.

Und dann diese Bildagentur, ein Zusammenschluss aus einem guten Dutzend Fotografen, die auf Industriefotografie spezialisiert waren, Windkraftanlagen, Energiewirtschaft, und die brauchten angriffssichere Serverstrukturen, «wegen der Chinesen». Früher seien «die Chinesen» selber mit Kameras bis an die Werkstore gekommen, als Touristen getarnt, Nordseeküste, Region Bremerhaven, Danowski zog die Schultern kurz bis an die Ohren, oder Sauerland, Vulkaneifel, Photovoltaik. Bis ihnen klar geworden war, dass es sehr viel weniger aufwendig ging: Werksfotos, Werksvideos, die Firmen zu Dokumentationszwecken machen ließen, für Gewährleistungen, Versicherungen, Shareholdermeetings. Und wie viel einfacher, gängige Clouds zu hacken, als Leute mit Kameras in Reisebussen vor Werkszäune zu schmuggeln.

Hochauflösend, die Servergrößen machten Sinn. Für Danowski. Und warum nicht für Schüller? Woher hätte der wissen sollen, dass das ein «Kinderschänderring» (Pressezitat) war.

Danowski erinnerte sich an ein Gespräch mit Meta und Finzi, Finzi halb auf dem Heizkörper sitzend in der Speicherstadt, Meta so zurückgelehnt in ihrem Bürostuhl wie immer, wenn sie sich angegriffen fühlte, die Hände vor der Bauchmuskulatur verschränkt, aber im Gesicht dieser Kampf darum, gelassen zu bleiben, unbetroffen.

«Und angenommen, er hat das wirklich nicht gewusst», sagte Finzi, «dann wär's doch trotzdem besser, den Haftbefehl zu beantragen und ihn anzuklagen. Die Staatsanwaltschaft ist auch dafür. Einfach, damit klar ist, welche Verantwortung Leute haben, die so was hosten.»

«Server bauen ist nicht hosten», sagte Danowski. «Und ihr tut so, als wäre er Teil der Gruppe.» Er verkniff sich das Wort Mastermind. «Oder so was wie der Chef.»

«Er ist der Einzige mit dem technischen Know-how», sagte Meta. «Er hat ihnen sogar den Dateinamen-Generator programmiert.»

«Ja», sagte Danowski. «Auch Leute, die Fotos von Solarzellen machen, brauchen Dateinamen.»

Und er erinnerte sich, wie er sich gefragt hatte, was da eigentlich abgelaufen war. Schüller war ihm unangenehm, dabei kannte er ihn zu diesem Zeitpunkt nur aus den Akten und den Verhörprotokollen, Zeugenvernehmungen. Warum diskutierte Danowski über so was? Wenn der unschuldig war, war das Aufgabe des Gerichts, das festzustellen. Aber dann war da dieses seltsame Einvernehmen von Meta und Finzi, dieses quasi Verheiratete, das weniger aus einer Ehe bestand und mehr daraus, dass beide in aller Freundschaft immer wieder genervt von Danowski waren. Also diese ganze Dreierkonstellation. Vielleicht auch ein Überdruss bei ihm, immer zu dritt am selben Strang zu ziehen. Vielleicht war er einfach die Kuh, die aufs Eis wollte.

Oder er sah was in Schüller, was er in sich jeden Monat aufs Neue gerade noch abwendete, mal mit mehr, mal mit weniger Anstrengung: aus der Familie stürzen, das Leben in Autobahnausfahrten einteilen, Pocket Espresso und Bifi im Teigmantel von der Tankstelle auf dem Autohof, der Liter fünf Cent billiger als direkt an der Autobahn. Eine Horrorversion von sich in fünf Jahren.

Aber Habernis, dem Staatsanwalt, reichte das völlig: anderthalb Millionen hochauflösende Dateien mit sogenanntem kinderpornographischem Material auf speziell dafür aufgesetzten Servern, doppelt und dreifach gesichert, und der IT-Berater, der das ermöglicht hatte, fungierte als Host, der den Serverzugang an die Fotografengruppe individuell vermietete.

«Damit am Ende jeder von denen sagen kann, er hat als Einziger nichts gewusst», sagte Habernis, weil Meta ihm das so erklärt hatte, ein Typ mit sechseckigen Brillengläsern, bevor sie wieder modern waren, und mit schulterlangem Haar trotz Stirnglatze, womöglich kam das auch bald wieder, dachte Danowski.

«Ich war gerade im Kaufhaus, um mir eine Uhr zu kaufen»,
erzählte Danowski. Warum eigentlich? Er sah, wie Frau Birkmann an ihrem Arm entlang mit einem Seitenblick auf ihre
eigene Armbanduhr schaute, aber davon ließ er sich nicht
mehr aus der Ruhe bringen. Er hatte eine Uhr gebraucht, weil
er nicht jedes Mal aufs Handy starren wollte, wenn er nicht
wusste, wie viel zu spät er war. Seit er Tabletten gegen seine
Depressionen nahm, kam er meistens zu spät. Es störte ihn
nicht mehr. Aber das machte ihm die Arbeit nicht gerade
leichter.

Die heiße Luft am Kaufhauseingang, kaltes Frühjahr. Dass
die sich das noch leisten konnten, dieses Gebläse. Durch die
Parfümabteilung. Er war inzwischen aus dem Raster derer
gefallen, die man anzusprühen versuchte. Eine Quarzuhr.
Schlechter Empfang hier im Erdgeschoss. Aber gut genug.

«Jedenfalls … Ich dachte, die Kollegin hat wahrscheinlich
recht. Also, dass ich der Richtige bin.» Seine Stimme hallte im
Therapieraum, als er sich an das Telefonat mit Meta erinnerte.
Die Erinnerung war abgenutzt, weil er sie so oft hervorgeholt
hatte seitdem.

Bist du überzeugt, dass er unschuldig ist, Adam?

Ja, doch, bin ich.

Dann bist du der Richtige. Vielleicht. Ich will dich da zu
nichts überreden.

Ja, klar.

Aber die Zeit drängt natürlich.

Natürlich.

Vielleicht willst du erst mal mit Leslie reden.

Hm.

Ich glaube, dass das Risiko sich in Grenzen hält: Finzi, der
unvermittelt mit in der Leitung war. Aber beide, Meta und er,

mit dieser Sorge in der Stimme, die Danowski guttat. Und das Gefühl, gebraucht zu werden, vielleicht auch.

«Aber Sie haben doch Kinder, Adam», sagte Frau Birkmann. Holm verdrehte die Augen, als wären sie ein harter Männerhaufen, bei dem solche Erwägungen keine Rolle spielten.

«Ja», sagte Danowski. «Aber wir gehen eigentlich oft Risiken ein. Dafür bekommt man ein Gefühl im Laufe der Zeit. In dem Fall habe ich das falsch eingeschätzt.» Und meine Kollegen auch. «Ich dachte, das ist ein Amateur. Den kann ich innerhalb einer Viertelstunde entwaffnen. Der vertraut mir, weil er merkt, dass ich ihn für unschuldig halte. Ich kann das kontrollieren. Ich bin dutzendfach in ähnlichen Situationen gewesen, also, in Konfrontationen. Er wahrscheinlich noch nie. Da glaubt man, man hat das unter Kontrolle.»

Immer dieses *man*, das am Horizont auftauchte, sobald man anfing, von sich selbst zu erzählen. Sobald man zum Kern der Sache kam, schob sich dieses *man* ins Bild, bis es das ganze Format füllte.

Was man zum Beispiel unterschätzt hatte: dass Schüller es gewöhnt war, nächtelang wachzubleiben. Energydrinks in Serverräumen, Geschmack von flüssigen Gummibärchen auf der Zunge wie ein Nachbild neonfarbener Helligkeit auf der Netzhaut. Dass Schüller keinen Plan hatte, damit hatte Danowski gerechnet. Aber nicht damit, wie geduldig den das machen würde. Der saß da, als hätte er alle Zeit der Welt, während man selbst sich über jede einzelne Viertelstunde quälte und dabei den Mann hasste, den man immer noch für unschuldig hielt.

Man fragte sich die ganze Zeit und jeden Tag hinterher, ob man Angst hatte dabei. Danowski fand keine. Vielleicht war da nichts mehr, wo etwas hätte sein müssen. Er fand nur

Abneigung dagegen, mit einem Menschen gegen seinen Willen so lange in einem Raum zu sein. Abscheu. Anfangs roch man Schüller, dieses charakteristische JVA-Aroma von ungelüfteten Räumen, industriellem Vollwaschmittel, billigem Roll-on-Deo und säuerlicher Ungeduschtheit.

Gegen Ende schaltete seine Nase endlich ab.

Wenn Danowski etwas sagen wollte, machte Schüller ein fast kindliches Pscht-Geräusch und legte sich den Pistolenlauf über die Lippen wie einen Zeigefinger, aber der Tisch zwischen ihnen war zu breit, um aus der Situation was zu machen.

Nele Haubach war gegangen wie an einem Feierabend, die Bewegung, mit der sie sich im Türrahmen den Handtaschenriemen über die Schulter gezogen hatte, erfüllte Danowski mit einer gewissen Ehrfurcht, die mehrere Stunden anhielt. Es tat ihm leid, als die durch die winzigen Jalousiespalten über den Klinikdächern untergehende Wolkensonne anzeigte, wie die Abendessenszeit verstrich, und dass Leslie sich nun sicherlich Sorgen machte, wenn nicht sogar seine Töchter. Und ihn tröstete, dass Leslie mit Meta und Finzi womöglich besser befreundet war als er, und dass sie ihnen glauben würde, wenn sie sagten, die Situation wäre unter Kontrolle, womöglich mehr als ihm.

Wie die Zeit dann zu einem festen, beigegrauen Stück geworden war, das einfach nur dalag.

Und dann das Licht auf Schüllers Stirn, als diese Aktivität aus Danowski rausgebrochen war, die Jalousie. Warum war er nicht einfach sitzen geblieben. Dieser Lichtpunkt, der zu einem Blitzen wurde, als käme ein Signal direkt aus Schüllers Kopf, und Danowski musste nur genau hinschauen, um es lesen können. Das Geräusch der Waffe war auf diese Entfernung erst zu hören, als Schüllers Kopf drei Meter entfernt von ihm explodierte. Weil der den Schädel ruckartig zur Seite drehte, als er getroffen wurde, bekam das Projektil nach dem Eintritt oben in der Stirn einen Drall, als hätte die Schädeldecke ihm einen Topspin mitgegeben, dadurch gab es keine saubere Austrittswunde, sondern ein Abplatzen.

Danowski räusperte sich, weil das Wort «Abplatzen» so roh und feucht nachhallte im Raum.

«Tja», sagte er. «Und jetzt bin ich hier.»

«Ich glaube nicht, dass die Kollegen eine Alternative hatten», sagte Holm in so einem stone-washed Sound. «Und dir ist ja nichts passiert.»

Danowski runzelte die Stirn.

«Na ja, klar», sagte Holm, «außer, dass du hier sitzt. Aber das geht uns ja allen so.»

Aber so hatte Danowski das Stirnrunzeln gar nicht gemeint. Er musste sich nur davon überzeugen, dass das Gefühl immer noch da war, auch wenn ihm erst der Unfallchirurg und dann die Neurologin und am Ende die Hautärztin versichert hatten, da wäre nichts mehr, sie hätten alles «rückstandslos» entfernt, und es seien auch keine Nerven bei ihm beschädigt an der Stirnhaut, und vor allem, das könnten sie ihm wirklich versichern, sie hätten alle Knochensplitter von Schüllers Schädel, die wie Schrapnellsplitter in Danowskis Stirn gedrungen waren, entfernt.

Danowski also runzelte die Stirn und stellte befriedigt fest, dass das körnige Gefühl an dieser einen Stelle immer noch da war.

«Und war der unschuldig?»

Er blickte auf. Holm verdrehte unauffällig die Augen Richtung Ostsee: Amateure, die solche Fragen stellten. Aber

Mareike Teschner, von der die Frage kam, beugte sich mit einer gewissen Dringlichkeit nach vorn, sodass Danowski sich unwillkürlich nach hinten lehnte, obwohl er meterweit von ihr entfernt saß.

«Ja», sagte er und fuhr fort, seine Stirn zu reiben, als könnte er den Knochensplitter, der da war oder da nicht war, in sich selbst einfügen, wenn er nur ausdauernd genug wäre. «Klar war der unschuldig.» Sie guckte weg.

«Für so was habe ich eigentlich ein ganz gutes Gespür», sagte Danowski. Peinlich, wie sich das anhörte. Besser, man sprach so selten wie möglich aus, was man dachte.

«Möchte noch jemand etwas sagen zu Adam?», fragte Frau Birkmann.

Nach ein paar Atemzügen Stille räusperte sich eine Erzieherin, deren Namen Danowski mehrfach nicht mitbekommen hatte.

«Wie hast du denn danach einen Weg für dich gefunden, weiter in dem Beruf zu arbeiten? Also, abgesehen davon, dass du hier sitzt.» Der mildeste Anflug von Heiterkeit im Raum.

«Hm.» Danowski nahm die Hand von der Stirn. «Ja, gute Frage. Ich glaube, das habe ich nicht. Aber das … Na ja, ich muss das auch nicht. Also, ich hab beschlossen, ich werde nicht mehr als Polizist arbeiten.»

Die anderen nickten anerkennend, und dann fing der Bauingenieur an zu klatschen, vielleicht, weil er einen Schlusspunkt markieren wollte, vielleicht, weil so offensichtlich gehaltvolle Lebensentscheidungen hier bisher selten kommuniziert worden waren und es noch kein Ritual dafür gab in dieser Gruppe. Jedenfalls fielen die anderen ein paar qualvolle Sekunden mit ein, erstaunlich laut in diesem teppichlosen Raum, das hallte von den Panoramafenstern wider, Frau

Birkmann wurde rot und klatschte mehr mit den Handgelenken wie Nicole Kidman bei der Oscarverleihung, Danowski kannte das GIF aus der Familien-WhatsApp-Gruppe, und er wurde auch rot und merkte, wie ihm darunter das Gesicht versteinerte. Er winkte ab. Das Wichtigste hatte er natürlich nicht erzählt, wie auch. Wie erleichtert er gewesen war, als Schüllers Kopf explodierte, und wie er nur die Sorge gehabt hatte, er hätte was ins Auge bekommen und seine Netzhaut sei womöglich verletzt, und wie sehr er sich die ganze Zeit über gewünscht hatte, er könnte sich selbst gegen Schüller wehren, und sei es eben zu Tode. Wie sollte er so noch Polizist sein.

Holm klatschte in halber Frequenz, ironisch, und ließ die Augen nicht von Danowski.

21. Kapitel

Einige Wochen nach seiner Zwischenexistenz als Geisel bekam Danowski an einem Tag zwei Postkarten: Asklepios-Klinik Altona, Station 7b, Neurologie. Dort hatten sie ihn untergebracht, weil die Kopfschmerzen nicht weggingen. Über den Gang schoben sie Betten mit alten Frauen, die an die Decke starrten, Danowski nickte immer grüßend. Der Blick ging auf den Parkplatz, daran hatte ihn die Kurklinik dann später gleich erinnert, dahinter die Hafenkräne auf der anderen Elbseite. Auf beiden Karten war sein Name unterschiedlich falsch geschrieben, sodass am Ende beinahe der richtige dabei herausgekommen wäre, Dongowski und Danielski.

Nele Haubach schrieb in der Halbdruckschrift der Verwaltung, viel Papierkram, keine Zeit für Kringel: dass sie Zwillinge zur Welt gebracht habe, Justus, 49 cm, 2880 g, Jannis, 47 cm, 2790 g, Dongowski habe sie also sozusagen «doppelt gerettet» (hier bildete sich ein Fragezeichen über Danowskis Kopf im halb hochgestellten Klinikbett), und sie seien alle drei «wohlauf». Vorne auf der Karte waren zwei Mini-Paar Schuhe angeklebt, gehäkelte Babyschühchen, die nicht auf seine kleinen Finger gepasst hätten, gepasst hatten, er probierte es aus, man hatte ja Zeit im Krankenhaus.

Die andere Karte war unverziert, vorne leer, sodass man sie verwirrt öffnete, ohne einen Hinweis auf den Anlass zu haben. Auch die Absenderin sagte Danowski nichts, eine Frau Maibaum, die ihren Vornamen abkürzte mit S.

Nach drei Zeilen waren die Kopfschmerzen wieder so, dass er bei der Chefarztvisite am Dienstag um elf was zu erzählen haben würde. Die «Lebensgefährtin» von. Ob er ihr etwas sagen könnte über. Dass sie sich entschuldigen wollte für. Und sicher sei, wieder das Wort: ihr «Lebensgefährte» habe niemals. Schon gar nicht «Unschuldige in Gefahr bringen» wollen. Aber die «U-Haft», das Wort konnte Danowski kaum entziffern, habe ihn «gebrochen». Ob er also. Und was er also. Und dann eine E-Mail-Adresse, für ihn. Zum Erzählen. Über die letzten Stunden von Schüller.

«Ich glaube, Sie brauchen eine Reha in der Psychosomatik, Ostsee oder so was», sagte die Ärztin, die die Pflegerin geholt hatte, nachdem Danowski den Rufknopf gedrückt hatte. Sein Mund so trocken, als wäre er nie mit Flüssigkeit in Berührung gekommen, die Zimmerdecke ein Hammer, der auf ihn einschlug, so laut, dass er sich die Worte der Ärztin erst im Nachhinein erschließen konnte.

Die Karten ließ er im Rollschrank im obersten Schubfach, wo eine tote Ameise lag.

Die Zwillinge von Nele Haubach waren hellrot und runzlig und sahen aus, als hätte es das Universum oder jedenfalls einen wichtigen Teil davon vor ihnen nicht gegeben.

22. Kapitel

Einmal saß er mit dem Laptop im Wohnzimmer und beobachtete, wie sie im offenen Küchenbereich versuchte, mit den Töpfen und den Deckeln nicht so viel Lärm zu machen. Es war ja kein Wunder, dass ihre Anspannung sich dann immer wieder auch auf ihn übertrug. Er las auf Wellness-Seiten über Atemtechniken und blieb auf der Website von Men's Health hängen. Dort las er das Wort Versöhnungssex. Er hielt inne und schloss den Tab.

Versöhnungssex.

So nannte man das also. Das war doch also nichts Schlechtes. Das hatten doch also andere offenbar auch, sie schrieben sogar Artikel darüber.

Dann zog er vom Sofa um in den Essbereich und wartete am Tisch, dass sie fertig war mit dem Kochen.

23. Kapitel

Am Sonnabend kamen Leslie und die Mädchen. Sie fuhren nach Kappeln in eine Pizzeria. Danowski saß auf dem Beifahrersitz, als hätte er das Fahren verlernt. Sie liefen auf der Prinzeninsel hin und wieder zurück, durch einen Wald, von dem aus man das Wasser kaum sehen konnte. Auf der Rückfahrt zur Kurklinik fuhr er, das war auch falsch, denn er stieg ja als Einziger aus. Die Mädchen wollten nicht mehr schwimmen, es war ihnen zu kalt, und sie schienen auch verlernt zu haben oder vergessen, was daran schön und besonders war, in ein Wasser zu rennen, das verbunden war mit allen Meeren, die die Welt umgaben. Damper Becken, so ähnlich wie die Scharbeutzer Kammer. Auch so eine Stelle in der Ostsee, wo sich zwei Strömungen trafen. Da bildeten sich Unterströmungen mit Geschwindigkeiten von mehreren Knoten. Damit konnte die Familie gar nichts anfangen. Danowski eigentlich auch nicht. Trotzdem sagte er: Ihr macht euch ja kein Bild. Er erzählte, es gebe einen Mann bei ihm auf der Etage, der schwömme jeden Morgen ein oder zwei Stunden. Danach warteten alle auf eine Pointe, aber es kam keine.

Als Leslie ausstieg, um sich wieder hinters Lenkrad zu setzen, trafen sie einander auf dem Parkplatz, und sie umarmte ihn. Die Mädchen schauten unbeteiligt in andere Richtungen. Leslie ließ ihn nicht los. Er wollte nackt mit ihr im Bett liegen, und für ein paar Momente war es eine tiefe, körperliche Notwendigkeit, nicht nur eine theoretische Überlegung. Er schloss die Augen und kroch in Gedanken in ihre Haare, die unter seiner Nase glatt und flach lagen wie eine geheimnisvolle Oberfläche. In der Pizzeria war zu viel Pizza gewesen, im Wald zu viel Wald, die Mädchen erzählten ja sonst so wenig, und gestern hatte Martha was auf einer Party erlebt, was entweder sehr peinlich oder sehr lustig war, und sie war in großen Schwierigkeiten oder endlich angekommen, er verstand es nicht, für die Details fehlte ihm der Kontext, und für eine rote Linie war alles zu komplex, aber Stella lachte mit ihrer kleinen Schwester, statt sie zu piesacken, offenbar waren sie jetzt gleichaltrig. Er ließ das über sich hinwegspülen wie das Licht durch die Buchen im Spätsommer-Frühherbst, und er freute sich darauf, dieses Gefühl in Zukunft öfter zu haben.

Vielleicht besser, einen feierlicheren oder weniger feierlichen Moment abzuwarten, um Leslie und den Mädchen zu sagen, dass er bei der Polizei aufhören würde.

Er merkte, dass er sich darauf freute.

Auf dem Parkplatz biss Leslie ihn kurz ins Ohr, bevor sie ihn losließ.

«Zwei Wochen noch», sagte sie.

«Komm doch mal ohne die Kinder», sagte er.

Als er am Sonntag aufwachte, stand die Sonne schon am Himmel, das Licht war überall, es knallte vom Meer übers Haus auf die Motorhauben unter seinem Balkon. Mittags standen Meta und Finzi auf dem Parkplatz, das war verabredet, aber nicht, dass sie ein Geschenk für ihn zwischen sich hatten, eine große Tasche, die ruhig, aber ungeduldig zwischen ihnen stand wie ein schüchternes Haustier. Darin war ein aufblasbares Stand-up-Paddleboard in einem Türkis, das Danowski als Stand-up-Paddleboard-Türkis beschrieben hätte.

«Ihr spinnt ja», sagte er.

«Wir mieten uns welche», sagte Finzi. «Ich will dich ins Wasser fallen sehen.»

«Das ist von Decathlon», sagte Meta.

«Dann pumpt mal auf», sagte Danowski.

Tatsächlich fiel Finzi öfter als er, dreimal hintereinander. Beim dritten Mal wälzte er sich nur noch mit Mühe aufs gemietete Brett und blieb schnaufend darauf liegen.

«Reitet ohne mich weiter», sagte Finzi, die Badehose rot, Gänsehaut an der Rückseite der Oberschenkel.

Danowski mochte, wie die Bewegung der Ostsee von unten in seinen Körper morste, durch seine Beine in den Bauch, kurz, kurz, lang, der Rhythmus der Wellen ein sinnloses Gesprächsangebot. Er mochte, wie ruhig man blieb, wenn man nur auf den Horizont schaute. Das Ziehen der hohen, langen Paddelbewegung in den Schultern. Er hörte, wie Meta hinter ihm herkam, ohne ihn zu überholen. Er wartete auf sie, ohne sich umzudrehen. Ich muss euch noch was sagen. Ich hör auf.

Aber Meta blieb schräg hinter ihm. Finzi, zwanzig, dreißig Meter entfernt, rief: «Ich hab den Rettungsschwimmer gemacht, Adam! Nach dreißig Jahren!»

«Alte Männer und ihre Hobbys», rief Danowski über die Schulter. Sofort wurde das schauklig, wenn er nicht nach vorne sah. Offenbar hatten sie alle drei beschlossen, nicht mehr über Schüller zu reden und nicht über Kienbaum, nicht über die Vergangenheit und die Zukunft.

Er drehte sich zu Meta um. Das Board schaukelte. Danowski guckte nach unten, um sich davon zu überzeugen. Aber das, hatte die Board-Verleiherin ihnen als Einziges erklärt, sollte man nicht: nach unten schauen, aufs Brett. Es gab so einen ausgedehnten Moment, in dem der Raum seine Dreidimensionalität erst selbst so richtig zu entdecken schien, nun konnte auch Danowski sich ganz wild darin bewegen, aber es änderte nichts, oben war unten, und rechts und links gab es nicht mehr, vorn oder hinten, und die Ostsee war ganz hart, kalt und salzig. Seine Ohren knackten, seine Füße fanden den Grund nicht, und für einen Moment ließ er sich unter Wasser treiben.

Dann spürte er Wasserbewegung in der Nähe, Fußschläge, und Finzis Arme an seinem Körper. So weit würde es gerade noch kommen, dass er den sein neues Hobby an sich ausprobieren ließ. Danowski wollte mit dem Kopf nach oben schießen, um seine Luftvorräte aufzustocken, aber Finzi brauchte offenbar einen Moment, um seinen besten Rettungsgriff anzuwenden und richtig zu platzieren, darum hielt er Danowski unter Wasser. Er war stärker, als Danowski ihm zugetraut hatte. Danowski geriet in Panik, wie wenn man einen falschen, bedrohlichen Raum betrat. Nichtstun wäre besser gewesen, Umsichtreten war alternativlos. Er bekam erst wieder Luft, als er Finzi hart und weich zugleich traf.

Ihre Köpfe auf der Wasseroberfläche wie Bojen, die nichts bedeuteten, und an denen man nichts festmachen konnte, sinnlos. Meta über ihnen wie die zweite Sonne, ratlos, sommersprossig.

«Spinnst du?», fragte Finzi.

«Das wollte ich dich gerade fragen», wollte Danowski sagen, aber er kam nur bis knapp hinter dich und kurz vor gerade, mehr war nicht mehr in ihm. Er hustete Salzwasser.

Später aßen sie Eis.

24. Kapitel

Als sie ankam und zum ersten Mal aufs Meer sah, hatte sie noch Hoffnung: dass es hier für einige Wochen anders sein könnte. Dass er Ablenkung von ihr finden würde. Etwas, das ihn mehr beschäftigte als sie. Dass sie sich selbst und ihn von außen sehen und etwas ändern könnte. War es nicht ihre Aufgabe, etwas zu ändern? Weil er es nicht konnte? Oder war das nur seine Stimme, die immer sagte: Warum bist du so?

Die Hoffnung war ganz schnell aufgebraucht, denn die kleine Suite mit dem Meerblick war eine Außenstelle des Hauses. Es war, als liefe ihre Gegenwart parallel zur Vergangenheit ab. Links, sie sah es vor sich, die Gegenwart in der Kurklinik, rechts, wie es sonst immer war. Die zwei Säulen ihrer Existenz, und keine Zukunft.

Jeden Morgen hängte er seinen Neopren-Anzug über das Balkongeländer, obwohl es gleich am ersten Tag einen sanften Hinweis vom Info-Desk gegeben hatte. Und dann noch einen. Wenn er duschte, klappte sie den gebrechlichen Wäscheständer auf und hängte das Neopren darüber.

Wenn er vom Laufen im Moor kam, warf er sein Laufzeug in komplizierten Formen vor die Waschmaschine und erwartete, dass sie sich daran erinnerte, was er noch einmal benutzen würde (die Hose, aber nicht jede Hose), und was sie später waschen konnte, und was er am nächsten Tag sauber wollte.

Wenn er seinen Mittagsschlaf hielt, musste sie erkennen, ob es Mittagsschlaf war oder «Mittagsschlaf», und obwohl die Chancen scheinbar eins zu eins standen, war es fast immer so, wie sie es nicht begriffen hatte.

Wenn sie ihr Programm und Anwendungen hatte, begleitete er sie bis zum Eingang der Therapieräume. Nur bei der Krankengymnastik machte er eine Ausnahme, weil das die beste Zeit für seine Telefonate war, und weil er gern alles zur möglichst gleichen Zeit tat. Darum konnte sie sich in die Gruppentherapie schleichen, aber das Schleichen war ein Rennen um drei Ecken und über zwei Gänge, sodass sie immer aufgelöst war und immer zu spät.

Wenn sie sich im Speisesaal umsah, drückte er im Zimmer ihren Kopf gegen die Wand, als wollte er ihr Halt geben, ruhig und fest, und

Wenn er seinen Mittagsschlaf hielt, musste sie erkennen, ob es ein Mittagsschlaf war oder ein «Mittagsschlaf», und obwohl die Chancen scheinbar eins zu eins standen, war es fast immer so, wie sie es nicht begriffen hatte.

Wenn sie zum Arzt musste, begleitete er sie. Der Augenarzt fand ihn fürsorglich, weil er bei der Retinaverletzung nicht von ihrer Seite wich. Die Orthopädin ignorierte ihn und stellte ihr im Behandlungszimmer indirekte Fragen, die sie nicht beantworten konnte: Ob sie sicher sei, ob sie genau wisse, ob es wirklich sein könnte. Wenn sie heimlich ging, wartete er auf sie vor der Tür, als hätte er einen sechsten Sinn oder eine App auf ihrem Telefon.

Wenn sie sich mit alten Freundinnen verabreden wollte, fragte er, warum, und wendete jede Antwort, die ihr einfiel, gegen sie. Lang-

fragte sie, was um Himmels willen ihr einfiele.

Wenn er sie beim Weinen erwischte, wie er das nannte, tröstete er sie, bis sie keine Luft mehr bekam. Undeutlich merkte sie, wie sanft er sie zu Boden gleiten ließ, über die Sanftheit erschrak sie mehr als über alles sonst, sie blieb auf ihrem Körper wie ein furchtbares Phantomgefühl von Zärtlichkeit.

Wenn sie allein am Meer stand, kam er von hinten und zog sie an sich, dieses unsichtbare bisschen zu viel.

weilst du dich? Reiche ich dir nicht? Willst du weg?

Wenn er sie beim Weinen erwischte, wie er das nannte, tröstete er sie, bis sie keine Luft mehr bekam. Undeutlich merkte sie, wie sanft er sie zu Boden gleiten ließ, und über diese Sanftheit erschrak sie mehr als über alles andere, sie blieb auf ihrem Körper wie ein furchtbares Phantomgefühl von Zärtlichkeit.

Wenn sie allein im Garten stand, kam er von hinten und zog sie so sachte von den Nachbarn weg, dass sie noch Auf Wiedersehen rufen konnte.

Sie hätte schwören können, dass sie es nicht mehr länger aushielt. Aber es fiel ihr schwer, sich selbst davon zu überzeugen.

Mareike Teschner ging einen halben Meter hinter ihrem Mann Richtung Speisesaal und fragte sich, ob sie den kaputten Polizisten sehen würde, und vor allem, was sie sich davon versprach.

Die Blicke der anderen: gleichgültig, mitleidig, neidisch, von allem was dabei. Hatte sie ihren Mann dabei, weil er sich zu Hause nicht selbst was warm machen konnte? Das waren eher die älteren Herrschaften, bei denen die Männer selbst auf der Kur ihrer Frauen nur als deren Anhang und Funktion auftraten, zu hilflos, um sich selbst überlassen zu bleiben. Oder die jüngeren Paare, die sich sagten: Na ja, schau mal, an der Ostsee, da machen wir einen halben Urlaub draus.

Aber wieso hatte die ihren Mann dabei? Wollte man nicht auch mal seine Ruhe haben, also ihre? Na, wo die Liebe hinfiel.

Wie er über sie herfiel und es Leidenschaft nannte, es tut mir leid, dass ich manchmal so leidenschaftlich bin. Porno-Griffe, sie musste dann tagelang Rollkragenpullover tragen. Zu Weihnachten schenkte er ihr drei von Uniqlo, mit siebzig Prozent Kaschmir, diese japanischen Farben, wo selbst die Erdtöne eine Zuversicht und eine Fröhlichkeit hatten, gute Geister, die einen umgaben, und von denen sie verlassen war, allen.

Abends stand sie im Bad, Strandsand in der Duschkabine, seine Badehose in die Handtuchheizung gequetscht, darum musste sie sich auch noch kümmern. Sein Kulturbeutel roch schon beim Anschauen nach diesen herben Männerdüften, Leder, Tabak, Holz und Baumarkt. Sie schob ihn beiseite, vorsichtig, als könnte der geöffnete Reißverschluss nach ihr schnappen. Die Blister seiner Medikamentenverpackungen knisterten.

Als hätte er sie gehört, klopfte er von außen an die Tür, dieses eine Mal zu viel, immer viermal statt dreimal, fest, als würde er das Türblatt prüfen.

«Was machst du da drinnen?» Der Ton immer spielerisch.

«Bin gleich fertig.»

«Ich brauche meine Spritze.» Nie konnte er warten. Die Spritze setzte er sich immer vor ihren Augen, als wäre es ihre Schuld, seit seiner Jugend.

«Klar», sagte sie.

25. Kapitel

«Ist hier noch frei?» Mareike stand neben seinem Stuhl, ihr Tablett mit dem Mais und dem Eisbergsalat und den kalten Tomatenvierteln und den etwas rau angetrockneten Gurkenscheiben auf Höhe von Danowskis Schläfe, Tausend-Island-Dressing, überirdisch hellorange.

«Na ja», sagte die Wojtyła und schaute hilfesuchend zu Saskia, die rot wurde und versuchte, in ihre Schmierkäseverpackung zu kriechen, mit Stress konnte sie nicht gut umgehen; und dann zu Danowski, der einfach ratlos war. Liva war noch am Salatbuffet. Aber es war doch hier nun mal so. Und wo war überhaupt der Mann von der. Mareike. Schon wieder schwimmen?

«Ich, äh, bin Mareike. Mareike Teschner.»

Über Mareike Teschners Schulter sah Danowski seine Tischnachbarin Liva am Salatbuffet in der Auseinandersetzung mit den eingelegten Artischockenherzen, und jetzt schaute sie kurz herüber. Wohin sollte sie sich setzen, wenn die Wojtyła, Saskia und er jetzt hier, wie es sicher richtig wäre, Mareike Teschner einfach den Platz anboten, ja, na klar, setzen Sie sich, na ja, ach so, setz dich, hallo, hallo.

«Also», sagte die Wojtyła, sichtlich um Unterstützung von Danowski ringend, wie oft war diese Tischrundengreisin in achtzig oder neunzig oder hundert Lebensjahren von anderen im Stich gelassen worden, insbesondere von Männern, und nun also von Adam Danowski, es war so typisch, ein ganzes Jahrhundert von Demütigungen, so schoss es Danowski in selbstherrlicher Selbstquälungs-Hybris durch den Kopf, beide Weltkriege hatte sie womöglich überlebt oder doch sich über den ersten zumindest noch sehr viel anhören müssen, und nun saß er hier, faul, depressiv und selbstzufrieden, kriegte das Maul nicht auf und lieferte sie quasi in die Bajonette oder den Bombenhagel der sozialen Unwägbarkeiten, er schämte er sich nicht einmal für die Bilder, die ihm durch den Kopf gingen.

Für vielleicht zwei oder drei kombinierte Atemzüge, Dressinggeruch in der Luft, Besteckklappern unter der abgehängten Decke, die Heizkosten, verließen womöglich sowohl Mareike Teschner als auch Adam Danowski ihre Körper in Form ihrer beschädigten Seelen, die Zeit stand still, und Danowski war der Junge, der Mann, der nie in der Lage war, allen zu helfen, also kümmerte er sich um niemanden, erst recht nicht um sich selbst; und Mareike Teschner war in reiner Ätherform das Mädchen, die Frau, die sich nicht sicher war, ob man auf Hilfe zählen oder auch nur hoffen konnte, die das womöglich verlernt hatte und versuchte, wieder damit anzufangen, und was sollte man sagen: Es misslang.

Adam, du kannst es nicht allen recht machen.

Mareike, du kannst dich auf niemanden verlassen.

Liva kam an den Tisch und sagte, ganz nett und mit einer wahnsinnigen Kompetenz, die Danowski noch stundenlang in den Ohren nachklingelte: «Oh, hier sitze ich normalerweise, aber ich kann mich gern auch woanders hinsetzen.»

«Oh nein, ach so», sagte Mareike Teschner. «Ja, ich wollte mich nicht hier dazwischen …»

«Wir können auch gern noch einen Stuhl an den Tisch

holen», sagte Liva und blieb immer noch stehen. Danowski sah erst jetzt, dass seine Gabel die ganze Zeit in der Luft stand, aber es war gar nichts darauf, und er wusste beim besten Willen nicht, ob diese Gabel auf dem Weg zu seinem Mund gewesen war und etwas heruntergefallen, oder ob er sie gerade in zuladender Absicht Richtung Teller gesenkt hatte. An manchen Tagen wurde ihm sogar essen kompliziert.

«Platz ist in der kleinsten Hütte», sagte die Wojtyła und funkelte Danowski an, als hätte ihm das einfallen müssen. Saskia zeigte auf ihr ziemlich kleines Tellerchen, Portionskontrolle, und sagte: «Ich brauche nicht viel Platz.»

«Nein, nein», sagte Mareike Teschner. «Ich hab ja sonst auch einen anderen Platz. Also ich sitze ja sonst da drüben.»

Danowski überlegte, ob er ihr seinen Platz anbieten und weggehen sollte, die vier Frauen ohne ihn, vielleicht wäre das am besten, sich öfter oder immer aus solchen Situationen zurückziehen, oder aus allen. Vom Tisch, aus der Polizei. Er stand halb auf, die Gabel immer noch in der Hand. Mareike Teschner nickte ihm zu, als hätte er damit endgültig das Signal für ihren Aufbruch gegeben.

26. Kapitel

Und wenn es ihm mal schlechtging? Warum ging es eigentlich die ganze Zeit um sie? Wer war hier eigentlich chronisch krank? Also, so ein bisschen Rücksicht. Oder sich mal ein bisschen kümmern.

War das zu viel verlangt.

Aber wenn es ihm mal schlechtging – dann suchte sie einfach das Weite. Weil er gegen irgendwas allergisch war. Oder wegen dem Diabetes, wenn er da eine schlechte Phase hatte. Wenn er die Medikamente neu einstellen musste. Wenn er sich schwach fühlte. Wie sie ihn dann im Stich ließ.

Wenn es ihm gutging, verkroch sie sich vor ihm, sie machte sich ganz klein in ihren Bewegungen, sie schlich beigefarben durchs Haus, als wäre sie auf diese Weise unsichtbar für ihn. Wenn er sie trotzdem sah, wurde sie laut und fröhlich, als könnte sie so Teil der hellen, freundlichen Umgebung im Haus werden, die Möbel in pudrigen Primärfarben, Akzente setzen im Wohnbereich. Wenn es ihm gutging, blieb sie in seiner Nähe, als müsste sie ihn im Auge behalten.

Wenn er aber eine seiner schlechten Phasen hatte, zog sie sich an den Rand der Wohnung zurück. Wenn er in den Essbereich des offenen Wohn-Esszimmers kam, stand ein sorgfältig angerichteter Teller für ihn auf dem Tisch, aber von ihr nur Geräusche aus dem am weitesten entfernten Bad, oder aus dem Garten, der Kantenschneider für die Auswüchse des Rollrasens unter der Hecke. Eine Zeitlang hatte er gedacht, sie könnte seine Schwäche nicht ertragen in diesen Momenten, deshalb ließ er sie seine Stärke spüren, sobald er wieder konnte. Aber später wurde ihm klar: Sie wartete und sie probierte. Sie wartete, bis er eines Tages vielleicht nicht mehr da war, sie tagträumte vielleicht, wie es wäre, ohne ihn zu sein, sie probierte das Gefühl aus, die Rasenkanten zu schneiden ohne den Mann im Haus, der er war.

Er lag da, die Augen geschlossen, und ihm wurde klar, dass sie ihm in dieser Hinsicht überlegen war, haushoch. Er war sicher, sie konnte für Minuten, vielleicht Stunden, von einem Leben träumen ohne ihn, aber für ihn gab es kein Leben ohne sie. Es war eine schreckliche Liebe, fand er, so dermaßen nicht leben zu können ohne einen anderen Menschen. Er fand es sehr ungerecht, dass ausgerechnet er diese Liebe empfinden musste, ausgerechnet für sie.

27. Kapitel

Danowski beim Sport, Danowski beim Tanzen. Zirkel-training, Brennball. Er konnte immer noch nicht werfen. Beim Tanzen dieser Moment, wenn man zu zweit war, und es war ganz unbemerkt geschehen, ein Therapeuten-Trick. Die sagten nicht: So, nun sucht sich jeder einen Partner, das wäre ja zu einfach gewesen, das hätte die Leute verschrecken können, sondern: Und die Person, mit der ihr jetzt an den Stäben seid, ist eure Partnerin oder euer Partner.

Die Stäbe waren aus Holz und etwa einen Meter lang, man reichte sie im Kreis herum, bis der Tanztherapeut Stopp sagte, und man nun mit einer Person und zwei Stäben alleine war. Nun musste erst der eine, dann die andere den anderen mit diesen beiden Stäben führen und durch den Raum bewegen, als wäre man eine Lokomotive, und dies die Pleuelstangen. Aber im Rhythmus. Bleibt immer im Bounce.

Warum machte er so was überhaupt?

Weil er sich anderthalb Tage wegen der Tisch-Vermasselung so sehr schämte, dass es ihm egal war, ja, es wäre ihm sogar lieber gewesen, die hilflose Mittagsscham auszulöschen durch die Angstscham vorm Bewegen und vorm Bounce und vorm Darinbleiben, er hätte das gern überschrieben in sich.

Dann klingelte sein Telefon, als sie gerade mittendrin waren, my heart skips skips skips skips a beat. Der Tanztherapeut wiegte nur tonlos den Kopf, als könnte er damit die Zeit zurückdrehen zu einem Moment, in dem Danowski selber auf die Idee hätte kommen können, sein Telefon auszuschalten, Digital Detox, dafür gab es auch Kurse hier. Danowski aber liebte es, wie im Hintergrund der WhatsApp-Chat der Familiengruppe weiterlief, den Martha vor drei oder vier Jahren «Dab-nowski» genannt hatte, nach der untergegangenen Praxis des Dabbens im Anschluss an den erfolgreichen Bottle-Flip, und wo Leslie nun, egal, wie weit er weg war, fragte, wer Abendessen machen könnte, ob Stella an ihren Termin für das USA-Stipendium denken würde, ob Martha die Kieferorthopädin auf dem Zettel hatte.

Auf dem Gang merkte er erst, wie sehr selbst der Tanzraum nach Turnhalle gerochen hatte. Er war auf Strümpfen, Menschen in Schuhen gingen an ihm vorüber. Eine Hamburger Nummer, die er nicht kannte. Erster Instinkt: wenn was war mit Leslie oder den Kindern.

«Adam.» Warum konnte er die Scheiße nicht stummschalten.

«Was ist. Rufst du mich von zu Hause aus an?»

«Ja, Bereitschaft, die andere Leitung freihalten.» Kienbaum klang, als würde er kauen. «Bist du morgen dabei?»

«Wobei?»

«Bisschen konstituierende Sitzung. Sind ja auch ein paar Neue im Team. Damit wir uns alle mal beschnuppern können.»

Danowski sah durch ein Fenster im Flur in eine Art Innenhof, wo Mädchenaugen und Cosmeen zwischen abgeblühten Sonnenblumen aus Betonkübeln wuchsen. Beschnuppern.

«Ich bin in der Reha», sagte er, in letzter Sekunde das Wort Kur umschiffend, es klang wie Kräher.

«Ja, hast du keinen Wagen, komm doch mal'n Stündchen runter.»

Danowski rieb sich die Stirn. Doch, eindeutig, da war was. Wenn man da eine Weile nicht hingefasst hatte, dann war da was Hartes, Spitzes unter der Haut. Beim zweiten Mal fand man es noch mit dem Daumennagel, ganz vorsichtig, als müsste man es überraschen, ihm auflauern, aber ab dann war es wieder weg.

Weil er nichts sagte, schon wieder Kienbaum: «Du kannst auch Zugticket auf Dienststelle machen, ist ja kein Ding.»

«Na ja», sagte Danowski. «Ich hab hier zu tun.»

Kienbaum lachte, das war eigentlich nicht neu: Es fiel ihm schwer, Danowskis Scherze zu identifizieren, darum bot er aufs Geratewohl hin und wieder so ein kurzes, feuchtes Bellen an.

«Elf Uhr», sagte er, «im Präsidium, wahrscheinlich K2 oder K3, siehst du ja dann.»

«Ganz bestimmt nicht», sagte Danowski und merkte, dass er nur verlieren konnte. Wenn er jetzt sagte, lass mich in Ruhe, ich bin krankgeschrieben, dann war er wieder die Mimose, die Sensibylle. Wenn er jetzt sagte, ruf mich nicht mehr an, du nervst, dann war er aggressiv und unprofessionell, denn seit wann war man Polizist und hatte feste Geschäftszeiten wie so ein Bürgeramt. Und wenn er jetzt sagte, weißt du was, mir reicht's, ich hör auf, dann war er dramatisch und emotional.

Kienbaum ploppte so komisch mit dem Mund, als wäre was zerplatzt, aber eben auch nicht so schlimm, und Danowski kam es so vor, als hätte der ihn wirklich nur testen oder ein bisschen ärgern wollen. «Schade», sagte er jetzt nur. «Ich will einfach nur, dass du dich wohlfühlst bei uns, Adam.»

Danowski überlegte, ob er Danke sagen sollte, brauchte dafür aber zu lange.

«Wir haben große Dinge vor», sagte Kienbaum. «Aber das erfährst du früh genug.» Und dann, sodass Danowski nicht wusste, ob es gönnerhaft oder fast freundlich war: «Werd du man erst mal gesund.»

Ohne mich, dachte Danowski, als Kienbaum auflegte.

28. Kapitel

Nachts lag Danowski wach und hörte nicht das Meer, sondern ein vages Flattern vom Parkplatz, wo jemand eine Folie nicht tief genug in den Verpackungsmüllcontainer gestopft hatte. Er konnte nicht schlafen, weil er an Kienbaum dachte. Vielleicht am besten, er schriebe gleich seine Kündigung, aber wie kompliziert das war, Ausscheiden aus dem Beamtenverhältnis, Entlassung durch den Dienstherrn aus eigenem Willen erwirken. Er wurde ungeduldig, das sofort jetzt zu formulieren, am besten schon zu formatieren und auszudrucken, aber er hatte nur sein Telefon, und mit dem Daumen zu kündigen, stellte er sich langwierig vor, und per Spracherkennung besonders quälend, «gemäß Paragraph dreiunddreißig des Bundesbeamtengesetzes beziehungsweise Paragraph vierundzwanzig Absatz eins Nummer vier des Beamtenstatusgesetzes», so wollte er sich auch nicht reden hören.

Dann dachte er an Mareike Teschner, um nicht an Kienbaum zu denken, er versuchte, eine Scham mit der anderen auszulöschen. Klar, noch einen Stuhl an den Tisch stellen einfach. Warum kam er nicht auf so was. Wie konnte jemand, der sich für so unkonventionell hielt und der überall so schlecht zurechtkam, so konventionell sein, dass er nicht auf die Idee kam, einen fünften Stuhl an einen Vierertisch zu stellen? Was wusste er überhaupt über sich selbst? Und warum ärgerte er sich über diese Frau, die ihm nichts getan hatte, außer sich in eine Gruppentherapie zu schmuggeln, in die er sowieso nur ging, um der Beihilfe auf dem Papier einen gewissenhaft abgearbeiteten Kuraufenthalt vorzeigen zu können?

In seinem Meditationskurs hatte die Trainerin, deren Namen er vergessen hatte, aber an deren schöne Schultern er sich erinnerte, nach ihren Stressquellen gefragt, und als es wieder besonders schlimm war, und bevor er endgültig wegblieb, wegen eines Mordes im Elbtunnel, hatte Danowski von Knud Behling erzählt, seinem Chef damals, der ihn wahnsinnig gemacht hatte.

«Wenn wir uns so über jemanden ärgern», sagte die Trainerin, obwohl von wir ja nicht die Rede sein konnte, die anderen kannten Behling ja gar nicht, und Danowski wurde immer misstrauisch, wenn jemand wir sagte und man nicht sofort wusste, ging es um einen Kegelverein oder zwei Leute, die gerade vor einem standen, «dann können wir uns fragen, was die Eigenschaft der anderen Person ist, die uns besonders wütend macht.»

Obwohl das wie eine ziellose Beobachtung formuliert war, meinte sie es offenbar als eine Aufforderung an Danowski, das merkte er nach etwa zehn Sekunden dichter werdenden Schweigens im Meditationsraum.

«Ach so», sagte er und überlegte. «Ich würde sagen, seine Aggressivität und seine …», er gab sich Mühe, nicht wie ein Kind zu klingen, und womöglich misslang es, «… Ungerechtigkeit.»

Die Trainerin nickte ermutigend und sagte mit dieser Stimme, deren Spitzen der hellgrüne Tretford-Teppich schluckte: «Und wie könnte man das positiv formulieren?»

«Was?» Danowski war ja eigentlich zum Meditieren gekommen und nicht zum Nachdenken.

«Also Aggressivität. Wenn man sich das als positive Eigenschaft vorstellt. Wie würde man das nennen.»

Danowski merkte schon, wohin die Reise ging, aber er überließ es einer der anderen Kursteilnehmerinnen, darauf zu antworten.

«Durchsetzungskraft, vielleicht. Entschiedenheit.» Franka!, endlich fiel ihm der Name wieder ein, Franka also nickte.

«Und Ungerechtigkeit?»

«Selbstbestimmtheit», sagte Danowski, um die Sache abzukürzen. Behling machte seine eigenen Gesetze, wenn man so wollte. Nicht die beste Eigenschaft für einen Polizisten. Zumindest nicht im Sinne der zitierten Beamtengesetze.

Und dann, hatte Franka gesagt, sollte Danowski sich fragen, ob er nicht vielleicht besonders wütend war über Eigenschaften dieses Chefs, bei denen er, Danowski, selbst ein Defizit bei sich spürte. Also darüber, dass der andere sich das einfach nahm.

So hatte Franka ihm nun auch noch die Wut auf Behling versaut. Ja, Durchsetzungskraft, Selbstbestimmtheit, das fehlte ihm womöglich.

Und bei Mareike Teschner? Was ärgerte ihn an dieser Frau, mit der er nichts zu tun hatte, außer, dass sie auf seinem Radar aufgetaucht war und seitdem irgendwie nicht mehr davon verschwinden wollte?

Er fand sie penetrant. Und bedürftig.

Danowski überlegte, ob er das Fenster zumachen sollte. Der Parkplatz verstärkte jedes Geräusch, als würde man in eine Keksdose flüstern. Zwei Leute, die die Schließzeit der Haupttür verpasst hatten und jetzt von jemandem durch den Hintereingang gelassen wurden. Personal? Nachts?

Was war die positive Seite von Penetranz? Beharrlichkeit?

Die hatte er selbst, die fehlte ihm nicht, aber bei sich nannte er sie Sturheit. Und von Bedürftigkeit? Offenheit? Das passte nicht ganz, das ging wohl bei Mareike nicht auf.

Wie attraktiv fand er die eigentlich? Er überlegte, gelangweilt, merkte eine Art Halbschlaf, die darauf sofort in gleißender Klarheit wieder verflog. Gar nicht. Es war, als würde er Mareike Teschner gar nicht so wahrnehmen, eher wie eine Verwandte, von seinem Stamm, und das ärgerte ihn noch mehr.

Das Leben ist keine Formel. Von Franka kam er zu Frau Birkmann, denn das war so ein Spruch von ihr. Musste es nicht heißen, das Leben folgt keiner Formel? Und was sollte das überhaupt bedeuten? Dass alles nicht so einfach war? Lief am Ende alles auf solche Flachheiten hinaus, Füße hoch, die Lebensweisheiten kommen?

Danowski wälzte sich zur Seite und warf ein paar Sachen vom Nachttisch, um die Lampe anzumachen. Er stand auf, stolperte über die dunkelblaue Tasche mit dem flach eingefalteten Paddleboard, die auf dem dunklen Boden unsichtbar war wie ein Loch im Raum. Er setzte sich an den Schreibtisch, wo er immer noch nicht das rautenförmig hingelegte Spitzendeckchen weggeräumt hatte. Es regte ihn auf, dadurch fühlte er sich einen Tick lebendiger. Jetzt schob er es beiseite, fand einen Block, der noch zehn, zwölf weiße Blätter hatte, obendrüber der Briefkopf:

Agamemnos «Ostseeperle» Kurklinik FirstHealth™

Wer hatte diesen Leuten eigentlich ins Gehirn geschissen. Man war solchen Namen ja hilflos ausgeliefert. Oder vielleicht nicht ganz. Er fand den durchsichtigen Kugelschreiber neben

den beiden Wassergläsern auf dem kleinen Tablett und schob
sich den Block zurecht.

~~Agamemnos «Ostseeperle» Kurklinik FirstHealth™~~

Vielleicht hatte Frau Birkmann ja unrecht. Vielleicht war das
Leben doch eine Formel. Und vielleicht war es so ermüdend,
sich oder ihr das zu beweisen, dass er danach würde schlafen
können.

Er schrieb:

$Ich - Polizei =$

Dann saß er davor. Das Zwielicht von der Nachttischlampe
und von einer gelblichen Parkplatzlaterne reichten ihm aus
für seine Berechnungen. Zwei Uhr morgens durch. Frühstück,
wenn er das noch schaffte, um acht, um neun Uhr eine Dreiviertelstunde Wassergymnastik, das war wohl realistischer.

Was war er ohne Polizei?

~~$Ich - Polizei =$~~
$Ich + Polizei = Adam Danowski$

So rum musste man die Frage stellen, so ging die Formel. Er
kniff die Augen zusammen, damit er seinen Namen nicht so
deutlich sehen musste.

Wie war das gewesen – konnte man die Formel jetzt umdrehen? Also:

$A. D. - ich = Polizei$

Gruselig.

A. D. – ich = Polizei
A. D. – Polizei = ich

Er überlegte zu kichern, weil er sich albern vorkam. Andererseits, er hatte schon seltsamere Dinge getan, um den Gespenstern der Schlaflosigkeit zu entkommen. Und eigentlich stand da ganz klar: Wenn er rausfinden wollte, wer er war, musste er die Polizei verlassen. Den Ort, die Struktur, die Organisation, die ihn den größten Teil seines Lebens geprägt hatte.

Leslie und er, ganz am Anfang, er noch auf Streife, sie im Referendariat, und das Gras von irgendwelchen Vierzehnjährigen am S-Bahnhof Yorckstraße, Zwanzigmark-Tütchen, albern bedruckt mit grünem Hanfblatt, Standardware aus dem Headshop an der Hauptstraße, Kleinstdealerschwachsinn, aber Leslie konnte drehen mit einer Hand. Und jetzt dachte er einerseits, wie sie gesagt hatte, wir gehen da rein, in diese Strukturen, und wir machen das irgendwie besser. Vielleicht war Leslie das sogar gelungen. Aber ihm?

Und er dachte daran, wie erleichtert die Vierzehnjährigen waren, als der Kollege Eulenmeyer sie wegschickte, mündliche Verwarnung, nee, das Zeug entsorgen wir selbst, auf der Wache, was glaubt ihr denn. Quittung? Komm, hau ab, du Spinner.

Ein Anruf bei den Eltern oder beim Jugendamt, und wer wusste, was sie denen für Schwierigkeiten gemacht hätten. Reine Willkür. Und dann später schön zu Hause sitzen, vom konfiszierten, also geklauten Zeug einen wegschmöken und drüber philosophieren, das System irgendwie von innen, ja was, und so weiter.

A. D. – Polizei = «ich»
«ich» = ???

Jetzt hätte er gern ein Bier gehabt. Er ärgerte sich, dass er fast gar nichts mehr trank und deshalb nicht daran gedacht hatte, sich an der Tankstelle an der Bundesstraße oder beim «Meeresimbiss Poseidon 2» zu bevorraten.

Es klopfte, oder er wurde verrückt. Mehr ein Schaben, oder als würden winzige Füße mit Klauen an einer Stelle über die Tür huschen, Fingernägel.

Er dachte an die beiden Nachtschwärmer eben, die Parkplatzstimmen, dieses heiter Verschworene, wenn man denkt, man flüstert, aber eigentlich will man auch, dass einen die ganze Welt hört, weil es einem gerade so gut geht.

Kommst du noch zu mir?

Oder kommst du zu mir?

Wo bist du noch mal?

Na gleich schräg gegenüber.

Dann bis gleich.

Er wartete, denn die hatten ja wohl Telefone und würden das Missverständnis klären, und er hatte wirklich keine Lust, in einer langen Schlafanzughose und einem kurzen T-Shirt, weiß mit V-Ausschnitt, irgendwelchen Leuten gegenüberzutreten, die womöglich Wörter wie Kurschatten benutzten oder lebten.

Es klopfte oder fingernägeltrippelte noch einmal sehr sanft an seiner Tür. Unter seinen nackten Füßen der ganz saubere, aber seltsam klebrige Linoleumfußboden.

Es reichte ihm ja schnell, darum stand er auf, fand seine Pantoffeln, sicherte den Öffnungswinkel der Tür mit seinem Standbein und ließ etwa zehn Zentimeter Flur in sein

Gesichtsfeld. Er hatte mit Licht gerechnet, aber die Person auf dem Flur war im Dunkeln, nur ein Umriss in Anthrazit vor dem Nachtweiß der Gangwände.

«Ich hoffe, ich habe dich nicht geweckt.» Jetzt war nicht der Augenblick für ihn, um sich an das flächendeckende Patienten-Du zu gewöhnen. Er sagte nichts, während er Mareike Teschner in einer weiten Jogginghose und einem Sweatshirt erkannte. Sie las seinen Blick. «Ich meine, Sie.»

Er hörte nur das Rauschen in seinen Ohren, vielleicht ihren Atem. «Darf ich bitte reinkommen?»

Sie sprach mit einer gewissen Dringlichkeit, aber im Gegensatz zum Parkplatzpärchen so, als sei sie echtes Flüstern gewöhnt, als hätte sie es gelernt, bis es ihr in Fleisch und Blut übergegangen war.

«Ganz bestimmt nicht», sagte Danowski ungewöhnlich schnell, weil ihm penetrant und bedürftig durch den Kopf ging. Wie wenig kannte er sich eigentlich aus mit so was? Er konnte herausfinden, warum jemand jemanden wie erschlagen hatte, aber hatte keine Ahnung, wie Leute ihre Liebesgeschichten oder Affären oder One-Night-Stands anbahnten? Hatten er und diese Mareike einander irgendwelche Blicke oder so was zugeworfen, reichte das? Und falls ja, warum konnte er sich nicht daran erinnern? Oder war es einfach so, dass Partei A bei Partei B nachts unvermittelt vor der Tür stand, und das war dann der erste Schritt, und vorher brauchte es gar nichts?

«Ich möchte nicht auf dem Gang sprechen.»

Er verstand sie kaum. «Das glaube ich.»

«Kann ich bitte.»

Danowski dachte an sein Zimmerchen, das eigentlich nur aus seinem Bett und dem rollbaren Nachttisch bestand, eichenfurniert, aber deutlich mit der DNA eines Krankenhausmöbels, den zwei unbequem geraden Stühlen und dem Badezimmer mit der Notrufkordel, und die Vorstellung, irgendjemand könnte diesen Raum betreten, ohne beruflich darin zu tun zu haben, schien ihm komplett absurd.

Sie wandte den Kopf zur Seite, und im ersten Moment dachte er, nun würde sie also zur Vernunft kommen und gehen, aber dann hörte auch er Schritte auf dem Gang, womöglich noch hinter der Ecke. Er merkte an seinem Oberschenkel, dass sie gegen die Tür drängte, und reflexartig hielt er dagegen. Außerdem, dachte er, während er die Tür schloss, wollte er eigentlich auch nicht nachts um halb drei an der Tür im Gespräch mit fremden Frauen gesehen werden.

Wobei, und da saß er schon wieder auf der Bettkante, in Wahrheit wäre ihm das egal gewesen.

Einen Moment bereute er fast, die Tür geschlossen zu haben. Dann dachte er an Leslie, und die Reue hörte auf.

Er horchte in die Dunkelheit. Vom Parkplatz flatterten Müllgeräusche. Aus dem Gang kam nichts, höchstens ein Schubbern an der Wand. Es war, als hätte Mareike Teschner sich in Stille aufgelöst.

29. Kapitel

Das Glücksgefühl, wenn die Schuld sich in nichts auflöste: weil er eben doch recht gehabt hatte.

Immer schon geahnt.

Dass sie WAS mit einem anderen HABEN würde, also gehabt haben würde, hätte, sobald sich die Gelegenheit böte, die ganze Grammatik war ihm dabei egal. Die Zeitebenen wirkten auf ihn wie nachträglich eingezogen, damit das am Ende und von Anfang an an ihm hängenblieb.

Dabei hatte sie doch mit einem anderen was.

Und wer konnte ihm vorwerfen, dass er es immer schon gewusst hatte.

Er fasst neben sich ins Bett, die institutionelle Matratze, darum womöglich sogar eine Gummiauflage, er wagte gar nicht nachzuschauen. Die Erleichterung, die ihn durchströmte. Weil er nicht schuld war. Weil er es immer schon gewusst hatte.

Er streichelte mit der Hand über ihre Bettseite. Dann stand er langsam auf.

Seine Füße fanden seine Adiletten, seine Hand die Türklinke, im Dunkel öffnete er den Flur wie einen Behälter, in dem seine Unschuld zu finden war.

30. Kapitel

Er roch nach seinem Kulturbeutel und Halbschlaf, als er sie mitnahm. Er hätte vielleicht gesagt: zurückbegleitete. Er hatte so einen Griff perfektioniert oder immer schon gekonnt, selbst erfunden und gefunden im kollektiven Gedächtnis seiner Spezies, mit dem konnte er sie um die Schulter greifen, bis zum Mund, und mit dem anderen Arm von vorn ihre Kleidung zusammenraffen, sodass er sie schob und zerrte zugleich, und falls jemand gekommen wäre, hätte er sie an sich gepresst, als würde er sie küssen mit dem Kuss der tiefsten Alltäglichkeit, der leidenschaftlich aussah und nah. Denn alles, was er jetzt tat, war eng und brutal. Wer sollte das von außen unterscheiden.

Die Wand, an der er sie entlangdrückte, um zwei Ecken, vierzig, fünfzig Meter bis zu ihrem Zimmer, roch nach kalter Tapete, ein weißer, haltloser Geruch. Das Zimmer mit dem Vorraum, der zu nichts zu gebrauchen war, außer, das Wort Suite zu rechtfertigen, roch nach offenem Fenster. In ihren Ohren rauschte es, als gäbe es davor eine Brandung, Wellen, von denen man sich hätte unterspülen lassen können.

Er warf sie aufs Bett und schloss das Fenster. Das Bett war zwei zusammengeschobene Einzelbetten mit Holzrahmen, und sie stieß mit dem Knie und dem Ellbogen gegen die doppelte Kante in der Mitte der beiden Matratzen.

Er stand mit dem Rücken zum Fenster und stellte ihr die Fragen. Ganz ruhig. Wer war das. Seit wann läuft das. Was bist du für eine Nutte. Warum kann ich dir nicht vertrauen. Warum hasst du mich so. Warum tust du so was. Warum machst du alles kaputt. Warum antwortest du nicht. Warum antwortest du nicht.

Zum ersten Mal sehnte sie sich nach dem Haus am südlichen Rand von Hamburg, unter der Elbe, die Elbe wie eine geographische Decke über ihr, die sie trennte vom Rest der Stadt. Im Haus gab es Ecken für hinterher, die sie hier nicht kannte. Das Haus lieferte sie aus, aber es gewährte ihr auch Unterschlupf. Und wenn sie den Kopf in die Waschmaschinentrommel steckte und da reinschrie.

Der Waschkeller, ein Raum, den sie nie für möglich gehalten hatte. In ihren Wohnungen hatte die Waschmaschine in der Küche gestanden, oder im Waschsalon neben dem Aldi an der Bahrenfelder Straße. Ihre vorigen Freunde, die aber eben auch nicht ihr Mann gewesen waren, hatten ihre Wäsche selbst gewaschen. Den Waschkeller betrat nur sie, und wenn sie all seine Sachen in die Maschine gestopft hatte und ordentlich Megaperls dazugab, wenn sie das Dreiundachtzig-Minuten-Programm wählte und den Anschalter drückte, verschwand jeder Geruch von ihm aus dem Keller, und jedes Geräusch von ihm aus ihren Ohren. Dann stand sie da und berührte mit der Hand die Oberfläche der Maschine, als hätte sie ihre Seele ausgelagert und müsste sich beruhigen.

Bist du berufstätig? Das fragten die Nachbarinnen in Hausbruch. Das war ein Wort, an das sie sich nie gewöhnt hatte. Ja, klar, sagte sie. Aber gerade bin ich zu Hause. Von Beruf bin ich Graphikerin.

Machst du so Illus?

Nein, mein Schwerpunkt ist Typographie.

Du meinst Fonts?

Ja.

Und jetzt war sie nirgendwo. Er zog sie am Fuß vom Bett und fing sie auf, bevor sie mit dem Kopf an den Rahmen schlagen konnte. Er hob sie auf und hielt diesen Kopf, der doch immer noch zu ihr gehörte, und drückte ihn eine lange Zeit gegen die Wand, bis sie das Gefühl hatte, sie würde eins werden mit der Luft im Raum, der Leere über dem Bett, dem sanften Zug, der unter der Tür hindurch die Wände hochstrich, entlang an ihrem Gesicht, wie ein Streicheln, und sie war froh, als sie sich auflöste und alles hellgrau wurde.

31. Kapitel

Auch außerhalb der Agamemnos «Ostseeperle» Kurklinik FirstHealth™ drehte die Welt sich nicht um Adam Danowski. Andreas Finzel, genannt Finzi, und Meta Jurkschat, genannt Meta Jurkschat, sprachen selten über ihn, es sei denn, sie planten einen Besuch oder hatten gerade einen hinter sich. Und wenn sie ehrlich waren: der, wo Adam ins Wasser gefallen und dann um sich getreten hatte, war erst mal genug auf absehbare Zeit.

Danke, ich hab noch, sagte Finzi.

Ich muss auch nicht noch mal hin, sagte Meta.

Sie saßen in ihrer Wohnung, die schon lange nicht mehr Metas war, Frühstück vor der Schicht, Finzi hatte das Bircher-Müsli mit frisch geschnittenem Obst für sich wieder aufgegeben, Meta kaute. Meta war mit Kienbaum in einem Team groß geworden, damals unter Behling, Kienbaum der Kronprinz, und sie «die Lütte», und sie fand, dass Kienbaum eine ganz merkwürdige Energie ausstrahlte, seit sie wieder da war, ihre Taskforce aufgelöst, Teamleitung futsch. So eine Mischung aus Genugtuung und: Das dicke Ende kommt noch für dich, Meta.

Das bildest du dir ein, sagte Finzi nicht, das wusste er besser.

Mag sein, sagte Finzi. Aber er findet bestimmt auch, dass du eine ganz komische Energie hast.

Wieso das denn bitte.

Also so wie jetzt zum Beispiel.

Bitte?

Mit deinem Wieso das denn bitte.

Ja. Okay.

Aber bei der ersten Besprechung im Präsidium hielt Kienbaum Finzi die Hand hin, Finzi schlug natürlich ein, aber Kienbaum, Lederjacke und rotes Gesicht bis in die Fingerspitzen, zog ihn zu sich heran, in Finzi drängte sich alles zusammen, und Kienbaum gab ihm so eine männliche Umarmung, die eigentlich nur daraus bestand, dass er ihm auf den Rücken haute und ihm ins Gesicht atmete. Finzi musste das dann auch so machen, denn er wollte die Arme nicht einfach hängenlassen, sich aber auch nicht an Kienbaum festhalten, also erfüllte das Klatschen von Finzis Händen auf Kienbaums Lederjacke den kleinen Konferenzraum im Präsidium.

Meta schaute sich das mit an und stellte sich so hin, etwas schräg, Gewicht auf dem hinteren Bein, aber das vordere ganz durchgedrückt, dass Kienbaum sie nicht an der Hand zu sich ziehen konnte. Er knetete ihr daraufhin ein wenig die Schulter, als tastete er nach ihrem BH-Träger.

Willkommen im Team.

Und, doch, Finzi verstand das mit der Energie: Kienbaum ließ ein paar Gemeinplätze los, schwierige Zeiten, nicht die volle Rückendeckung der Innensenatorin, die unfassbar erfolglose Cold Case Unit, und dass jetzt jede Mordbereitschaft wieder ihr Kontingent an alten Fällen übernehmen musste, das ging nicht chronologisch, sondern alphabetisch, sie waren S bis Z, Polizeiarbeit brauchte er ihnen nicht zu erklären, aber, und hier horchte Finzi auf: Es wäre an der Zeit, mal den einen oder anderen Pflock einzuschlagen.

Meta hatte schon die ganze Zeit aufgehorcht. Eigentlich ging es bei solchen Besprechungen nur um zwei Dinge, die interessant waren, wenn ein neuer Teamleiter antrat: Wie viel Geld war im Budget für Überstunden, und was erwartete er für Aufklärungszahlen. Kienbaum erwähnte nichts davon. Das fand sie einen Power Move, es machte ihr Sorge. Schlimm genug, dass ein uninspirierter Funktionär wie Kienbaum jetzt Power hatte, aber wenn er auch noch mit Moves anfing, dann konnte sie sich vielleicht doch nicht so ruhig in der neuen Rolle einrichten, wie sie gehofft hatte. Den Kopf einziehen, gute Polizeiarbeit machen, ja, ganz genau, Kienbaum nicht gegen sich aufbringen, und dann bei der nächsten Gelegenheit: Stellentausch in ein anderes Bundesland, oder vielleicht die Anstrengung machen Richtung BKA. Mit Finzi nach Wiesbaden. Immer Sonne. Zwei Mountainbikes. Die Weinberge. Hm.

Aber Finzi hatte nur gesagt: Den kriegen wir auch noch klein. Oder: Ist mir egal, unter wem Kienbaum Chef ist (sie wollte ihn erst korrigieren, weil sie immer noch für seine Witze brauchte, manchmal einen halben Tag. Sie waren auch nicht alle gut. Die wenigsten, wenn sie ehrlich war).

Jetzt hob er die Hand, und noch bevor Kienbaum ihm zugenickt hatte, fragte Finzi, was denn das bedeuten sollte, einen Pflock einschlagen. Oder den anderen. Also den einen oder anderen. Pflock.

Meta guckte ein bisschen aus dem Fenster, vorbei an einem weiteren Flügel des Polizeipräsidiums Richtung Blätterdach, Stadtpark, die Bäume schon mit diesen Herbsträndern, als wäre jemandem beim Ausmalen das Grün ausgegangen.

Jetzt ein Schweigen. Meta, Finzi, zwei Typen, die Kienbaum aus seinem alten Team mitgebracht hatte, Ohlenroth und Keller. So Hipsterbullen im Niemandsland zwischen Anfang dreißig und Mitte vierzig, vor zwei, drei Jahren hatten die Undercut gehabt, jetzt immer noch Bärte, genehmigte Tattoos.

Unzertrennlich, und man wusste nicht, ob aus Neigung oder weil sie mal gemeinsam Scheiße gebaut hatten. Meta hielt das Zweite für wahrscheinlicher. Jonas und Thore. Aber welcher war wer. Sie dachte: Mal Finzi fragen. Oder wir haben viel Zeit, das rauszufinden.

Außerdem eine Nachrückerin, direkt aus Münster, Begabtenförderprogramm, damit Kienbaum genug Frauen in seiner Gruppe hatte. Mitte dreißig. Kragic. Sofia. Bisschen wie sie selbst vor zehn Jahren, oder waren das zwölf, fast fünfzehn. Nur viel brünetter, fast schwarzhaarig. Jetzt guckte die Finzi ganz ausdruckslos an, statt auf den Chef zu blicken und dessen Antwort abzuwarten, und das fand Meta gut, denn es war immer interessanter, sich die Leute anzuschauen, die auf eine Reaktion warteten, als auf jene, die reagieren mussten. Interessant war immer zu schauen, wie die Leute sich verhielten, nachdem sie gehandelt hatten, und nicht so sehr, wie sie handelten.

Finzi saß einfach nur da, das konnte er. Vielleicht liebte sie das am meisten an ihm. Das ist mein drittes Leben, sagte er manchmal. Erst hatte ihn Behling im Kleiderschrank vom Gürtel abgeschnitten, dann hatten sie ihn in seinem Keller gefunden, bis ins Koma vollgepumpt mit billigem Rum. Seitdem hatten sich seine Prioritäten etwas verschoben. Er dachte: Jetzt reicht es mir, einfach hier zu sitzen.

Kienbaum hatte das vielleicht noch nicht so ganz verstanden, der dachte womöglich, man könnte Finzi anfunkeln oder so was. Aber Finzi hatte eine matte Oberfläche, der verschluckte jedes Anfunkeln.

Wir müssen uns das große Bild anschauen, sagte Kienbaum, als hätte er im letzten Moment das Wort big picture vermeiden wollen, Akademiesprech.

Wir müssen was losmachen, sagte Kienbaum. Und dann, als

wäre das so umgangssprachlich, dass diese Elitetruppe hier es vielleicht schon nicht mehr verstand: Wir müssen proaktiv handeln.

Finzi zog die Mundwinkel nach unten, ein undefinierbares Mittelding zwischen Anerkennung und Skepsis.

Ich bin gespannt, sagte er, als hätte er die Füße auf dem Tisch.

Meta grinste, bis Kienbaum sich zu ihr umdrehte.

Sie nickte und dachte, wie gern sie Chefin gewesen war, und dass sie vielleicht jetzt erst merkte, wie schwierig das werden würde mit Kienbaum.

Sofia Kragic guckte schräg über den Konferenztisch zu ihr, neben sich Adams leeren Platz, und ihr Blick war ganz ausdruckslos und geduldig.

Meta guckte zu Finzi, und es war wie vor zehn oder zwölf Jahren, als sie zum ersten Mal in so einem Besprechungsraum gesessen hatten, vielleicht sogar demselben, und doch war es ganz anders. Damals hatten sie einander auf Anhieb nicht verstanden, und jetzt sahen sie beide, dass der andere wusste: Das konnte ja heiter werden.

«Finzi und Meta bleiben noch hier.» Als die drei Jüngeren aufstanden, mit dieser Aktendeckel-auf-der-Tischplatte-Begradigen-Klopfbewegung bei Kragic, und einem spaßigen Rempeln bei den beiden Männern.

«Ich finde das schwierig», sagte Kienbaum, als sie zu dritt waren.

«Ja, das ist sicher nicht ideal. Aber bisher hat es keine Probleme gegeben, warum also jetzt.» Meta kannte die Diskussion schon aus der Taskforce: problematisch, wenn ein Paar so eng zusammenarbeitete.

Kienbaum nickte und verschob sein Kinn dabei in Richtung Überraschung.

«Hm», sagte er. «Ich krieg einfach keine guten …», er hob die Schultern, breitete die Arme aus und drehte die Handflächen nach außen, «… Vibes von euch.»

Meta sah zu Finzi und merkte, dass er nicht zu ihr sah, damit er nicht zu lachen anfing. «Bei uns ist alles in Ordnung», sagte sie.

«Wir hatten sicher auch mal schwierige Phasen», sagte Finzi und beugte sich vor, «weiß nicht, ob du mal 'ne längere Beziehung hattest, Moritz, du hast wahrscheinlich nicht die Zeit dafür, aber, klar, da schleifen sich nach 'ner Weile so Prozesse ein, also das nervt schon, aber andererseits lernst du natürlich die andere Person im Bett viel besser kennen, man wird gemeinsam älter, du lernst die Bedürfnisse des anderen und die eigenen Grenzen …»

Kienbaum hob noch mal die Hände, diesmal abwehrend. «Ich glaube, wir reden von unterschiedlichen Dingen.»

Meta sah unbeteiligt auf ihre Uhr. Was sich anfühlte wie ein halber Tag, hatte noch keine Viertelstunde gedauert.

«Sex in einer langen Beziehung kann absolut eine Bereicherung sein», sagte Finzi, lehnte sich zurück und verschränkte die Arme vor der Brust, verständnisvoll, in sich ruhend.

«Ich rede nicht über eure Scheißbeziehung», sagte Kienbaum. Der hatte so was Jungenhaftes früher, dachte Meta, bei dem schien damals was aus den Augen zu funkeln, verschmitzt hätte man vielleicht gesagt, aber in Wahrheit war das vielleicht nur eine Härte gewesen, die da geblitzt hatte, und die inzwischen nur noch stumpf war. Der hatte in den letzten Jahren komplett seinen Schmelz verloren und jetzt so was Hartgebürstetes im Gesicht, eine Kraftraum-Straffheit

um den Kiefer, der hatte von Monat zu Monat mehr Wangen-
knochen.

«Momentchen mal», sagte Finzi, der offenbar immer mehr
Gefallen an der Situation fand.

«Ich rede darüber, dass ihr hier schlechte Stimmung rein-
bringt. Ich will, dass das gar nicht erst einreißt. Ihr habt die
anderen drei gesehen. Macht euch bitte nichts vor: Ihr seid
das B-Team. Ihr und Adam seid meine Fußtruppe, ihr seid der
Maschinenraum.»

Meta wartete. Meistens kamen ja immer drei Vergleiche.
Also, ihr wären drei eingefallen. Kienbaum nickte abschlie-
ßend.

Finzi blieb sitzen. Sie auch.

«Das war's», sagte Kienbaum, der irgendwie den Moment
verpasst hatte, vor ihnen aufzustehen und sie sitzen zu lassen.

«Geht klar», sagte Finzi und saß.

«Okay», sagte Kienbaum. «Ist ja gut, wenn wir uns verstehen.»

«Genau», sagte Finzi.

Vor fünf Jahren hätte die Situation sie wahnsinnig gemacht,
nicht auszuhalten. Vor zehn wäre sie gar nicht erst in so was
reingeraten. Jetzt saß sie da und ruhte sich aus. Sie dachte an
den Moment mit der Jalousie, wie unvermittelt das gekommen
war, und wie schon drei Sekunden später überhaupt nicht
mehr klar war, ob und wer die Anweisung zum Rettungsschuss gegeben hatte. Sie, stand in unterschiedlichen Formulierungen auf allen vier Dokumenten, die Einsatzleitung.
Aber sie konnte sich nicht daran erinnern. Sie erinnerte sich
daran, wie sie reflexartig im Moment der Jalousie-Bewegung
das Fernglas hochgerissen hatte, dankbar, dass es richtig ein-

gestellt war, und dass sie das Plastik und das Metallgitter des Walkie-Talkies an der Lippe und der Wange spürte, und dass sie sah, obwohl sie einen etwas anderen Winkel als die Kollegen vom SEK hatte, dass Adam weit genug entfernt war von Schüller und sich jetzt ein Stück nach hinten fallen ließ. Wenn jemand sie gefragt hätte, hätte sie gesagt, dass das im Innenhof nachhallende Echo der splitternden Scheibe genau gleichzeitig bei ihr angekommen war wie das Kommando aus ihrem Mund ihr Ohr erreichte. Zehn Minuten später kam der Kollege von der Cyber Crime Unit in ihr improvisiertes Lagezentrum auf der anderen Gebäudeseite des Krankenhauses und wunderte sich über die Veränderung in der Atmosphäre: seine, wie er es nannte, Tour durch die norddeutschen JVAs war erfolgreich gewesen, zwei der acht anderen Angeklagten bestätigten, dass Schüller keine Ahnung davon gehabt hatte, was auf seinen Servern war. Die anderen sechs schwiegen, aber zwei reichten, um Schüller zu versichern, sie wären nun von seiner Unschuld überzeugt.

«Warum haben Sie nicht angerufen?», fragte Meta und hörte auf, sich einen Kaffee einzuschenken. «Schüller ist tot.» Ob der Kollege von der Cyber Crime Unit wirklich niemanden erreicht hatte, wer wollte das später überprüfen. Man konnte endlos auf so was rumreiten, aber wozu. Vor fünf Jahren hätte sie das noch gemacht. Und vor zehn wäre sie selber diejenige gewesen, die alles sorgfältig und rechtzeitig zu einem sehr viel besseren Ende gebracht hätte.

«Ihr könnt gehen», sagte Moritz Kienbaum und schlug einen Aktendeckel auf, als hätte er hier im Konferenzraum noch zu tun.

«Wohin», sagte Finzi. «Wo ist dieser Maschinenraum.»

Kienbaum zog die Augenbrauen hoch. «S bis Z, Finzi», sagte er. «Jeder von euch nimmt sich zwei Fälle vom Stapel und arbeitet die ab bis sagen wir Weihnachten. Selbst wenn Adam nur einen schafft, haben wir am Ende in drei Monaten mehr alte Fälle abgeräumt als die Cold Case Unit in zwei Jahren.»

«Wie soll das gehen?», fragte Finzi.

«Es ist mir egal», sagte Kienbaum.

Früher, dachte Meta, hätte sie sich hier eingemischt, nein, die anderen hätten sich einmischen müssen, weil sie von Anfang an geredet hätte, sie hätte das an sich gezogen, sie hätte ausgesprochen, was ihr jetzt nur durch den Kopf ging. Jetzt reichte es ihr, zwei Männern beim Posieren zuzuschauen, aus gerade noch erträglicher Distanz, auch wenn sie einen davon liebte und mit ihm Tisch, Bett und Obstsalat teilte.

Sie stand auf, und was ihr durch den Kopf ging, war, dass Kienbaum das völlig ernst meinte, und dass das, was sie hier in den nächsten Monaten tun würde, nichts mehr damit zu tun hatte, weshalb sie vor zwanzig Jahren damit angefangen hatte.

Meta Jurkschat hatte einen leicht metallischen Geschmack im Mund, der sie vor Jahren als Anflug von Panik beunruhigt hätte. Jetzt fand sie ihn interessant, und nach zwei Atemzügen war er verschwunden.

32. Kapitel

Versöhnungssex, in Anführungszeichen.

33. Kapitel

Danowski wachte von einem unerklärlichen Bedürfnis auf, sich ins Meer zu stürzen. Richtig zu schwimmen, vielleicht sogar zu kraulen. Sich zu bewegen, bis es nicht mehr ging, also gerade noch so, dass er zurückkam. Ihm war danach, sich zu reinigen. Er fühlte sich, als hätte er sich letzte Nacht selbst beschmutzt, aber wie und wodurch, war ihm unklar.

Er streifte seinen Schlafanzug ab und knüllte ihn noch im Bett unter das Kopfkissen. Er fand seine Badehose auf dem Balkon, klamm von der Nacht oder vom Morgentau, die Autoscheiben waren noch beschlagen. Er zog sie unter, die Hose drüber, Handtuch über die Schulter. Danach vielleicht noch kurz einen Kaffee im Stehen, vielleicht am Automaten im Gang gegenüber dem Empfangtresen.

Draußen kam ihm Holm entgegen, Danowski sah ihn von weitem und suchte einen Fluchtweg, aber der hätte vom Strandweg in die Dünen geführt. Die durfte man hier nicht betreten, Erosion. Danowski straffte sich, um sich diese Ich-bin-schon-mit-einem-Bein-im-Meer-Ausstrahlung zu geben, von der er hoffte, sie würde ihn unaufhaltsam machen.

«Mensch, Adam, das war ja ein Ding gestern», kam Holm ihm entgegen, der zog die Wörter hinter sich her wie einen Schweif. Als wenn nichts gewesen wäre. Dabei hatten sie doch regelrecht gezankt vor ein paar Tagen. Je länger er hier war, desto mehr dachte Danowski in den emotionalen Kategorien der Grundschule: zanken, nee, hier sitzt schon jemand, hinterhersteigen, denn war es nicht das: Mareike stieg ihm hinterher.

Ausweichen wäre jetzt jedenfalls ein Affront gewesen.

Danowski wich aus.

Holm hielt ihn am Arm fest, in penetranter oder versöhnlicher Absicht oder beidem, was für einen Sinn hatte das Meer, wenn man sich nicht mal da in Ruhe allein hineinstürzen konnte.

«Sei mal bisschen vorsichtig», sagte Holm. Danowski hielt es für eine Warnung, seine sozialen Fähigkeiten betreffend, für so was war er hellhörig, das wollte er bewusst überhören und nicht nur so nebenbei.

«Ich dachte, wir hatten das geklärt», sagte er vage.

Holm machte eine Geste Richtung Ostsee. Stehendes Gewässer, hatte Danowskis Vater abfällig gesagt, wenn die Nachbarn aus West-Berlin nach Scharbeutz oder zum Timmendorfer Strand fuhren in den Achtzigern, den zog es immer an die Nordsee, das war noch ein richtiges Meer, der träumte bei allem Salonbolschewismus am Ende eben doch von einem Reetdachhaus auf Sylt, nur zu groß durfte es nicht sein, oder zu gut sichtbar.

«Ich meine, wegen der Unterströmung», sagte Holm. «Du weißt, wie tückisch das ist. Also, weißt du vielleicht nicht. Das sieht nur so glatt aus alles.»

«Ja, ist klar», sagte Danowski und machte sich los, als wäre er festgehalten worden. «Und wenn ich zurück bin, erzählst du mir was über Schließanlagen, ja?» Er winkte so im Umdrehen, und mit jedem Schritt wurde der Enthusiasmus weniger, den er noch beim Aufstehen gespürt hatte. Wie kamen Leute morgens überhaupt aus dem Bett.

«Die Mareike sucht nach dir!», rief Holm ihm hinterher.

Danowski streifte sich an der Strandhaferlinie seine Hose ab, die Badehose darunter dieses Jahr auch schon wieder einen Tick enger als vorigen Spätsommer. Durchs Wasser zog der nass behaarte Schädel von Mareike Teschners Mann eine gerade Bahn, die sich noch meterweit abzeichnete, so glatt war die See. War man hier nirgendwo allein.

«Sie hat dich beim Frühstück nicht gefunden!», rief Holm, das wurde leiser, während Danowski sich das Sweatshirt über den Kopf zog. Dann ging er ins Wasser und wurde mit jedem Schritt verbitterter darüber, dass es einfach nicht tiefer werden wollte.

Irgendwann, da stand es ihm kurz unterhalb der Hüftknochen, und ihm schien, als wäre bereits später Vormittag und er auf halber Fußstrecke nach Fehmarn, ließ er sich etwas unelegant auf die Knie fallen und schwamm los. Er musste schuften, um mit den Knien nicht den Boden zu berühren.

Weiter draußen versuchte er toter Mann, weil er lieber auf dem Rücken in den Himmel gucken wollte als irgendwo in Richtung des Teschner-Mannes, der in erstaunlicher Geschwindigkeit viel zu nah an ihm vorbeizog. Sonst war niemand im Wasser. Der Himmel sah in Rückenlage aus, als betrachtete man ihn von oben, wie eine Eisfläche, die man mit etwas zu festem Auftreten durchstoßen könnte. Die letzten Tage hier würde er auch noch rumkriegen.

34. Kapitel

Danowski schwänzte die Wassergymnastik. Toter Mann musste reichen. Er duschte, stieß wie jeden Tag mehrfach gegen die beigefarbene Rettungskordel, schob die Tasche mit dem Stand-up-Paddle-Board auf den Balkon, vorbei an einer Pfütze. So ein kurzer Vormittagsschauer, der sich ganz warm angefühlt hatte auf Danowskis Bauch, als er auf der Ostsee trieb. Warm, als käme der Regen aus einer anderen Region oder einem anderen Bewusstseinszustand.

Am Kaffeeautomaten stand die Wojtyła, ganz verloren, der schlappe Becher hing ihr am Henkel vom Finger. Diese demütigenden drei Minuten, wenn der Automat sich entschloss, das Reinigungsprogramm zu starten, statt einem den Bohnenkaffee abzudrücken, sprotzendes Grau. Er merkte, dass er langsamer wurde.

«Ganz schön was los auf dem Gang gestern Nacht», sagte sie ohne guten Morgen, ihr Zimmer war vier Türen von seinem.

«Na ja», sagte Danowski und fühlte sich ertappt, wusste aber nicht, wobei oder weshalb.

«Als wenn jemand die Wand gestrichen hätte», sagte sie.

«Das dauert immer so lange», sagte Danowski, wegen des Kaffees. Sie winkte ab und nahm sich vom Tablett, auf dem «Gesundes Grünzeug für Zwischendurch ⊠» stand, einen Gurkensalat.

«Dann bis heute Abend», sagte Danowski.

An ihrer ausbleibenden Reaktion merkte er, dass sie ihn

nicht gehört hatte. Sie steuerte einen Tisch an, und er folgte ihr, um noch mal «Bis heute Abend» zu sagen. Dann saß er aber auch schon. Die Wojtyła rührte ihren Gurkensalat um, damit er appetitlicher wurde. Weil ihm nichts Besseres einfiel, und weil er noch einen Moment Zeit hatte, fragte Danowski: «Warum bist du eigentlich hier?»

Sie hatte schon ein wenig Gurkensalat mit Dill auf dem Weg zum Mund, den Salat aus dem blütenförmigen Glasschälchen aß sie gern mit der Kuchengabel, und nachdem sie ein Weilchen gekaut hatte, sagte die Wojtyła: «Ich hab meine Kinder verloren.» Dann ließ sie die Kuchengabelhand sinken und sah nach unten, Altersflecken, straffe Sehnen, und dann zu Danowski, der in Gedanken durch Visionen von Nachkriegswirren taperte, in seiner Vorstellung hatten alle Menschen im Opa- oder Oma-Alter noch den Krieg erlebt, was natürlich Unsinn war, aber wo und wie verlor man sonst gleich mehrere Kinder, und sie lächelte ihn an aus ganz hellen, klaren Augen, vielleicht die Feuchtigkeit.

«Das tut mir sehr leid», sagte Danowski und meinte: Ich bin sprachlos. Vielleicht sogar: Mein Leben ist auch zu Ende.

Die Wojtyła nickte. «Das waren ja noch junge Frauen. Also so in deinem Alter. Andrea war zweiundfünfzig, Heike einundfünfzig. Die waren auf dem Weg zu mir, die A 7, da hat sie hinter Neumünster einer auf der linken Spur von hinten erwischt. Die können da richtig aufdrehen nach der Baustelle, die geht ja kilometerlang hinter Hamburg.»

«Das stimmt», sagte Danowski. Er streckte seine Hand aus nach ihrer, vielleicht, weil er sich irgendwo festhalten musste, aber sie war schneller wieder am Gurkensalat, und er machte eine Biege nach links ins Leere und fuhr sich dann durch die Haare.

In der Gruppe guckten ihn alle an, als gäbe es heute eine Fortsetzung seiner Story. Danowski hatte sich ein Pflaster auf die Stirn geklebt, weil er sich fragte, ob er von seiner Stirnverhärtung erzählen sollte, die die Ärzte für einen Phantomsplitter hielten, und er für ein Splitterphantom. Für den Fall, dass er sich dazu durchringen könnte, wollte er nicht, dass ihn alle suchend anstarrten. Falls er, sozusagen, wieder drankäme. Einerseits hatte er darauf überhaupt keine Lust. Andererseits war er etwas enttäuscht, als die anderen auf das Nicken von Frau Birkmann hin gleich wieder mit ihrem Blockschweigen anfingen, statt seine Mitteilungsorgie von gestern wenigstens noch ein bisschen zu würdigen.

Er wurde rot. Vielleicht war es allen peinlich, wie offen er erzählt hatte. Er schämte sich, weil die anderen sich womöglich für ihn fremdschämten. Wenigstens war Mareike Teschner heute nicht da. Die hatte ihm gerade noch gefehlt. Dass sie sich heute versteckte, passte für ihn genau ins Bild: nachts ein bisschen rumzündeln, und dann tagsüber nicht die Traute haben, ihr Gesicht zu zeigen.

Frau Birkmann zog ein vibrierendes Handy aus ihrer roten Strickjacke und stand auf, während sie abgewandt «Hallo, Ingrid» sagte, offenbar zu einer Kollegin. Als sie draußen war, sagte die Witwe, und die anderen beugten sich vor: «Kannst du noch ein bisschen weitererzählen, Adam, gleich?»

Er lehnte sich zurück. «Eigentlich ist ja alles gesagt.»

Holm sah ihn zum ersten Mal an. «Mehr als genug.»

«Was ist denn aus der schwangeren Frau geworden?»

«Zwillinge», sagte Danowski.

«Und aus dem Schützen?» Der Bauingenieur sprach das Wort aus, als wäre es ganz fremd, ein Tierkreiszeichen. Danowski fand das eine gute Frage. Die hatte er sich auch gestellt. Es war einfach gewesen, den Namen des Kollegen rauszufinden, man musste nur kurz auf den Gang im Präsidium treten und die nächstbeste Person, die einem entgegenkam, unverwandt ansehen, alle brannten darauf, einander diese Geschichte zu erzählen. Danowski hatte den dann angerufen, zwei Vormittage später, als er den Großraum für sich hatte, aber der Kollege hatte kein bisschen verstanden, warum. Es sei doch alles geklärt. Danowski bräuchte sich nicht zu bedanken.

Frau Birkmann kam wieder in den Raum und hatte Mareike Teschner bei sich wie ein Mündel oder eine Ausreißerin. Mit so einer beschützenden Geste, Hand auf der Schulter, obwohl die Teschner vielleicht sogar versuchte, die Schulter darunter wegzudrehen, und mit so einer sanften Wo-tut's-denn-weh-Stimme. Mareike Teschner trug zum ersten Mal seit zwei Tagen wieder ihre Ellbogenschlinge.

Hm, dachte Danowski. Also eine Ingrid hatte angerufen, damit Frau Birkmann Mareike Teschner irgendwo abholte. Was war hier eigentlich los, wie sehr konnte man sich aufspielen.

«Vielleicht mögen Sie mal erzählen, Mareike», sagte Frau Birkmann, nachdem Mareike Teschner sich gesetzt hatte, als wüsste sie nicht, wohin und wieso. Sie schwieg. Die Aufforderung war eher ungewöhnlich. Sonst arbeiteten doch hier alle gegen die Stille an.

«Ich weiß nicht mehr weiter», sagte Mareike Teschner, er fand ihre Stimme seltsam neutral.

Frau Birkmann nickte. «Das Gefühl kennen sicher alle hier im Raum.»

Mareike Teschner blickte sich um, als bezweifelte sie das.

«Sie können sich hier öffnen», sagte Frau Birkmann.

«Ich glaube nicht, dass ich das kann», nach einer Weile. Und: «Das habe ich versucht. Mit dem Öffnen.»

Ja, dachte Danowski. Mit dem Öffnen meiner Tür.

«Haben Sie jemanden, dem Sie sich anvertrauen können? Also eine Freundin oder so?» Frau Birkmann wirkte wie unter Zeitdruck, als müsste Mareike Teschner gleich wieder los.

«Worum geht es denn überhaupt?», fragte die Witwe.

Danowski biss die Zähne aufeinander. Wenn das jetzt hier so eine Art Liebesbeichte oder so was wurde, oder wenn womöglich die Rede davon war, was er an falschen Signalen ausgesandt hatte, also wenn sie jetzt anfangen würde, indirekt von so was zu erzählen, dann wusste er auch nicht mehr.

«Ich hab das versucht mit dem Anvertrauen», sagte Mareike Teschner. «Also, so Nähe suchen.» Sie schaute in Danowskis Richtung, als wollte sie das Wort Nähe zurückziehen, oder als wollte sie seine Reaktion testen. Er runzelte die Stirn über sein Knochengefühl hinweg.

Dann sah sie zur Witwe, als wollte sie deren Frage als nächste beantworten. Sie setzte zweimal an und sagte dann: «Um einen Mann.»

Danowski dachte an eine Formulierung von Stella, wenn sie auf ihr Handy schaute und irgendwas geschah, was ihr völlig unangebracht erschien und zugleich wenig überraschend: O for fuck's sake. O ffs. Er rollte mit den Augen wie ein Emoji. Er sehnte sich nach seinen Töchtern.

Mareike Teschner hatte offenbar Lust, noch weiterzusprechen. Sie setzte noch einmal an. Danowski kam es vor, als könnten die anderen ihr Glück nicht fassen: Erst die Räuberpistole vom ausgebrannten Polizisten, komplett mit finalem Rettungsschuss, jetzt irgendeine melodramatische Liebesgeschichte, und wer ahnte denn, dass er nicht nur in der einen, sondern vermutlich auch in der anderen Geschichte die Hauptrolle spielte.

Frau Birkmann griff in ihre Strickjackentasche, weil ihr Telefon sich wieder meldete. Mareike Teschner erstarrte. Die mochte es gar nicht, wenn man sie unterbrach.

«Ja. Okay. Wann ist er denn los?» Frau Birkmann nickte. «Ja, gut. Mach ich.» Sie steckte ihr Telefon wieder ein und nickte Mareike Teschner zu, die aufstand und ohne ein weiteres Wort den Raum verließ, einen etwas übernächtigten Geruch hinter sich herziehend, und vielleicht Nivea oder Bepanthen.

Als wäre nichts gewesen, wandte Frau Birkmann sich ihm zu.

«Adam», sagte sie. «Und was hat das mit Ihnen gemacht, dass Sie uns ein bisschen was erzählt haben voriges Mal? Wie geht es Ihnen heute?»

35. Kapitel

Danowski ging Richtung Tankstelle, um sich das Mittagessen zu ersparen. Er fürchtete, die Wojtyła im Esssaal zu treffen und nicht anschließen zu können an ihren Schicksalsschlag. An der Star kaufte er ein unmögliches Brötchen, das aussah, als wäre es von einem technischen Gerät auf exakt drei Viertel der Größe eines normalen Brötchens verkleinert worden, einschließlich aller Auflagen. Danowski hatte mit Remoulade gerechnet, wurde enttäuscht und kaute trocken, während er die Bundesstraße auf dem Fahrradweg entlangging und den Pappeln dabei zusah, wie sie sich bogen. Leute auf gemieteten Fahrrädern klingelten leutselig. Er aß mit langen Zähnen zwei Stück Pocket Coffee, weil er sich einbildete, müde zu sein. Dann schwankte er ein bisschen zwischen Vorfreude, bald kein Polizist mehr zu sein, und einem vagen Vermissen: Solange man an ihnen arbeitete, gaben einem Fälle ja auch Halt.

Beim Abendessen, Gummersbacher Kraut, kriegte Saskia sich kaum noch ein: «Strandball im Kurhaus», Danowski fand das heillos. «Einen Tanz schuldest du mir aber», sagte Liva, als hätte er was vergessen. Er schämte sich, weil die Wojtyła ungetröstet blieb und ihm die Worte fehlten. Sie lächelte, als wäre nichts gewesen.

«Gehen wir denn da hin?», fragte Danowski, um sich zu vergewissern, dass nicht.

«Natürlich», sagte die Wojtyła, und dann so, dass er nicht

wusste, ob sie das wörtlich meinte: «Das ist doch der gesell-schaftliche Höhepunkt der Saison.»

Liva und Saskia lachten angemessen.

Danowski nickte, weil ihm schwante, dass es damit wohl besiegelt war.

«Und was zieht man an zu so einer Strand-Disco?», fragte er lahm.

«Weiße Hose mit Schlag», sagte die Wojtyła.

Als er den Speisesaal verließ, ging die Sonne unter. Durch die bodentiefen Fenster des Verbindungsganges sah er eine Handbreit Orange zwischen zwei steinfarbenen Flächen. Er stellte sich vor, die Luft müsste womöglich nach Sommer rie-chen, und mit einem Mal schien ihm nicht mal mehr das Wort Strand-Disco ganz so abwegig. Er ging schneller, um noch rechtzeitig was vom Sonnenuntergang mitzubekommen.

Tatsächlich roch die Luft neutral, als wäre der Strandsand gerade ganz frisch geliefert worden, und das Orange wurde umso undeutlicher, je länger man hinsah. Er zog seine Schuhe aus und freute sich, wie kalt der Sand zwischen seinen Zehen war. Dann über das feuchte Holz des Strandweges, der von der Promenade ans Meer führte, zwischen den Dünen hindurch, weiter vorne die kleine weiße Holzhütte des Strandkorbverleihs, geschlossen für den Tag oder die ganze Saison.

Danowski warf seine Schuhe an den Rand des Strandhafers, die würde er auf dem Rückweg wieder mitnehmen. Barfuß, aber ohne Schuhe in der Hand, mehr Freiheit ging doch irgendwie nicht, ein halber Udo-Jürgens-Song war das, oder so eine Harald-Juhnke-Stimmung; je wohler man sich fühlte, desto mehr war man dann doch ein wandelndes Klischee. Und wenn man sich nicht wohlfühlte, auch. Gab es gar kein Entrinnen. Doch, für ihn, bald.

Auf dem Strandweg kam ihm eine Frau entgegen, auf den zweiten Blick Mareike Teschner. Danowski überlegte kurz, sich selbst auch in den Hafer zu werfen. Aber wozu war man erwachsen. Er straffte sich und bereitete seine Nacken- und Kinn-Muskulatur auf ein knappes Nicken vor.

«So», sagte sie, als sie in Hörweite war. Sie trug eine dunkelblaue Steppweste über ihrem hellen Feinripp-Pulli, Westliche-Elbvororte-Style. Ihre Stimme klang, als hätten sie und Danowski schon länger geredet, und nun wäre ein Schlusspunkt erreicht.

Danowski sagte «Ja, ja», ohne stehen zu bleiben. Am Anfang sagte man noch: Ich kann das Meer schon riechen, aber dann gewöhnte sich die Nase daran, und dann roch man gar nichts mehr. Damper Becken. Man musste aufpassen, wegen der Unterströmung.

Mareike Teschner sah sich um, soweit es ging, ohne den Kopf zu bewegen, und so, als wäre sie es gewohnt, Räume und Landschaften nach Gefährdungslagen abzuscannen. Danowski kannte diesen Blick und blieb jetzt doch stehen.

Sie nahm ihren Arm aus der Kunststoffschlinge und zog sich in einer fließenden Bewegung die Steppweste, den Pullover und das hellorangefarbene Top darunter bis kurz unter den BH nach oben.

Danowski wich einen Schritt zurück und trat mit der Ferse auf die Kante des Holzweges.

Sie beugte sich nach unten und betrachtete ihren Torso, als wollte sie sich von etwas überzeugen. Ende September, und Danowski fand das Licht schon recht schräg. Mehr Orange jetzt auch wieder, ein Aufbäumen von Sonnenresten überm

Horizont. Er sah, dass sie Gänsehaut hatte, es dauert alles keine Sekunde. Ihr Bauch hatte seitlich, Richtung Hüftknochen, und noch weiter Richtung Nieren, frische Hämatome, die noch gar nicht ihren vollen Dunkelheitsgrad erreicht hatten.

Ein Hund, Promenadenmischung, zwei Kinder, gleiche Schulterhöhe, gleiche Haarfarbe wie der Hund, die Eltern weiter hinten. Mareike Teschner hatte ihre Plünnen, wie Leslie sagte, seit sie in Hamburg wohnten, wieder runtergezogen, und Danowski und sie ließen den Hund durch.

Danowski wartete.

«Ich weiß nicht, was ich machen soll.»

Darauf, dass dieses, wie sollte man das nennen: Ding kickte, dass die Maschine anlief, dass er in seine Rolle steigen konnte wie in einen Tarnanzug, und dann verschmolz er mit dem, und dann war alles etwas einfacher: Bullen-Modus. So nannte Leslie das immer.

Er fand nichts. Da war was verlorengegangen. Oder einfach vorbei. Er rieb sich die Stirn.

«Ich dachte, Sie können mir helfen.» Er hörte gar keinen Vorwurf, höchstens eine gewisse Erschöpfung.

Er nickte. «Das war Ihr Mann.»

Sie sah ihn an, als würde er ihrer beider Zeit verschwenden.

«Können wir reden?», fragte Danowski. Es klang, als hätte er lange auf diese Gelegenheit gewartet. Er schämte sich, dass es ihm jetzt erst einfiel. Kurschatten.

Warum hätte diese Frau ihm hinterhersteigen sollen.

Warum, wenn nicht auf der Suche nach irgendeiner Art von Unterstützung. Er musste viel nachholen. Sie sah nicht aus, als hätte sie noch viel Geduld.

«Wo ist Ihr Mann?», fragte er.

«Ich habe ihn verloren», sagte sie. «Abgeschüttelt. Also, so getan, als hätte ich ihn missverstanden. Ich hab ganz wenig Zeit.» Sie sah zur Strandpromenade, dann den Weg hinunter Richtung Meer.

Danowski stieg barfuß über den nicht mal kniehohen Draht, der den Strandweg von den naturgeschützten Dünen trennte. Die waren hier natürlich nicht hoch und prächtig und sichtverstellend wie an der Nordsee, aber eine Mulde, die nicht einsehbar war, würden sie finden.

Er ging ein paar Schritte und hasste sich für dieses seltsame unsichtbare Kribbeln in den Beinen, das macht man doch nicht, das ist doch Naturschutz. Brutgebiet, Erosionsschutz.

Entweder, sie folgte ihm, dann fiel ihm vielleicht was ein, sobald sie reden konnten. Oder sie folgte ihm nicht, dann würde er einen ruhigen, unsichtbaren Ort finden, an dem er sich ein bisschen weiter schämen konnte.

36. Kapitel

Das Schlimmste waren die Blicke der anderen Leute. Von einer Sprechstundenhilfe, oder auf der Straße, wenn sie keine Sonnenbrille trug. Einmal waren sie in der Therme, und sie hatten beide nicht daran gedacht, dass auf ihrem Oberarm womöglich noch seine Fingerabdrücke und der Daumen zu sehen waren, deutlich wie eine Tätowierung in Gelb und Blau. Er hatte nie darüber nachgedacht, aber an diesem Vormittag, den er sich extra freigenommen hatte, wurde ihm klar, dass er das von ihr erwartete, das war nicht seine Aufgabe: sich darum zu kümmern, dass ihn nicht immer die Blicke der anderen Leute trafen.

Im Grunde lieferte sie ihn ja aus.

Denn was die anderen Leute einem dann gleich unterstellten. Die wussten nichts, und trotzdem war denen gleich klar: Die wurde von ihrem Mann geschlagen. Ohne Beweise, einfach nur, weil sie einen Mann und eine Frau sahen, und die Frau hatte blaue Flecken oder vielleicht mal ein geschwollenes Auge. Er fragte sich dann schon, in was für einer Welt man eigentlich lebte.

37. Kapitel

«Das war Adam.»

«Du warst lange weg. Alles okay?»

«Hm.»

«Meta?»

«Ja.»

«Soll ich wieder anmachen?»

«Nee, lass mal.»

Sie schwiegen einen Moment. Auf dem Fernseher das stehende Bild von Leuten in Polizistenkleidung an Polizistenschreibtischen. London oder Birmingham, die Uniformen im Hintergrund etwas dunkler, die Telefone auf den Tischen nicht von Siemens, aber eigentlich war es doch immer dasselbe. Gute Bullen, schlechte Bullen.

«Wie geht's Adam?»

Aber es war das Einzige, worauf sie sich mit Finzi einigen konnte. Vielleicht auch das Einzige, bei dem sie abschalten konnten. Er konnte nichts mit ihren Science-Fiction-Serien anfangen, Wehrdienst im Weltall, nannte Finzi die, und sie nichts mit seinen Naturdokus, obwohl sie es süß fand, wie versonnen er durchs Wohnzimmer guckte, wenn da auf dem Bildschirm eine Seekuh schwebte.

Sie machte den Fernseher aus, und die eingefrorenen englischen Kollegen mit den attraktiv übernächtigten Gesichtern verschwanden spurlos in der anthrazitfarbenen Fläche. Dann ließ sie ihr Telefon in der Sofaritze verschwinden, das hatte sie sich so angewöhnt. Man bekam es leicht wieder raus, man war nicht immer in Versuchung, was nebenbei zu machen, und sie mochte die krümelige Behaglichkeit, wenn man da reinfasste.

«Was ist mit Adam?», fragte Finzi, leicht alarmiert.

«Er ist wieder in Schwierigkeiten.»

«Wann nicht.»

«Er hat da irgendwie eine Frau kennengelernt.»

«Oh, bitte nicht.» Sie bildete sich ein, Finzi wäre blass geworden. Und obwohl sie gar nicht darüber nachgedacht hatte, war auch ihr in diesem Moment klar: Adam war nur in Verbindung mit Leslie auf die Dauer wirklich gut zu ertragen.

«Nein, nicht so», sagte sie. «Da hat sich in der Klinik eine Frau an ihn gewandt, die irgendwie Hilfe braucht.»

«Weil er so 'ne liebe, aufgeschlossene Ausstrahlung hat?»

«Das wird's gewesen sein.» Im wievielten Jahr erkannte sie jetzt Finzis Ironie wenigstens auf Anhieb und ließ sich nicht mehr so leicht davon nerven.

«Was ist denn mit der?»

«Häusliche Gewalt.»

«Hm.» Finzi machte dieses Geräusch, das sie genau verstand: Hilflosigkeit gepaart mit Erschöpfung, und Spuren von der Angst, vielleicht demnächst zynisch oder zynischer zu werden. Mit häuslicher Gewalt fing alles an, bei den ersten Streifen, und damit hörte irgendwie alles auf, weil das am Ende immer die einfachsten Fälle waren, Bettkantengeschichte hatten sie noch in der Ausbildung und Jahre später, wenn sie ehrlich war, dazu gesagt. Sie hatten so viel damit zu tun, dass man irgendwann nicht mehr wusste, wie die Gesellschaft trotzdem noch zusammenhielt, oder ob das vielleicht ihr Gewebe war.

«Und was will die von ihm?»

«Hab ich nicht so ganz verstanden. Er hat ihr wohl gesagt, er spricht mit uns. Mit mir. Weil ich mich damit auskenne.»

«Na ja.»

«Weil ich halt – eine Frau bin?» Adam kam auch manchmal auf Ideen. Andererseits, und Meta merkte, dass ihr das von Anfang an klargewesen war: «Vielleicht will er auch einfach nicht mit dem Problem allein sein.»

«Und was hast du ihm gesagt?»

«Na ja. Der offizielle Weg. Anzeige, wenn sie sich sicher ist. Ich kann versuchen, einen Platz im Frauenhaus für sie klarzumachen. Aber …»

«Ja, viel Glück», sagte Finzi.

«Also, wenn das klappt. Und dann die Anzeige. Am besten, sie dokumentiert gleich so viel wie möglich. Fotos, Chatnachrichten. Wenn es da was gibt. Aber Adam ist sich nicht sicher.»

«Ob sie dazu überhaupt in der Lage ist?»

«Ja.»

Finzi lehnte sich zurück und verschränkte die Arme hinterm Kopf. «Ist ja auch immer schwierig mit der Anzeige. An wen man da gerät. Und wenn man sich das dann vielleicht doch wieder anders überlegt.»

Meta verstand, was er meinte, aber in diesem Moment ärgerte sie das *man* in seinen Sätzen. Sie stand, weil ihr das Dreisitzersofa unvermittelt zu schmal wurde.

«Vor ein oder zwei Wochen hätte sie die Anzeige noch bei mir aufgeben können», sagte Meta und ging Richtung Küche, um nicht stehen zu bleiben. Sie ließ sich Leitungswasser in ein Glas laufen. «Aber bei der Mordbereitschaft, da muss ich sie gleich abhängen.»

Finzi stand im Türrahmen, die Augen müde. «Sollst du jetzt helfen wegen der Frau oder wegen Adam?»

Das Wasser war mundwarm, weil sie es nicht lang genug hatte laufen lassen. Es zu trinken, fühlte sich an wie schwer atmen.

«Du meinst, er zieht uns da in irgendwas rein.»

«Nee», sagte Finzi. «Also, vielleicht.»

«Und es wäre besser, wenn wir alle mal alleine klarkommen für 'ne Weile», sagte sie.

«Weiß ich nicht», sagte Finzi.

«Letztes Mal war jedenfalls Scheiße.»

«Mit Adam.»

«Ja.»

«Was nicht an ihm lag.»

«Ja. Nein. Na ja.» Sie stellte das Glas auf die Arbeitsfläche und dachte, ohne sich dafür zu hassen: Aber musste man immer gleich ein halbes Trauma von so was kriegen.

«Also eigentlich», sagte Finzi, «hast du ihm geraten, er soll sich raushalten.»

Sie sah ihn an. «Ja.»

«Weil er nichts tun kann.»

«Es gibt den offiziellen Weg. Das ist es, was man tun kann.»

«Der offizielle Weg. Puh.»

«Fällt dir was Besseres ein?»

«Er könnte mal reden mit dem Mann.»

«So von Mann zu Mann, meinst du das?» Es war ja nicht so, dass Finzi ihr nichts beibrachte, und dass sie nichts von ihm lernte, aber manchmal fand sie es schon ein bisschen einseitig.

«Hm. Nee. Ja. Also, dem mal ins Gewissen reden.»

Meta überlegte, wie sie das jetzt rüberbringen sollte. «Du hast dich nicht so viel beschäftigt mit häuslicher Gewalt, oder?»

Finzi war unempfindlich. «Sicher nicht so viel wie du.»

«Du kannst solchen Leuten nur innerhalb der Strukturen beikommen. Angenommen, Adam redet mit dem, so auf der Basis von: Ich sehe doch, was hier los ist, hören Sie mal lieber auf damit ...»

«... nur anders formuliert ...»

«... dann wirkt das bestenfalls, solange Adam auf den einredet, wenn überhaupt, und danach muss die Frau das ausbaden. Nee, da hilft nur Dokumentation, Anzeige, Opferschutz.»

«Und vor Gericht ...»

«Hoffentlich eine gute Anwältin», sagte Meta, weil sie nicht brauchte, dass er aussprach, wie aussichtslos diese Prozesse meist waren.

Finzi setzte sich aufs Sofa und fing an, in den Ritzen nach der Fernbedienung zu kramen.

«Hauptsache, Adam macht keine Dummheiten», sagte er.

38. Kapitel

Obenauf war der Sand fast noch ein bisschen warm, aber sobald man ihn mit den Fingern berührte, löste sich die dünne, etwas festere Schicht, und darunter kam eine Klammheit zutage, als wäre die Erde im Innersten kalt.

Die Mulde zwischen den Dünen war etwas zu klein für sie beide, weil sie kein Paar waren und sich nicht einmal kannten. Sie wusste nur, dass er nicht mehr weiterkam, weil ihm gegenüber einem Unschuldigen der Kopf explodiert war. Er wusste nur, dass sie von blauen Flecken übersät war. So eine Formulierung, die hin und wieder sogar noch in Protokollen und Aktennotizen auftauchte, übersät wie eine Wiese mit Wildblumen. Veilchen. Noch so ein Wort.

«Und was sagt Ihre Kollegin?»

Er steckte das Telefon in die Hosentasche, umständlich, weil er im Sand saß und das Bein dafür ausstrecken musste, ohne sie zu berühren. Er wollte Richtung Ostsee gucken, als wäre da eine Antwort, aber die Dünen waren dazwischen. Im Abendlicht sah das Strandgras viel grüner aus als bei Tag, tannenfarben.

«Sie sollten das dokumentieren.»

Er merkte, dass sie ihn ansah.

«Wenn Sie möchten, dann kann ich, also …» Er streckte wieder das Bein aus, um sein Telefon noch mal aus der Hosentasche zu holen. Er zeigte ihr das Telefon, als könnte sie was damit anfangen.

«Also, ich kann das für Sie …»

«Sie wollen, dass ich mir das Hemd hochziehe, damit Sie meine Hämatome fotografieren können?»

Er dachte, dass sie die Dinge gern offen aussprach, aber selten Gelegenheit dazu hatte. Er nickte.

«Wäre das dann nicht besser mit meinem Telefon? Dann müssen Sie mir die Bilder nicht extra schicken.»

Er nickte und behielt sein Telefon in der Hand. Da hatte sie natürlich recht. Er merkte, dass sie ihn ansah und noch nicht genau wusste, wie enttäuscht sie von ihm war.

«Man denkt immer, die Polizei hätte auf alles eine Antwort», sagte er, und es sollte behutsam klingen.

«Das denke ich ganz bestimmt nicht», sagte sie.

«Ja, das ist auch nicht so. Wir können ganz wenig machen in diesem Fall. Also, in solchen Fällen.»

«Wenig. Also, nichts.»

«Sie können das dokumentieren, und dann Anzeige erstatten, und parallel dazu Vorsorge treffen, um das gemeinsame Wohnumfeld …» Er rieb sich die Stirn.

«Gemeinsames Wohnumfeld», sagte sie.

«Sie kommen aus Hamburg?», fragte er, als würden sie sich nun über bevorzugte Stadtteile unterhalten.

«Ja, Hausbruch», sagte sie schmucklos.

Er nickte, als müsste er sich verkneifen, was von schöne Gegend oder viel Verkehr auf der B 73 zu sagen.

«Da kenne ich vielleicht Leute auf der Wache. Im Kommissariat. Ich kann da mal rumfragen. Also, dass die vielleicht schon mal vorgewarnt sind.»

«Vorgewarnt.»

«Dass Sie da gut empfangen … also, betreut werden.»

«Wenn ich da mit meiner Dokumentation auftauche.»

«Genau.» Er wurde ein wenig ungeduldig. Er hatte zwar nichts anderes vor, aber je länger er hier saß und nichts tun konnte, desto interessanter schien es ihm, auf sein Zimmer zu gehen und auf den Parkplatz schauen zu können, ohne Rede und Antwort stehen zu müssen über die Handlungsmöglichkeiten der Polizei.

«Wann hat denn das angefangen?», weil er keinen Ausstieg fand.

«Von Anfang an», sagte sie.

«Wissen Sie, ob da schon was gegen ihn vorliegt? Von früher?»

«Also, ob ich mich schon mal getraut habe, Anzeige zu erstatten oder so was?»

«Nein. Aber ob er auch sonst schon mal gewalttätig geworden ist.»

«Auch sonst.»

«Zum Beispiel im Straßenverkehr. Da gibt es gewisse Parallelen. Ist nur ein Erfahrungswert.»

«Sie meinen, ich hätte mich früher wehren müssen.»

«Nein. Ich meine, dass es vor Gericht einfacher ist, wenn er schon mal auffällig geworden ist.»

Sie sah ihn an, und er erwiderte ihren Blick, vielleicht, weil er hoffte, jetzt langsam einen Schlusspunkt setzen zu können. Die Linien in ihrem Gesicht traten in der flachen Abendsonne deutlicher zum Vorschein, sie sah älter aus als Mitte, Ende dreißig, und gleichzeitig klarer, fester.

«Vor Gericht», sagte sie.

Er wollte ihr sagen, sie könnte ihn jederzeit anrufen, er würde sie auf diesem Weg beraten, oder, wenn ihr das lieber war, gern auch seine Kollegin, die sich damit besser auskannte, und die selber schon … Aber wie sagte man das? Und dann fiel ihm ein, dass er ja die längste Zeit Polizist gewesen war, und dass oben in seinem Zimmer bereits die vorgeschriebenen Formulierungen auf dem Kurklinikschreibblock standen: kündige ich hiermit.

«Ich weiß nicht, ob Sie sich das vorstellen können», sagte sie und vergrub ihre Hände tief im Sand. Im Gegensatz zu ihm hatte sie die Schuhe nicht ausgezogen, ihre Chucks sahen aus, als kämen sie direkt aus der Packung, so weiß, dass sie fast bläulich schimmerten, wie ganz fettarme Milch.

«Also, ich dachte, Sie könnten vielleicht», fuhr sie fort. «Nach dem, was Sie erzählt haben. Also, diese Hilflosigkeit – wie machtlos und ausgeliefert Sie sich da gefühlt haben.»

Er sah auf ihre Schuhe und bereute, dass er überhaupt so viel von sich erzählt hatte in der Gruppe. Und er fand, dass im Grunde sie ihn dazu gebracht hatte, durch ihr merkwürdiges Verhalten.

«Die Frau Birkmann hat Sie, sozusagen, in die Gruppe geschmuggelt?»

Sie sah ihn etwas ungeduldig an, weil sie gerade etwas anderes hatte sagen wollen. «Ja. Die Physiotherapeutin in der Orthopädie hat ihr von mir erzählt. Man kann den Physios nichts vormachen, das hab ich schon mal erlebt. Die Hausärzte und in der Notaufnahme und so weiter, die haben einfach keine Zeit, die können das auch verdrängen, ist mir ja auch recht dann. Aber die Physios, die haben halt viel Zeit, sich Gedanken zu machen, während die einen so bewegen.»

«Darum hat Frau Birkmann die Tür abgeschlossen. Damit Ihr Mann nicht reinplatzt, falls der was spitzkriegt.» Eine Redewendung, die er sonst nie verwendete. Er hatte das Gefühl, er verliere schon die Polizistensprache.

«Ja», sagte sie. «Und eigentlich wollte ich in der Gruppe

erzählen, was ich vorhabe. Weil ich dachte, wenn ich mich das sagen höre, dann mache ich das vielleicht nicht. Oder die anderen bringen mich davon ab.»

«Was Sie vorhaben», sagte er, barfuß.

«Ja. Aber dann war ich mir nicht sicher, ob die anderen, also, ich nehme an, die sind nicht an die Schweigepflicht gebunden oder so was. Und die Therapeutin eigentlich auch nicht. Ich hatte mir da nicht so viel Gedanken drüber gemacht. Ich hab wenig Zeit, mich so in die Details einzuarbeiten.»

Er wollte was sagen, aber sie fiel ihm ins kaum angefangene Wort.

«Ich will, dass er weg ist.»

Für einen Moment hatte er den irren Gedanken, sie würde ihn bitten, ihren Mann zu verhaften oder so was in der Art. «Ich will ihn wegmachen», sagte sie, stattdessen.

«Wegmachen», sagte er und sah sie an. Sie hatte ihre Hände so tief in den Sand gesteckt, dass es aussah, als hätte sie keine. Er merkte, dass sie kein anderes Wort dafür hatte.

Danowski stand auf.

«Müssen Sie los?», fragte Mareike Teschner, als hätte sie unvermittelt alle Zeit der Welt.

«Sie nicht?», fragte er.

«Wollen Sie mich gar nicht davon abhalten?»

«Ihren Mann wegzumachen? Wie soll ich das tun? Sie verhaften?»

«Zum Beispiel. Mich vor mir selber schützen.»

Als er einen Schritt machen wollte, merkte er, wie taub seine Beine waren. Er wollte sich nur noch hinlegen.

«Warum fassen Sie sich immer an die Stirn?»

«Ich kann Sie nicht vor sich selber schützen», sagte Danowski. Aber, und jetzt improvisierte er wild, ihm war, als spräche er schon quasi im Schlaf: «Ich vertraue Ihnen einfach mal.» Fast hätte er noch was gesagt mit: dass Sie keine Dummheiten machen. Stattdessen: «Ich gebe Ihnen mal die Nummer meiner Kollegin.»

«Nein», sagte sie. «Er prüft ja mein Handy.»

«Dann merken Sie sich die», sagte er. Metas Nummer war einfach. Die älteste Mobilvorwahl, dann viele Achten. Er sagte sie wie zu einem Kind. Dann noch mal normal.

Sie schüttelte den Kopf, als hätte sie schon begriffen, oder als wäre es zwecklos. Nicht das, was sie sich vorgestellt hatte.

Als er sich kurz vor der Düne, die ihre Mulde vom Strandweg trennte, noch einmal umdrehte, sah sie nicht zu ihm. Sie hatte die Hände aus dem Sand gezogen und rieb sie vor sich ab, behutsam, nach vorn gebeugt. Er räusperte sich, aber er merkte selbst, dass eine Bö jedes Geräusch von ihm wegtrug, nicht zu ihr.

Als er aus den Dünen kam, stand Holm auf dem Strandweg und sagte: «Naturschutzgebiet. Kannst du nicht lesen?»

39. Kapitel

«Ich bin's noch mal.»

«Du klingst müde.»

«Ich bin müde.»

«Willst du Finzi sprechen?»

«Nein. Wieso?»

«Er schläft schon.»

«Der Glückliche.»

«Ja. Ich muss gleich los. Ich hab Nachtdienst.»

«Wieso das denn?»

«Kienbaum hat mich für eine Observation eingeteilt. Ich glaube, weil wir nicht so … also, ich glaub, es hat ihm an Enthusiasmus gefehlt. Von unserer Seite. Also, vor allem von mir. In der ersten Teamsitzung.»

«Was Dringendes? Dass ihr bei Nacht observiert?»

«Nee. Im Gegenteil. Er will Cold Cases abarbeiten, und wir sollen schauen, ob einer der Verdächtigen im Fall Stellmacher noch an seiner alten Meldeadresse wohnhaft ist.»

«Stellmacher? Dieser Woolworth-Filialleiter, der auf dem Parkplatz erschossen worden ist? Anfang der Zweitausender?»

«Exakt.»

«Oh.»

«Ja. Adam, ich muss los.»

«Ich dachte, du könntest vielleicht mal hochkommen. Und mit der Frau reden.»

«Die mit dem Mann.»

«Ja. Ich hab … ich will nur ausschließen, dass sie was Unüberlegtes tut.»

«Nämlich?»

«Okay. Ein Tötungsdelikt.»

«Aha.»

«Aha.»

«Okay. Wie kommst du …»

«Sie redet darüber. Das ist vielleicht Grund genug, mal mit ihr zu sprechen, und zwar nicht ich …»

«Sie vertraut dir doch offenbar. Mich kennt sie gar nicht.»

«Ich glaube, sie will, dass jemand sie daran hindert. Also, dass ihr das jemand ausredet.»

«Hm.»

«Ich weiß nicht, wie überzeugend ich im Moment noch rüberkomme, Meta.»

«Okay. Ich muss los. Aber ich rede mit ihr.»

«Wann?»

«Übermorgen. Wir wollten sowieso vielleicht noch mal hochkommen.»

«Schwindlerin.»

«Ja, gut. Aber ich komme und rede mit ihr.»

«Danke. Und denk an dein Keilkissen.»

Sie lachte und legte auf, und er erinnerte sich länger als sie an das harte Schaumstoffkissen, das sie sich früher untergeschoben hatte, wenn sie lange im Auto observierten, weil ihr die Sitze zu weich oder zu hart oder nicht gerade genug waren, Meta war umständlich damals. Es schien so lange her, und er fragte sich, was als Nächstes kommen würde.

40. Kapitel

Sobald es dunkel wurde, blieb von der Spätsommersonne eine Wärme in der Luft, die alle verblüffte. In den Flügeln der Kurklinik entstand Unruhe, sie huschte über die Flure und drang durch die Wände. Einen Moment überlegte Danowski, der schon Zahnpastageschmack im Mund hatte, noch mal rauszugehen und irgendwie Liva, Saskia und die Wojtyła zu finden, aber das schien ihm seltsam übergriffig. Sie hatten doch ihre Begegnung abseits des Abendbrottisches schon für morgen verabredet, für die Strand-Disco, die auf den drei, vier Postern «Beach Ball» hieß. Er wollte auch nicht verzweifelt wirken. Und wenn er jetzt noch mal rausginge, würde er ja vielleicht ganz von allein jemanden treffen. Holm. Dann könnte man sich mit dem vertragen. Hauptsache, man war bei dieser überraschenden Fallwärme, die von ganz weit oben aus dem Universum zu kommen schien, Andromedagalaxie, nicht unverbunden.

Er steckte seine Brieftasche ein und nahm nur eine dünne Jacke, hellbraun, Welpenkacke, nannte Stella das. Welpen waren doch süß. Auf den Gängen kamen ihm Leute entgegen, als planten sie Partys auf Klassenfahrten, er sah sogar eine Flasche Jägermeister, aber insgesamt waren die Leute nur drei. Trotzdem fühlte er eine Sehnsucht nach Gesellschaft. Am Rande der Bundesstraße leuchtete die Star, was für ein melancholisches Versprechen im Nichts. Dahinter eine Reihe Pappeln, dann noch eine Reihe Pappeln. Dazwischen ein

Feld, wo im Frühsommer Raps wuchs, und jetzt standen dort manchmal Rehe, ihre Augen wie Bernstein in den Lichtkegeln der Autos aus Hamburg oder Flensburg.

Auf dem Randplatz der Star, wo das Licht nicht mehr so hinfiel, stand man noch auf ineinander verschränkten Betonplatten, Jugendliche mit zwei VW Golf, Musik aus den offenen Beifahrertüren, work work work work. Kam das hier alles später an? Sie machten einen Witz über Danowski, und ihm fiel auf, dass er einen leeren Stoffbeutel von der Hand baumeln ließ wie ein Lehrer auf dem Weg zum Reformhaus im Berlin seiner Jugend. Er lächelte milde über sich selbst und trat ins Neon-Rechteck des Star-Inneren. Es gefiel ihm, dass es hier nur furchtbare Dinge gab. Man konnte sich also gar nicht falsch entscheiden, weil man sich nicht richtig entscheiden konnte. Er nahm eine besonders große Tüte Nick-Nacks zu 4,99, die in normaler Größe waren aus. Außerdem kaufte er an Tankstellen immer Katjes Kinder.

Meine Zähne sind noch gut, dachte Danowski mit einer gewissen Zufriedenheit, die sich vielleicht auch durch die Begegnung vorhin mit Mareike Teschner in ihm ausbreitete: Bald würde er mit solchen Fragen, solchen Problemen und, wenn man so wollte, auch mit solchen Leuten (also Menschen) nichts mehr zu tun haben. Also, nur als Wähler, sozusagen, als mündiger Bürger, der mit darüber entscheiden würde, wie die Gesellschaft umzugehen hatte mit Problemen wie häuslicher Gewalt, Ungerechtigkeit vor Gericht, Unschärfen in den Formulierungen von Strafgesetzbüchern. Er würde sich nicht mehr damit herumplagen müssen, Menschen von Dingen abzuhalten, die sie lieber nicht tun sollten, da diese Dinge verboten und moralisch verwerflich waren. Er würde über derlei in der Zeitung lesen, und zwar auf einem Tablet.

Weil draußen die Jugendlichen standen, beschloss Danowski, auch noch Alkohol anzuschaffen. Er wollte, dass sein Stoffbeutel von außen nicht so läppisch aussah, als hätte er nur Snacks gekauft. Wegen eines tief eingegrabenen Dosen-Puritanismus kaufte er zwei Flaschen Holsten null fünf, die vierzehn Euro später hell und bedürftig in seinem Beutel klirrten.

Draußen waren sogar Mücken in der Luft.

Die E-Bikes wichen ihm aus mit Leichtigkeit, tänzerisch.

Auf dem Parkplatz unterhalb seines Zimmers, kaum beleuchtet durch eine von Insektenleichen zugeschüttete Viereckleuchte über dem Eingang, Schnappschloss, runder Griff, schlug ihn der Mann von Mareike Teschner zusammen. Sucker punch. Wenn man nicht damit rechnete. Tief in den Magen, wo die Faust zwischen Entgiftung und Verdauung passte. Danowski war sehr überrascht in diesem Moment, denn erstens war dies sein erster Tiefschlag seit ungefähr dreißig, vierzig Jahren, Schulhof, und zweitens hatte das vorhergegangene Gespräch aus seiner Sicht keine Wendung genommen, die diese Eskalation für ihn hätte absehbar machen können. Das vorhergegangene Gespräch verlief folgendermaßen:

«Ah, hallo.»

«Ja.»

Danowski war es natürlich unangenehm, diesen Mann, mit dessen Frau er gewissermaßen in einer Konspiration war, auf dem Parkplatz zu treffen. Vor allem, sobald ihm dämmerte, dass dieser Mann, Herr Teschner, dort möglicherweise extra auf ihn, Danowski, gewartet hatte.

«Ich hab auf Sie gewartet.»

Danowski schlenkerte ein bisschen mit seinem Stoffbeutel, das Holsten klapperte. Holsten knallt am dollsten, Finzi. Wer

Fotzen leckt und Titten kaut, der trinkt auch, was Holsten braut. Erst recht Finzi. Wie Danowski sich darüber echauffiert hatte, vor acht bis zehn Jahren, im Dienstwagen: dass das gar keinen Sinn mache, weil die entscheidenden Bier-Bewertungen dieses Reimes sich überhaupt nicht auf die Wortbildung des Brauhauses bezögen, also wie bei Holsten knallt am dollsten, sondern dass man in dieses Couplet genauso gut jede andere Biermarke einbauen könnte, also, wer Fotzen leckt und Titten kaut, der trinkt auch, was Schultheiß braut, beispielsweise.

Nein, hatte Finzi gesagt, das hätte doch nun wirklich GAR KEINEN FLOW.

Und kurz hatte Danowski also die Phantasie, er könnte die beiden Holsten-Flaschen noch mal gegeneinander klötern lassen, und das Geräusch dann zum Anlass nehmen, um zu Teschner zu sagen: «Trinken Sie eins mit mir? Dann können wir in Ruhe reden.»

Und dieses in Ruhe reden, das war in Danowskis Vorstellung wie eine Blackbox, er konnte da nicht reinschauen, aber am anderen Ende würde rauskommen, dass dieser Teschner seine Frau nicht mehr schlug.

Den Satz dachte Danowski ganz deutlich, in Worten: seine Frau nicht mehr schlug, und sofort wurde ihm der Mann widerlich, so sehr, dass er ihm kein Bier anbieten mochte, nicht einmal ein Holsten.

«Was gibt's?», sagte er stattdessen, als hätte er hier eine Sprechstunde, die sich dem Ende entgegenneigte.

«Ich hab Sie vorhin mit meiner Frau in den Dünen gesehen», sagte Teschner, und in den Dünen betonte er wie im Bett. Dann, nach einem Atemzug und vor allem nach noch mehr Holsten-Klirren, zur Ergänzung: «Vom Balkon aus.»

«Muss toll sein, so mit Meerblick», sagte Danowski.

«Ja, ist ganz praktisch», sagte Teschner. Und, ohne Atem zu holen dazwischen: «Das hört dann gleich auf.»

«Was?»

«Mit meiner Frau.»

«Ja. Was? Mit Ihrer Frau.»

Hier, und damit hatte Danowski nicht gerechnet, er hatte das Gewicht auf dem falschen Bein, gab es nun die erste Schubserei. Teschner stieß ihn mit dem Handballen so leicht oberhalb der Brust nach hinten, das war ein Profi, wer zum ersten Mal schubste, setzte meist zu viel Fingerspitzen ein, das brachte gar nichts.

Danowski taumelte nach hinten gegen ein Auto, Toyota Yaris, und sein Stoffbeutel nahm dabei so viel Fahrt auf, dass er gegen den Kotflügel prallte, während Danowski sich erstaunlich weit auf die Motorhaube nach hinten beugen ließ. Es gab dieses ganz spezifische befriedigende Geräusch, wenn in einer Tasche eine Flasche zerbrach, ein abgesehen von allen Problemen (Bierverlust, Scherben, Nässe, künftiger Gestank) objektiv schönes Geräusch, satt, da wurde etwas erreicht.

Danowski ließ seinen Stoffbeutel los und hörte das Geräusch gleich noch mal. Das Flaschenpfand konnte er abhaken.

«Moment mal», sagte er im Wiederhochkommen und angelte nach seiner Brieftasche. Dies aber war genau der Moment, den Teschner abpasste, um Danowski diesen Haken in die Körpermitte zu verpassen. Es war überraschend, schmerzhaft und ärgerlich, denn so, wie der Schlag aussah, wirkte es auf Danowski, als hätte Teschner Kämpfe auf Parkplätzen oder in Kneipen bisher nur im Fernsehen und in Filmen gesehen. Mit der Brieftasche in der Hand wischte Danowski sich über die Augen. Irgendwas daran ärgerte Teschner, er schlug ihm die aus der Hand.

Na ja, dachte Danowski. Dass er ein Problem hat, ist mir ja nun bereits eindringlich berichtet worden.

«Wenn Sie das aufheben», sagte er und lehnte sich gegen den Toyota, «dann sehen Sie, dass ich Polizist bin, und dann bewerten Sie die Situation womöglich anders.»

Teschner bückte sich nach der Brieftasche und behielt Danowski dabei auf geradezu lächerliche Weise im Auge. Obwohl, Überlebensinstinkt. Danowski hätte ihn ja auch treten können.

Teschner schlug die Brieftasche auf und klappte Danowskis Polizeiausweis aus. Was stand da eigentlich, welche Abteilung? Soweit Danowski sich erinnerte, immer noch die etwas kryptische Ziffernfolge, die Fallanalyse bedeutete.

Teschner klatschte ihm die Brieftasche gegen die Brust, sodass Danowski danach greifen musste und wieder nur reagierte.

«Bin ich jetzt verhaftet?», fragte Teschner, etwas atemlos, und Danowski fand schon, dass der sich seiner Sache nicht mehr ganz so sicher wirkte.

«Es ließe sich einrichten», sagte Danowski und stellte sich hin.

«Na ja», sagte Teschner. «Es könnte natürlich auch sein, dass die Kollegen hier von vor Ort sagen, ah, ein Typ aus der Kurklinik, Psychosomatik, also, hat der noch alle Latten am Zaun, was will der denn jetzt, haben wir nicht genug zu tun.»

Danowski ging in die Knie, um seinen deprimierend leichten Stoffbeutel aufzuheben. Womöglich war das gar nicht so unrealistisch, was Teschner da ausmalte.

«Lassen Sie meine Frau in Ruhe», sagte Teschner und ging weg, als wollte er nicht zuschauen, wie Danowski seinen tropfenden Beutel untersuchte.

«Wie wäre es, wenn Sie Ihre Frau in Ruhe lassen!», schrie Danowski, und es hallte laut, aber irgendwie falsch über den leeren Parkplatz, entlang der leeren Hausfassade, niemand auf den Balkonen, alle Richtung Meer orientiert, und nichts Heroisches in seinem Ausruf, im Gegenteil, wenn überhaupt, das hilflose Rasseln eines Ritters, der nicht nur sein Pferd, sondern auch sein Schwert und womöglich seine Rüstung verloren hatte.

Die Lakritztüte war aufgeschnitten, die Katjes Kinder verklumpt vom Bier, seine Nick-Nacks waren trocken geblieben. Er aß sie auf der Bettkante, weil er vom Balkon aus den Parkplatz gesehen hätte, den Ort seiner Niederlage.

41. Kapitel

Den nächsten Tag über war Danowski froh, dass zwei
Leute ihm auswichen: das Ehepaar Teschner. Er segelte durch
die Bewegungstherapie und durch die Gruppe, da hielt Frau
Birkmann das Schweigen irgendwann nicht mehr aus und
erzählte ihnen was über Atmung. Danowski atmete. Er spürte
ein leichtes Ziehen im Bauch. Der Schlag von Teschner war
überraschend gewesen, aber nicht besonders nachhaltig. Er
wollte das vergessen, aber er ahnte, dass ihm das nicht gelin-
gen würde. Leben als Vorahnung der nächsten Niederlage. Er
ließ die Arme rechts und links vom Stuhl hängen. Gar nicht
mehr lange, und er wäre wieder zu Hause, und als das Abendessen näherrückte und er schon den am Rand so blütenartig
geschwungenen Teller aus weißem Glas in der Hand hatte,
vom hohen warmen Stapel, billiger als Porzellan, und den
Tisch aus dem Augenwinkel sah, wo die Wojtyła auf ihn und
Liva und Saskia wartete – da bekam er fast schon ein bisschen
vorauseilendes Heimweh nach der Welt, in der er jetzt noch
war.

Wie gut das streckenweise dann doch gelaufen war für
ihn hier, im Grunde. Wie er sich hier darüber klar geworden
war, dass er in Zukunft nicht mehr Polizist sein würde. Was
für einschneidende Dinge passierten, hinter unverputzten,
rohen Betonmauern, hinter angeschimmelten Fenstern von
Mitte der Achtziger, in Gruppenräumen und auf der Bettkante seines Linoleumzimmers. Das mit dem Teschner und

den beiden Bieren, das würde er mal auf sich beruhen lassen. Lehrgeld, noch mal ganz am Ende. Vielleicht auch so eine Art Abschiedsgroschen, eine Abmeldegebühr aus seinem alten Leben. Der Teschner hatte ihm fast einen Gefallen getan, die Art, wie er sich Danowskis Polizeiausweis angeschaut hatte: ungläubig und verächtlich, als würde er nicht glauben, dass Danowski Polizist war, und vielleicht glaubte Danowski es ja selbst nicht mehr.

Und den Teschner, den würde er sich höchstens ganz am Ende noch mal vornehmen. Wenn Meta mit der Frau gesprochen hatte, und wenn der Teschner am Ende vielleicht sogar schon allein war, ratlos in seiner Meerblick-Suite. Meta konnte sehr überzeugend sein. Und hilfsbereit. Und dann würde er dem Teschner mal ein paar Takte sagen. Dass er ihn im Auge behalten würde. So was. Da war er ganz gelassen, dem würde er die Parkplatz-Geschichte noch heimzahlen.

«Was ziehen Sie denn nachher an?», fragte ihn die Wojtyła. Saskia kicherte. «Machen Sie sich mal ein bisschen schön für uns», sagte die Wojtyła.

Danowski crunchte Eisbergsalat und dachte, warum eigentlich nicht. Also, ein gebügeltes Hemd hatte er im Schrank, gleich aufgehängt nach der Ankunft vor über drei Wochen, seitdem unberührt. Und ein helles Leinensakko, da hatte Leslie noch gesagt, das sollte er mitnehmen, man wüsste doch nie. Er sah darin aus wie jemand aus einer SAT.1-Komödie in den neunziger Jahren. Frühe Nuller, sagte Leslie und reichte ihm das Sakko. Er faltete es in der Mitte und dann quer und legte es in seinen Trolley und dachte: knitterecht.

«Braucht man da eigentlich eine Eintrittskarte oder so was?», fragte er. «Für diese Strand-Disco.»

«Ich hab eine für dich mitbesorgt», sagte Liva.

«Also ist das ein Date», sagte Saskia.

«Ein Doppeldate», sagte Liva und stieß ihren Hagebutten-teebecher an Saskias, drei Stück Süßstoff aus dem kleinen Plastikgerät, das sie immer dabeihatte, klick klick klick.

«Ein Dreifachdate», sagte Danowski und machte zur Wojtyła quer über den Tisch so eine Pantomime, als würde er sich einen Kavaliershut vom Kopf ziehen, an dem eine sehr lange Feder befestigt war.

«Ach, ob ich mich noch mal aufraffe», sagte die Wojtyła in ganz unternehmungslustigem Ton.

«Halb neun an der Pagode», sagte Liva. «Wir wollen ja auch nicht die Ersten sein.»

«Was um Himmels willen ist die Pagode», polterte Danow-ski leutselig. Morgen würde Meta kommen und alles regeln, was jetzt noch nicht von ihm abgefallen war, und das war gar nicht mehr viel, fand er.

«Im Kurpark, diese Betonmuschi», sagte die Wojtyła, aber Danowski traute seinen Ohren nicht.

Seine einzige und letzte Sorge war, dass es nun auf dem Strandball zu Teschnerbegegnungen kommen könnte, Frau oder Mann. Eine andere, etwas weniger deutliche Sorge, die er ignorieren konnte, die aber fest und fundamental war, als stünde alles andere darauf: dass er keine Teschnersichtung haben würde, und dass dies dann womöglich bedeutete, dass dieser gewaltbereite, gewaltfrohe Mann dabei war, seiner Frau weiterhin und konkret zu schaden, während Danowski hier stand und sich die zerknitterten Ärmel seines Leinensak-kos langzog, weil sie immer wieder bis über die Manschetten seines hellblauen Hemdes rutschten, im Ellbogen zusammen-gedrückt durch Ziehharmonikafalten.

An der Pagode / Betonmuschi / Betonmuschel hatte er noch dieses gute Gefühl gehabt, diese Phalanx von Frauen aus drei Generationen, die ihn abschirmen würde vor weiteren Teschnerkontakten. Wie Liva sich gleich bei ihm eingehakt hatte, die trug schwarze Leggings mit Strassstreifen an den Seiten, Stiefeletten, deren Absätze auf dem Waschbeton knirschten, und unter der Jeansjacke eine Bluse, die sie vor dem Bauch verknotet hatte. Sie roch nach Zigarette, und Danowski ließ sich mitziehen. Die Wojtyła hatte ein Sommerkleid in gedeckten Farben an, Saskia auch, sodass sie im abendlichen Zwielicht des Kurparks aussahen wie Mutter und Tochter.

Aus der Kurhalle kam der etwas dünn auseinandergezogene Lärm von zu wenig Leuten, die sich zu sehr amüsierten. Es war jetzt nicht so, dass man hätte eintauchen können in ein Menschenmeer, das waren eher Menschenpfützen, die hier rumstanden und in- und miteinander tanzten. Wein kostete zwei Euro, Bier auch. Die Wände waren mit Muscheln, Seesternen und Fischernetzen dekoriert, von der wellenförmigen Decke hing blaue, silberne und durchsichtige Folie in langen, geschwungenen Bahnen, vielleicht fühlte man sich aus dem Augenwinkel, als wäre man unter Wasser.

Danowski besorgte Getränke und musste sich dabei über einen Tapeziertisch strecken, ein leichtes Ziehen im Bauchbereich, wo ihn die Teschnerfaust getroffen hatte.

Für einen Moment atmete er sehr flach, dann noch mal, es kam aber gar keine Luft in ihn, und dann konzentrierte er sich auf die Musik, Burning Down the House von Talking Heads, in der Version von der Live-Platte, also aus dem Film, im Grunde war das wie eine der Kollegiums-Feiern von Leslie hier, die manchmal mit Partner*innen stattfanden, auch wenn eigentlich alle lieber zu Hause geblieben wären – oder nur Adam Danowski?

Die Frage, warum er sich nicht gewehrt hatte, stellte sich ihm nicht. Erstens hatte er keine Zeit dazu gehabt, zweitens hätte er damit Mareike Teschner nicht noch mehr in Gefahr gebracht? Also, angenommen, er hätte die Kollegen verständigt, Schleswig oder Eckernförde, und klar hätten die den Teschner festgenommen, auch wenn ihn dessen Feststellung, wer Danowski ernst nehmen sollte, irrer Bulle, kurz beeindruckt hatte. Und dann? Eine Anzeige wegen Körperverletzung, eine Nacht in einer Klinik in Kiel oder Eckernförde für Danowski, internistische Untersuchung, CT, MRT, ein Riesenaufwand, und alles dafür, dass Teschner ein, zwei Stunden später wieder bei Mareike Teschner in der Betonsuite war. Und dann?

Das Haus abbrennen.

Und wenn Danowski zurückgeschlagen hätte? Jetzt dachte er doch darüber nach, na klar. Es war nicht schwer zu erkennen gewesen, dass Teschner am Ende ein Amateur war: jemand, der zuschlug, weil es ihm etwas gab, das er brauchte, etwas, das ihm fehlte, der also zuschlug, weil es ihn für diese Momente vielleicht zu einem Teil von etwas Größerem machte: Autorität, Macht, Seelenfrieden. Aber niemand, der das gelernt hatte. Es gab zwei, drei Griffe und eine harte Linke aus der Deckung, überraschend, die hatte Danowski immer noch drauf, auch mit Anfang fünfzig, und die hatte er in den letzten zwanzig, dreißig Jahren ein halbes Dutzend Mal erfolgreich eingesetzt. Aber was dann? Teschner, mit dem Gesicht im Parkplatzdreck, wehrlos in Danowskis Schmerzgriff; Teschner, womöglich mit gebrochener Nase. So was wie Denkzettel gab es nicht, war Danowskis Erfahrung. Wenn man Leuten wehtat, gaben die das weiter, und zwar mit Zinsen.

Danowski balancierte die durchsichtigen Plastikbecher über die Köpfe und Schultern von anderen, zwei in jeder Hand, drei weiß, einer rot (Liva), und es waren jetzt doch ganz schön viele Leute geworden. Er kannte die Gesichter von den letzten Wochen in der Kurklinik wie eine Tapete, an der man ständig vorbeiläuft. Hier und da nickte sogar jemand. Danowski lächelte, aber dann war das nur Holm.

Also, er hatte alles richtig gemacht auf dem Parkplatz. Wenn man sich die Situation so anschaute. Aber warum, dachte Danowski, als sie die Plastikbecher mit diesem wabbeligen Nichtgeräusch aneinanderstießen und einander dabei betont sorgfältig in die Augen sahen, alle allen, warum fühlte er sich dann, sobald er das zuließ, so schlecht?

Kurz fragte er sich, ob er vielleicht einfach seine Psychopharmaka vergessen hatte, Escitalopram, 20 Milligramm, hatte er die gestern Abend genommen, oder war er nicht dazu gekommen, nachdem Teschner ihn auf links gedreht und ihm das Bier kaputtgemacht hatte? Und merkte man das so schnell, wenn man da mal eine Dosis ausließ?

Der Weißwein schmeckte nach flüssigem Sonnenschein, wenn das der Sonnenschein von der kaputten Neonreklame eines insolventen Bräunungsstudios war. Danowski wollte sich noch einen holen. Er fühlte sich beschmutzt.

«Komm, wir tanzen», sagte Liva, und das gefiel ihm: Nichts mit Warum tanzt du denn gar nicht?, aber auch kein wortloses Auf-die-Tanzfläche-Ziehen, sondern so eine verbindliche Aufforderung: Komm. Ihre Hand war ganz trocken und fest in seiner, und weil dann, sobald sie die mit leicht gewelltem Parkett ausgelegte Region der Kurhalle erreicht hatten, Lady in Red kam, nahm sie seine Hand gleich so nach oben, Paartanz, und seine fand ihre Hüfte im Dreiländereck von Bluse,

Leggings und Jeansjacke, und sie legte ihre Hand auf seine Schulter. Liva lächelte, sie hatte ganz wunderbare Mimikfalten, es war ein großer Spaß. Was war eigentlich aus Chris de Burgh geworden? Lebte der noch? Was hatte der eigentlich für Sauereien gemacht? Zumindest eine Babysitterin geheiratet oder so was? Warum konnten sich nicht alle mal normal und friedlich verhalten? Wobei, was war normal? Wie es sein sollte, oder wie es eben war?

«Geht's dir gut?», fragte Liva.

«Ach ja», sagte Danowski. «Und dir?»

«Weiß ich immer nicht.»

«Hm.»

«Also, immer erst hinterher. Wenn überhaupt.»

«Ja», sagte Danowski. «Das kommt mir bekannt vor.»

Und dann tanzten sie ein bisschen, etwas näher, dass ihre Kleidungsstücke sich berührten, und diese Songs dauerten ja auch nicht ewig. Wobei, wenn der DJ, ein Mann Ende sechzig, Anfang siebzig, mit verspiegelter Sonnenbrille und sehr viel weißem Haar, und saß Rue Digger eigentlich noch im Knast?, wenn der DJ merkte, dass Engtanz gerade gut ankam, dann legte er womöglich nach, mit Time After Time oder so was.

Engtanz. In Berlin hatte das Stehblues geheißen.

Er sah, wie Saskia und die Wojtyła die Köpfe zusammensteckten, und er fand es ein bisschen albern. Von diesem Stehblues würde er ohne weiteres Leslie erzählen. Ich hab dann sogar getanzt. Leslie würde sich freuen. Bildete er sich ein.

Mit Time After Time hatte er gar nicht so schlecht gelegen, aber es kam Eternal Flame. Das drehte er im Auto immer sehr laut auf, wenn er alleine war. Geschickt, wie der Popgreis das angestellt hatte, die beiden Stücke flossen so richtig ineinander, und dadurch verpasste Danowski diesen Moment, wo

Liva und er sich automatisch voneinander hätten lösen können. Vor zwanzig Jahren hatte Leslie auf einem Schulfest mal mit einem Referendar «geknutscht», und er verstand diese Wortwahl sofort, als sie ihm das am nächsten Morgen erzählte, nicht beichtete. Ob das schlimm sei, hatte sie gefragt. Der Kollege war dann eh weg, ein Sportlehrer, der schon auf dem Weg in die Schulbehörde war, Danowski kannte den vom Sehen, und erstaunlicherweise fand er es wirklich nicht schlimm, sondern eher komisch (Leslie musste sich das dann noch jahrelang anhören, nur das Wort «knutschen» war damit dann leider verbrannt), und verstehen konnte er es auch. Was also wäre, wenn er womöglich am Ende mit Liva, um das Wort zu Hause dann mal wiederzubeleben, ein bisschen knutschte?

Liva wollte gerade etwas sagen, da spürte Danowski eine feste Hand auf seiner Schulter, aggressiv, die Berührung war ihm unangenehm, bevor sie abgeschlossen war. Er drehte sich extra nur halb um, und im kreisenden Licht der gerade rot angestrahlten Discokugel sah er ein Gesicht, das sich schon wieder halb weggedreht hatte, und das ihm im ersten Moment fremd war. Aber das lag an der Beleuchtung und seiner Stimmung, neues Lebenskapitel, lustiger Abend.

Die Discokugel drehte sich weiter, rote Flächen wie Handabdrücke auf den Gesichtern, und aus dem fremden Gesicht wurde ein Teschnergesicht, und Danowski kam aus dem Stehblues-Schritt.

42. Kapitel

Wie alle ländlichen Regionen hatten auch große Teile der norddeutschen Tiefebene eine Tradition von Übersinnlichkeit, Geisterwahrnehmung und, wenn man vornehm war, Metaphysik. Spökenkiekerei nannte man das. Meist abfällig, wenn es um andere ging, aber nicht wenige hielten sich insgeheim selbst etwas darauf zugute, außersinnliche Wahrnehmungen zu haben. Das zweite Gesicht.

Hermann Wiebusch etwa, ein verrenteter Obstbauer aus dem Gebiet südlich der Elbe, eingeklemmt oder ausgelaufen zwischen Hamburg und Niedersachsen, verfügte, wie er es selbst nannte, über das zweite Gesicht. Einmal, bei einer Familienfeier vor mehreren Jahrzehnten, hatte sein Schwager Otto ein, wie man sagte, Blödel-Gedicht über ihn vorgetragen, dessen Pointe genau darauf hinauslief, und die, wenn Hermann Wiebusch sich richtig erinnerte, damals in etwa wie folgt lautete:

Denn Hermann hat, wer weiß es nicht
Ja nun einmal das zweite Gesicht
Und das Dolle an der Chose:
Er trägt es hinten in der Hose!

Seit sein Schwager Otto tot war und Hermann Wiebusch selbst eine Familientragödie erlitten hatte, machte niemand mehr Witze über ihn, und überhaupt war Hermann Wiebusch die meiste Zeit allein, wenn er seinen Abendspaziergang in Hamburg-Hausbruch machte, der alte Herr, schon beeindruckend, der ist doch auch bald neunzig.

Dass er das zweite Gesicht hatte, wusste inzwischen nur noch er selbst. Seine Frau war im Pflegeheim und wusste gar nichts mehr. Sein Sohn beispielsweise war tot, aber als der gestorben war, an einem Donnerstagnachmittag, hatte Hermann Wiebusch das sofort gespürt, eine ganz große Unruhe war über ihn gekommen, das Gefühl, unbedingt etwas tun zu müssen, aber dann hatte es nur dafür gereicht, hinauszurennen in den Apfelherbst und durch die Streuobstwiesen zu irren. Seitdem ging er nur noch an Wohnstraßen entlang.

Die letzte Schleife seines Weges führte ihn wie immer hart an der Grenze zum Moor durch die Neubaugebiete. Manche der Häuser hatten Außenleuchten mit Bewegungsmeldern, damit man vom Windfang ohne zu stolpern den Weg in den Carport fand, und damit Einbrecher entmutigt wurden, die das helle Licht scheuten, es waren ja viele Banden unterwegs. Rumänen, sagten die Nachbarn.

Ein Haus fiel Hermann Wiebusch dabei immer besonders auf, denn es lag an einer Straßen- und Fußwegecke und hatte drei Leuchten, an jeder Hausecke in Wegnähe eine, und wenn Hermann Wiebusch an diesem Haus entlangging, leuchtete sozusagen ein Wegefeuer nach dem anderen, ganz harmonisch geschaltet, wie er fand: Wenn der zweite Scheinwerfer anging, ging der erste wieder aus, und beim dritten dann genauso der zweite.

Diesmal aber, an diesem einen Abend, der schon fast im Herbst noch mal so spätsommerlich warm war, geschah etwas anderes. Das Haus war so gelb und beige geklinkert wie immer, schön sah das aus, Steine unterschiedlicher Tönung, aber sauber und modern, und an der Ecke sprang das erste Licht an. Vielleicht, dachte Wiebusch, um den Gedanken an die rumänischen Banden zu vertreiben, und weil die Fußwege abends so einsam waren, vielleicht sollte er sich einen Hund anschaffen. Aber nicht aus dem Tierheim, sondern was Reinrassiges. Bei Hunden durfte man doch noch Rasse sagen. Oder? Jedenfalls ging die erste Leuchte an, dann die zweite, aber die erste blieb an, sie wurde sogar heller, die zweite dann auch, sobald die dritte angesprungen war. Hermann Wiebusch blieb stehen und staunte. Er stand nun genau auf der Ecke mit der zweiten Leuchte und hatte alle drei im Blickfeld, wie sie heller und heller wurden. Eigentlich war das eine ziemlich düstere Gegend hier, aber jetzt strahlten die Lichter, bis sie gleißend waren, einen Moment schien ihm, als wollte das Haus abheben, als wären dies die Positionslichter oder gar die Triebwerke eines Flugkörpers.

Dann gab es ein helles Ploppen wie von einem enttäuschenden Feuerwerkskörper, kein Klirren, weil die Scherben ins Gras fielen, seit einigen Wochen ungemäht, wo waren die Leute eigentlich, die hier wohnten, ein junges Paar. Und dann das gleiche Geräusch noch zweimal, genau im Abstand, mit dem die Leuchten bisher nacheinander angegangen waren.

Vielleicht hätte nun ein Elektriker gesagt, dass die Leuchten und ihre Bewegungsmelder falsch geschaltet waren, und dass die wohl ein Amateur angeschlossen hatte.

Wenn man aber, wie Hermann Wiebusch, über das zweite Gesicht verfügte, war einem klar: In diesem Moment war etwas Verhängnisvolles geschehen, und zwar entweder in diesem Haus, bei dem nun aber schon seit einiger Zeit die Rollläden offenbar von einer Zeitschaltuhr betrieben wurden, und das gelbliche Küchenlicht auch. Oder das Haus selbst hatte gespürt, dass anderswo etwas Furchtbares geschehen war. Vielleicht wollte es ihm ein Signal geben. Vielleicht war er Empfänger eines Hilferufs.

Warm war der Abendhauch, und er trug einen Geruch von durchgebrannten Glühfäden, aber nur kurz. Hermann Wiebusch überlegte, was nun zu tun war, vielleicht sollte er die Wache in Neugraben anrufen. Die Nummer hatte er sich rausgesucht und zurechtgelegt, in großen Bleistiftziffern auf dem Kneipenblock neben dem Telefon, Härtegrad F. Aber dann stellte er sich vor, wie alt seine Stimme klang, erst recht am Telefon, und wie diese Stimme sagte, das Haus der Teschners habe einen Hilferuf gesandt, ihm ein Signal gegeben, und nun schnaubte er selbst verächtlich. Über sich selbst oder die, die ihm nicht glauben würden.

Später dachte er an diesen Abend und diese Lichter, als die Todesnachricht kam übers Nachbarschaftsnetzwerk, das erreichte selbst ihn, im Backshop beim Rewe, zwei Frauen vor ihm: Haben Sie schon gehört? Die arme Frau.

43. Kapitel

«Darf ich mal abklatschen?», sagte Mareike Teschner, mit einer ganz neuen Stimme.

«Das ist jemand aus meiner Gruppe», sagte Danowski in die Musik, obwohl Liva das wohl wusste. Er merkte, dass er ein Bedürfnis hatte, sich unauffällig zu verhalten, instinktiv, und dass er nicht gut darin war. Liva lachte, als wäre das mit dem Abklatschen eigentlich ganz lustig. Er löste seine Hand ungern von ihr. Mareike Teschner zog Danowski durch die anderen Strandballgäste, ohne einen einzigen Tanzschritt.

Vor der Kurhalle schien die Welt menschenleer, als hätten sich alle entschieden, entweder reinzugehen oder wegzubleiben. Dann sah Danowski die Raucher. Unwillkürlich tastete er seine Sakkotaschen ab. Wie lange das jetzt schon her war.

Mareike Teschner hatte ihre Dünensachen an, und er fragte sich, ob die nicht ganz sandig waren. Sie ging weiter, ohne sich umzudrehen, schnell, als sei sie ganz sicher, dass er ihr folgen würde. Er folgte ihr.

Die Seiten der Kurhalle waren bodentief befenstert. Hier draußen war es dunkel, drinnen war es hell, wer sollte sie sehen, Discokugel-Fragmente schimmerten bis ins Strandgras. Wo die Betonmauer fensterlos wurde, blieb Mareike Teschner stehen.

«Meine Kollegin kommt morgen», sagte Danowski und schloss zu ihr auf.

Sie schüttelte den Kopf. «Er ist tot.»

Danowski rieb sich die Stirn. Ob sich das so anfühlte, wenn man nach dem Sturz zum ersten Mal wieder aufs Pferd stieg. Oder wenn man nach dem Winter zum ersten Mal wieder aufs Feld musste, die Scholle hacken.

«Was», sagte er.

Zum ersten Mal rochen die Linoleum-Gänge nach kaltem Essen. Die Neonröhren flackerten nicht, die Haustechnik verstand ihr Geschäft. Danowski wurde mehrfach von Mareike Teschner geschsssscht!!, so richtig mit dem Zeigefinger vorm Mund, das fand er nicht gerade unauffällig.

Als sie die Tür zu ihrer Suite aufschloss, zitterten ihre Finger kein bisschen, aber sie waren auch nicht starr, sie waren ganz perfekt. Aber sie blieb stehen und hielt ihm die Tür auf, damit er durchgehen konnte, als Erster, alleine, und einen Moment fragte Danowski sich, ob das hier

eine Falle

war. Also, womöglich sprang der Teschner jetzt hier hinter der offen stehenden Badezimmertür hervor und haute ihm über den Schädel, das war so ein klassischer Topos aus der Polizeiausbildung. Wie die Paare, bei denen man wegen häuslicher Gewalt vorstellig wurde, dann gemeinsam auf die Polizei losgingen.

Aber im Zimmer roch es nach Kot und Urin, und im Halbdunkel, denn die Ostsee warf hellgraues Licht durch die Nacht, lag Teschner auf dem Rücken auf dem Bett. Danowski bückte sich und machte das Nachttischlicht auf der Badezimmerseite des Bettes an. Teschners Augen waren zur Decke gerichtet, offen. Seine Augäpfel waren matt und trocken. An seiner Unterlippe war ein wenig Blut getrocknet, sein Mund stand etwa einen halben Zentimeter offen, an den Zähnen ebenfalls Blut. Er trug seinen Neoprenanzug. Danowski berührte mit dem Handrücken Teschners Unterarm, kurz, und er fand ihn noch warm und weich.

Er richtete sich auf, zog die Ärmel seines Leinensakkos glatt und dachte, das ist alles sehr unprofessionell hier, nicht mal Gummihandschuhe hat man.

«Das ist neu», sagte Mareike Teschner, die sehr dicht hinter ihn getreten war. Sie zeigte in die Luft, und Danowski verstand, dass sie den Geruch meinte.

«Ja», sagte er. «Das kommt vor.» Meist war er in seiner Berufslaufbahn eingetroffen, wenn die Verdauungsgerüche schon überdeckt waren von Verwesung, oder vom Fabrikgeruch der Schutzanzüge und Atemmasken, von der Geschäftigkeit und dem Kaffeegeschmack im Mund, dem Geraunze der anderen und von Finzis Sprüchen, da hat's wohl jemand nicht mehr zur Toilette geschafft, na ja, kein Wunder, wenn man tot ist.

«Setzen Sie sich mal dahin», sagte Danowski und zeigte auf den Stuhl, der am weitesten vom Doppelbett entfernt stand. Mareike Teschner legte die Hände auf ihre Knie und sah ihn von dort aus an.

Danowski rieb sich die Stirn. Da war ganz bestimmt was. Das konnten die ihm doch nicht erzählen. Am besten, er ging noch mal ganz woandershin. Private Dermatologie. Oder gleich zu einer gewieften Schönheitschirurgin, private Praxis, die konnte ihm vielleicht frische, glatte, unversplitterte Haut von woanders am Körper transplantieren.

Vom Arsch, würde Finzi sagen.

«Und was machen wir jetzt?», fragte Mareike Teschner.

Danowski zog sein Telefon aus der Hosentasche, und eine große Müdigkeit überfiel ihn. Der ganze Angang. Irgendwelche Kolleg*innen, Gerichtsmedizin, Zeugenaussagen. Der ganze Auftrieb. Es kam ihm vor, als hätte das alles nichts mehr mit ihm zu tun. Er machte ein Foto von der Leiche. Er machte Fotos davon, was wo im Zimmer stand. Mareike Teschner zog die Füße ein, als würde er saugen. Er ging ins Bad und sah sich an, was auf dem Bord stand und was im Regal. Er fand einen Kugelschreiber in der Jackentasche und zog den offenen Reißverschluss eines Männer-Kulturbeutels auseinander. Er fotografierte die Medikamente, die er sah. Er trat wieder in den Flur und öffnete mit dem Kugelschreiber die Kleiderschranktür. Er fummelte durch die aufgehängten Hemden, Jacken und Hosen. Er spürte, wie die bekannten Handgriffe die Arbeit übernahmen, und wie er dadurch ruhiger und klarer wurde.

Er sah auf die Uhr. Gut zehn Minuten, seit sie die Strand-Disco verlassen hatten. Er ging wieder in den Raum mit Bett und Balkon, wo Mareike Teschner mittlerweile die Hände im Schoß verschränkt hatte und von ihrem Mann wegguckte. Die Luft konnte nicht so bleiben. Aber die Balkontür durften sie nicht öffnen.

Er stellte sich zwischen sie und das Bett.

«Was ist hier passiert?», fragte er.

44. Kapitel

Wann hatte das eigentlich angefangen, dass sie so früh ins Bett gingen. Eigentlich ganz schön. Aber wacher war man dann morgens auch nicht. Finzi las noch im Dunkeln, für den war sein E-Reader wie ein kleines Lagerfeuer, Fachliteratur, sagte er, aber weil sie das Konto teilten, sah sie, dass er Karl May und Gruselromane las. Wenn er dabei einschlief, fiel ihm das Gerät aus der Hand und erlosch irgendwann, es war so friedlich.

Es war noch keine halb elf, als ihr Handy auf dem Nachttisch vibrierte. Nicht das Diensttelefon, sondern privat. Kein regulärer Anruf, sondern über WhatsApp. Adam, wahrscheinlich aus Versehen. Das traute sie ihm zu, dass er noch mal eine Nachricht schreiben wollte, kommst du morgen? redest du mit der Frau?, und dann wurde ein Anruf draus.

Aber es hörte nicht auf.

Finzi wälzte sich auf den Rücken und hörte, wie Meta ins Telefon zischte. Erst im Liegen, dann im Sitzen, Bettkante. Eigentlich hörte er ihr gerne zu, aber das klang stressig jetzt. Sie hatte diesen «Was ist denn jetzt schon wieder, Adam?»-Ton, der ihm ein schlechtes Gewissen machte.

«Also rein theoretisch?

Nein.

Ja. Nee, das läuft nicht gut ab. Meistens.

Notwehr, das kann man meist vergessen. Weil das einfach zu lange geplant ist. Gerade bei so Vergiftungsdelikten.

Ja, genau. Das wissen wir doch. Du kannst jemanden mit achtzig Messerstichen zerlegen, weil der dich in der Kneipe schief angeguckt hat, und es ist im Affekt und Totschlag, und du mischst einmal Gift ins Essen, weil jemand dich ein Leben lang quält, und es ist Heimtücke und Mord, lebenslang, also fünfzehn Jahre.

Ja.

Nein.

Nein.

Nein.

Was?

Warum rufst du mich überhaupt über WhatsApp an.

Adam. Das ist keine Antwort.

Und das WLAN da in der Klinik ist sicher?

Du weißt das doch alles selbst.

Okay.

Puh.

Sag mal, kann das nicht bis morgen ... Wir sehen uns doch.

Ja. Also, ich denke schon.

Weiß ich nicht. Wahrscheinlich nicht. Der hat Schicht. Also nein, eher.»

Vielleicht schlief er zwischendurch auch wieder ein, und Fetzen von Metas Gesprächsanteilen wehten in seine diffuse Traumwelt, wo alles viel einfacher war als in Wirklichkeit, aber nicht so klar, und wo er unvermittelt viel hellsichtiger war als sonst.

«Wir können dir nicht helfen, Adam.

Das ist nicht unsere Schuld, dass du dich verstrickt hast in etwas, dessen Regeln du nicht mehr verstehst.

Du weißt doch, was du jetzt tun musst.

Du hast doch gelernt, wie man damit zurechtkommt.

Du bist doch schon groß.

Du schaffst das.»

Das kam von so einer Stimme, die ihm fremd war, nicht seine Stimme, und in Metas vielleicht nur ein Zwischenton, ein Beiklang. Eher eine losgelöste, fast göttliche Instanz, die wollte, dass alle mit allem allein zurechtkamen. Finzi wunderte sich, was das für ein Anti-Gott war. Andererseits dann auch wieder nicht: Nach dessen Gesetzen lebten und starben sie doch alle. Vielleicht lächelte er im Schlaf, weil das alles so tiefsinnig wurde.

Vor seinem Traumauge sah er Adam durch etwas Schweres waten, er sah Adam in der Vergangenheit und der Zukunft zugleich, und als er hochschreckte, wusste Finzi nicht, ob drei Minuten vergangen waren oder drei Stunden.

Meta starrte auf ihr Telefon.

«Und?», fragte Finzi, Stimme schwer.

«Ich weiß auch nicht», sagte Meta. Sie legte das Telefon auf den Nachttisch, behutsam, und für einen Moment war der Bildschirm noch hell, mit dem Gesicht nach unten, bevor das angerissene Lichtrechteck verschwand und ihr Schlafzimmer wieder dunkel wurde. Meta nahm das Glas mit Leitungswasser, vorsichtig, Finzi hätte seins jede Nacht umgekippt, wenn er eins gehabt hätte. Sie trank einen Schluck, und weil seine Augen an die Dunkelheit gewöhnt waren, sah Finzi, wie ihr Hals sich bewegte.

«Adam ruft hier an, um über Jura zu diskutieren», sagte sie. «Ich glaube, es wird echt Zeit, dass er was anderes macht.»

45. Kapitel

Es war halb elf. Mareike Teschner hatte sich inzwischen zurückgelehnt, sie hatte die Balkontür einen Spalt geöffnet, während Danowski im Bad telefonierte. Er hatte keine Ahnung, ob sie ihm zugehört hatte. Die Luft war etwas weniger schlecht im Raum, ein winziger Fortschritt.

Danowski dachte an all die Male, als ihm, wegen seiner Hypersensibilität und seiner Depression und wegen allem anderen, empfohlen worden war, im Moment zu leben, sich mehr auf den Augenblick zu konzentrieren. Franka, die Meditationslehrerin. Er sehnte sich nach dem Teppichgeruch im Nachbarschaftszentrum damals. Und jetzt wusste er ganz genau, was er damals immer geahnt hatte, aber was ihm vorgekommen war wie Bequemlichkeit: Er konnte nicht im Moment leben. Er konnte immer nur in der Zukunft leben, in der Sorge von gleich, im Risiko, dass alles schiefgehen würde, in der Unsicherheit, was zu tun war.

«Haben Sie Ihre Kollegen angerufen?», fragte Mareike Teschner. Der Leichnam ihres Mannes war ein dunkles Gebiet im Raum.

«Jein», sagte Danowski.

«Machen Sie ruhig», sagte sie.

«Dafür brauche ich Ihre Erlaubnis nicht», sagte Danowski.

«Es war mehr eine Aufforderung, vielleicht.»

«Ich brauche auch keine Aufforderung.» Extra-Einladung,

hatte sein Vater das genannt. Manchmal dachte Danowski, der wäre noch am Leben. Und dann fiel ihm ein, dass das nicht so war, und er war vor allem ein wenig verblüfft. Adam, brauchst du wieder eine Extra-Einladung.

«Wann kommen denn Ihre Kollegen?»

Danowski merkte eigentlich nur noch, wie genervt er war. Wo gab es dafür eigentlich Heilanstalten. Genervtenheilanstalten. Er hob die Hand zur Stirn und ließ sie wieder sinken.

«Soll ich jetzt packen oder so was? Oder gar nichts berühren?»

«Weder noch», sagte Danowski. Er setzte sich auf den anderen Stuhl, zwischen ihnen jetzt dieses dumme, kniehohe Tischchen, an der Wand eine Anrichte, auf der der Fernseher stand, Sanyo, das rote Auge starrte zum Teschnerkörper. In der Anrichte ein integrierter Schreibtisch. Vor dem Fenster ein sinnloses Sofa. Er fing an, sich nach der Strand-Disco zu sehnen.

«Was ist hier passiert?», fragte er.

«Ich habe seine Spritzen übergossen.»

«Was?», fragte Danowski und schloss probeweise die Augen. Der Geruch im Zimmer wurde wieder stärker.

«Mit heißem Wasser. Teewasser. Aus dem Automaten im Speisesaal. Fünfzig Grad reichen. Aber das hat bestimmt noch siebzig, achtzig, bis man hier oben ist.»

Er sah Mareike Teschner ins Gesicht. Sie hatte zwei parallele Falten über der Nase, zwischen den Brauen, und einen Moment stellte er sich vor, dass ein anderer Ehemann vielleicht hin und wieder das Bedürfnis gehabt hatte, mit dem Daumen über diese Falten zu streichen, zärtlich.

«Das Insulin wird dadurch unwirksam», sagte sie. «Er

hat Typ eins seit seiner Jugend. Er hat sich jeden Abend ge-spritzt.»

Danowski schüttelte unwillkürlich den Kopf, als könnte er dadurch allerhand Fragen vertreiben nach Schwäche und Schuld, und auch, ob Teschner also im Grunde nicht an seiner Frau, sondern an seiner Krankheit gestorben war. Nein. Oder an sich selbst.

«Er sollte beim Schwimmen ins diabetische Koma fallen», sagte sie.

Frankie Teschner aber war aus dem Wasser gewankt, schon im Delirium, kaum noch ansprechbar, normalerweise trock-nete er sich am Strand ab, das wusste Danowski ja, aber er war einfach im nassen Neoprenanzug und barfuß durch die Klinik gelaufen und durch die Gänge und zu ihrem Zimmer, und er hatte es gerade noch so geschafft zum Bett, er brauchte nur einen Ort zum Zusammenbrechen, und da hatte er dann geatmet und sich auf den Rücken gewälzt und an die Decke gestarrt, und irgendwann dann nur noch geatmet, Stunden ging das, und als sein Atem ruhiger wurde:

Mareike Teschner deutete mit dem Kinn Richtung Kissen.

46. Kapitel

Morgens stand sie auf dem Balkon und sah ihm hinterher, wenn er in seinem Neoprenanzug zum Strand ging. Dieses Beharrliche, es rührte sie fast, weil sie es so menschlich fand: wie er sich etwas vornahm, immer und immer wieder, und es dann nur deshalb tat, weil er es sich vorgenommen hatte. Sie glaubte nicht, dass er besonders gern schwamm. Sie fand, dass er sich auch so genug bewegte. Er fuhr mit dem Rad zur Arbeit, bei Wind und Wetter, wie er das nannte, mit Regenhosen und Galoschen, für die er eine Heizung in der Diele installiert hatte, offene Rippen, sodass er die seitlich reinschieben konnte, dann musste man die nicht so quetschen.

Wenn er hier zum Schwimmen ging, nahm er ihr Telefon und ihre Brieftasche und die Autoschlüssel mit und versteckte sie im Strandgras und dachte, sie merkte es nicht, weil sie ja noch schlief oder las oder einfach auf dem Balkon stand.

Er ließ sie nicht gehen. Aber sie mal, wie sie das für sich nannte, in Ruhe zu lassen, das schaffte er nicht.

Sie sah, wie sein Körper im schwarzen Kunststoff zwischen den Dünen verschwand und dann wenig später auf dem kleinen Strandstück wieder auftauchte. Er ging ins Wasser, ohne ein einziges Mal zu zögern, nichts von diesen Storchenbeinen und diesem Vorplätschern mit den Händen, das viele andere Badegäste hatten, vor allem Männer.

Die ersten Tage waren das Momente der Erleichterung gewesen, weil sie wusste, dass sie jetzt etwa eine Stunde, wie sie das nannte, ihre Ruhe hatte. Dann hatte sie angefangen, wieder an das heiße Wasser zu denken, und wie er im Halbdunkel beim Spritzen nicht sehen würde, ob das Insulin sich dadurch ein wenig eingetrübt hatte. Und von da an hatte sie morgens mit einer seltsamen Spannung zugeschaut, wie ihr Mann in die Ostsee ging, als wäre das nicht mehr als eine tiefe Wiese, nicht kälter, nicht nasser. Sie spürte eine Mischung aus Möglichkeit und Angst vor der Möglichkeit.

Dann erwischte er sie auf diese Art auf dem Flur. Auf diese Art: wie er sie zu fassen bekam, wie er sie abführte. Und der Polizist half ihr nicht. Seine Einwegspritzen waren in einem Etui mit Leuchtturm, ein Souvenir von der Île de Ré, wo er sie einmal vierzehn Tage lang in einem traditionellen weißen Fischerhaus nicht in Ruhe gelassen hatte. Oder sie zwang sich, das für sich deutlicher zu sagen: Wo er sie einmal in vierzehn Tagen dreimal geschlagen hatte und beim zweiten Mal auch getreten, als sie am Boden lag.

Er lud sie in ein, wie er sagte, richtig schönes Restaurant ein, um sich zu entschuldigen. Es käme wie ein Gift über ihn, er sei dann wie im Rausch. Er würde … und sie sah, während ihre Fischsuppe sie anglotzte aus Fettaugen, dass er mit dem Wort Therapie rang und gewann – er würde sich

beraten

lassen. Also von Fachleuten. Es fehlte eigentlich nur, dass er Fachmänner sagte. Also beraten lassen. Vielleicht kann man sich da coachen lassen, sagte er, und sie merkte, wie alles, was er so rauschhaft machte, immer kleiner wurde, denn am Ende konnte man es womöglich becoachen, wegberaten, wie eine Unsicherheit im Job.

Change Management, sagte sie, und ihr Löffel klirrte, weil sie dachte, oh nein, dafür fange ich mir später eine. Und wenn es erst in drei, vier Tagen ist.

Aber er war ganz glücklich. Er griff nach ihrer Hand, und sofort lächelte sie, denn eigentlich war das seine Aufforderung: Lass dir bloß nichts anmerken, hier vor allen Leuten. Aber er meinte es diesmal als eine Version von Zärtlichkeit, denn er drückte ihre Hand nicht bis ganz kurz hinter die Schmerzgrenze, sodass er immer noch sagen konnte, wieso, was hast du denn, sondern nur so halb.

Ja, change, sagte er, das ist gut. Das managen wir.

Womit er recht behalten sollte. Sie übergoss die Spritzen mit heißem Wasser und rechnete sich aus, dass er seinen Insulinabfall in der Stunde haben musste, die er im Damper Becken herumschwamm, schwierige Strömungsverhältnisse, da überschätzte sich manch einer. Jedes Jahr ertranken hier in der Bucht Badegäste.

Das war so ein guter Schwimmer, wurde dann gewispert.

Der 112-Wagen parkte in der zweiten Reihe, jeder, der wieder angeschwemmt wurde, bekam am Strand fürs Kurpublikum seine Wiederbelebungsmaßnahmen und wurde dann, ebenfalls fürs Publikum, mit einem Rest Hoffnung abtransportiert. Die Notretterinnen warfen sich über die guten Schwimmer Blicke zu, sie wussten, die waren immer tot.

Also würde ihn alle Kraft verlassen, wenn er da draußen war, und sie würde sich Sorgen machen, warum er nicht wiederkäme, und sie würde zur DLRG laufen

Den Lass Ruhig Gluckern

und auf die Ostsee gestikulieren, die kannten das schon, meistens war nichts, aber wenn was war, wie gesagt, dann waren die immer schon tot, Damper Becken.

Einen ganz komischen Moment dachte sie, vom Balkon, den Blick aufs Meer: Schade, dann kann ich gar nicht zur Strand-Disco gehen heute Abend. Sofort wurde ihr klar, was für eine Unmöglichkeit ihr Leben war, geworden war, oder immer gewesen. Wenn sie «es» gestern «gemacht» hätte, wäre sie heute trauernde Witwe und könnte also nicht tanzen gehen. Wenn sie bis morgen abgewartet hätte, wäre er heute Abend bei ihr, und sie könnte also nicht tanzen gehen, es sei denn, er würde sie zwingen, um dann hinterher einen Grund zu finden, sie nicht in Ruhe zu lassen, vielleicht, weil sie aus Versehen in die Richtung von dem Polizisten geschaut hatte. Und weil sie es heute gemacht hatte, ging es eh nicht.

Es schnürte ihr die Luft ab, und sie fragte sich, ob sie jemals irgendeine Art von Leben haben würde. Wenn sie nicht mal, wie andere Leute, auf eine Feier gehen konnte, die auf kopierten Zetteln angekündigt wurde, in der Schriftart Comic Sans. Wer sollte so leben.

Dann kam ein Frieden über sie, und zum ersten Mal fand sie den Blick vom Balkon schön. Sie merkte sich die Stelle im Strandhafer, wo er ihre Sachen gelassen hatte. Dann sah sie aufs Meer.

47. Kapitel

Dinge, die Adam Danowski durch den Kopf gingen, während er in Mareike Teschners Zimmer saß und kurz in ihr Gesicht sah:

- man müsste erst mal alle Fakten kennen;
- es war unmöglich, alle Fakten zu kennen;
- Fakt war, dass er nicht genug Fakten kannte;
- oder womöglich doch?

Er setzte noch einmal an.

– Warum hatte er nicht damit gerechnet, was sich abspielen würde? Warum hatte er gedacht, irgendwas würde vorbeigehen, nur weil er zu Meta Jurkschat sagte, rede doch mal mit der?

 – Warum hatte er nicht weiter darüber nachgedacht, was passieren würde, nachdem Teschner ihn auf dem Parkplatz angegriffen hatte? Warum hatte er lieber zu Burning Down the House getanzt, als kurz darüber nachzudenken, was Mareike Teschner währenddessen wohl so erlebte? Also, dass sie den Tod ihres Mannes verursachte, damit hätte er vielleicht nicht unbedingt rechnen müssen. Aber sicher doch damit, dass ihr Mann sie weiter drangsalierte? Und hatte es da wirklich gereicht, einer Kollegin INFORMELL zu sagen, sie möge doch BEI GELEGENHEIT mal VORBEISCHAUEN und mit der Frau REDEN? Während er lieber getanzt hatte.

Er dachte an die Grenze zwischen Livas Jeansjacke und Leggings.

Im Durch-den-Kopf-Schießen waren seine Gedanken schnell, darum hatte er Zeit, noch ein weiteres Mal neu anzusetzen, bevor Mareike Teschner sich in ein oder zwei Herzschlägen ihm zuwenden und seinen Blick zurückgeben würde: Danke, diesen Blick brauche ich nicht, würden Sie den bitte zurücknehmen?

– Was würde Leslie tun?

Dies war so was wie der Notfallkoffer unter seinen Gedanken: Er brauchte diesen Gedanken nicht so oft, und wenn, dann war es meistens schon so gut wie zu spät. Sobald er den Gedanken fasste und aufmachte, fiel ihm ein zwar gut verpacktes, aber schwer einsetzbares Sammelsurium teilweise sehr vertrauter und teilweise sehr unverständlicher Gegenstände entgegen. Leslies Wertesystem, und was er darüber zu wissen meinte. Ein Handbuch über Entscheidungen, die seine Frau in der Vergangenheit getroffen hatte, sowie ein weiteres mit Ratschlägen, die sie ihm in anderen Kontexten gegeben hatte. Eine Aufstellung ihrer liebsten Spruchweisheiten, es waren nicht viele. Eigentlich waren es sogar sehr wenige. So was kommt von so was. Das regte ihn immer auf. Es schwang immer dieses «Das hast du nun davon» mit. Genauso bei: Wie man sich bettet, so liegt man. Sie hatte die Angewohnheit, das abends zu sagen, wenn sie sich ganz begeistert in ihre Bettseite warf, ihre beiden Kissen nach einem ganz bestimmten Prinzip schön aufgestapelt, die Decke ausgeschüttelt, das Laken zuallererst glattgezogen, wie konnte er das vergessen. Sie machte ihr Bett immer noch mal, wenn er es machte. Damit sie sein Bett nicht machen musste, machten sie ihre Betten morgens zugleich. Er brauchte zwei Handbewegungen dafür, die erste für den Kissenwurf, die zweite für den Deckenwurf. Leslie brauchte zwanzig. Er stand daneben, und sie sprachen kurz. Warum dachte er jetzt daran. Das war gar nicht im Notfallkoffer. Abends dann also: Wie man sich bettet, usw., und man musste schon sagen, denn mehr Spruchweisheiten hatte sie nicht, dass sie da sehr auf die Konsequenzen fixiert war: Wie man liegt, kommt davon, wie man sich bettet.

Er wollte etwas tun, womit Leslie am Ende glücklich wäre. Und zwar mit jedem möglichen Ausgang.

Also war es das Beste, er machte einfach seine Arbeit? Weil Leslie immer dafür war, das eine vom anderen zu trennen. Das ist das Schlimmste, sagte sie, während sie am Esstisch mit dem Tablet saß und sich Vertretungspläne anschaute, obwohl sie nach einem Risottorezept hatte schauen wollen, wie die Grenzen zwischen Arbeit und Privatleben verschwammen, sich auflösten. Man musste das viel klarer auseinanderhalten. Und was für ein Pech es am Ende war, dass sie beide sich Berufe ausgesucht hatten, bei denen das so schlecht möglich war. Räumlich, zeitlich, vom Kopf her.

Na ja, räumlich, sagte Danowski dann. Ich ermittele hier zu Hause ja nicht, und sag mir mal bitte das letzte Mal, als ich irgendwelche Akten oder Fachliteratur mit nach Hause gebracht hätte oder so.

Ich meine diesen Hohlraum hier, sagte Leslie und streckte sich über den Tisch, dass die Tulpenvase fast umfiel, und klopfte ihm gegen den Schädel, bevor er ausweichen konnte, sie war irre schnell, tock-tock.

Er lehnte sich dann in ihre harte kleine Knöchelfaust wie

eine Katze, die sich streicheln lassen wollte oder kämpfen, und dann rauften sie über den Esstisch, bis die Tulpen doch noch umfielen, und irgendeine Zwölf- oder Fünfzehnjährige kam die Treppe runter ins Esszimmer und sagte, oh Gott, ihr seid so peinlich.

Also, einfach nur seine Arbeit machen? Andererseits war er gerade formal gesehen krankgeschrieben. Er hatte, war aber nicht: frei.

– Was würden die Kinder tun?

Martha liebte Regeln. Und Gerechtigkeit. Und war wütend, wenn sie merkte, dass beides manchmal sehr wenig miteinander zu tun hatte. Aber je wütender sie wurde, desto schneller regte sie sich auch wieder ab, und dann hielt sie sich an die Regeln und schlug vor, die fürs nächste Mal zu ändern.

Keine Option. Also, das mit dem Ändern der Regeln. Das mit dem Dranhalten –

Stella musste sich jedes Mal alles neu überlegen, so wie er. Sie hatte einen moralischen Kompass, der immer wieder neu zusammengebaut werden musste, jedes Teil wog sie in der Hand und machte sich Gedanken über seine Funktion. Am Ende tat sie, was sie für richtig hielt. Situativ, nannte er das für sich.

«Was starren Sie mich so an?»

Danowski fingerte nach seinem Telefon. Ein Anruf. Er hatte genug Leute getröstet, die er selbst hatte verhaften müssen. Das ging ganz einfach. Man musste die nicht in den Arm nehmen oder sie anlügen, alles würde gut werden oder so. Es reichte, wenn man sie ohne Hass und ohne Häme behandelte, wenn man sich an die Vorschriften hielt und Dinge zuließ, die nicht ausdrücklich verboten waren. So viele Leute, die einfach in was reingeraten, reingeboren waren. Denen besorgte er Kaffee oder Tee und was zu essen. Es reichte. Um sich selber besser zu fühlen.

Die Leute, die er schuldig fand, behandelte er nicht schlechter als die, die er reingeraten fand, weil er merkte, dass es ihn unglücklicher gemacht hätte, seine Abneigung auszuleben. Die Leute, die er nicht so schuldig fand, übertraten meist auf sehr deutliche, sehr einfache, sehr klar nachvollziehbare Weise Gesetze und Regeln und wurden dann, aufgrund seiner Ermittlungen, aufgrund seiner Zeugenaussagen, vor Gericht zu mittleren bis hohen Haftstrafen verurteilt. Die Leute, die er sehr schuldig fand, verstrickten sich und andere in Grauzonen und übergeordnete Überlegungen, in Herrschaftswissen und Untertanendenken, und am Ende kam ein Limbo zwischen Haftverschonung und der Prozess ist gescheitert dabei heraus.

Wenn Leute sich miteinander verabredeten, um unbrauchbare Impfstoffe an städtische Behörden zu verkaufen.

Wenn Leute im Auftrag befreundeter Regierungen Menschen verschwinden ließen.

Wenn Leute, also Männer, andere Leute, also Frauen, zu Freiwild erklärten und auf die Jagd gingen, aber das war nicht verboten, weil es metaphorisch war, sozusagen, aber verboten war, sich dagegen mit Gewalt zu wehren.

Wenn Leute, weil sie alt und verwirrt waren und nicht die Würde besaßen, das anzuerkennen und danach zu handeln, Menschen erschossen, die man hätte retten können.

Dieser Gedanke an Knud Behling, seinen alten Chef, der ihm hinterhergestiegen war und sich in einen Fall eingemischt hatte, der auch ohne ihn heillos gewesen wäre. Wie Behling einen Verdächtigen erschossen hatte, der keiner war. Der Gedanke an Behling machte ihn wütend, aber vielleicht wurde ihm dadurch auch etwas klar. Wie man sich bettet, so liegt man. Und er hatte sich so gebettet, dass er nicht mehr liegen konnte. Das war nicht mehr auszuhalten. Er musste aufstehen und das Bett noch mal machen.

«Und das Kissen?», fragte er und zeigte auf das, was neben Teschners dunklem Doppelbettgesicht lag.

«Damit hab ich dann immer wieder geguckt, dass er nicht wieder hochkommt, aber er war ja schon sehr schwach.» Sie betonte sorgfältig das sehr.

Danowski meinte, von weitem Road to Nowhere zu hören, war der DJ-Zausel schon wieder bei Talking Heads. Aber vielleicht pfiff ihm der Song auch nur durch die Ohren, durch diesen Hohlraum da, tock-tock, meine Güte, Leslie hatte starke Hände, und er dachte an die achtziger Jahre, und dass er sich die Arbeit als Polizist anders vorgestellt hatte. Nämlich gar nicht.

«Also, Sie hatten Angst vor ihm», sagte er.

«Nein», sagte Mareike Teschner. «Eigentlich nicht. In dem Moment nicht mehr. Ich wollte halt, dass er mich in Ruhe lässt.»

48. Kapitel

«Du musst doch für die nicht den Therapeuten spielen, Adam.»

«Na ja», sagte Danowski.

«Wie lange warst du denn jetzt weg? Meine Güte. Fast eine Dreiviertelstunde.»

Obwohl die Umstände sich völlig verändert hatten, war er irgendwie ganz glücklich, als er seine Gruppe wiederfand. Obwohl es noch nicht Mitternacht war, hatte die Strand-Disco sich ein bisschen ausgedünnt. Er wiegte behutsam den Kopf, als wäre er sich selbst darüber im Klaren, dass er sich da irgendwie hatte einfangen lassen, und dass das eigentlich nicht sein Job war: Mareike Teschner aus seiner Gruppenthe-rapie noch mal ein Ohr leihen, weil irgendwas aus der Sitzung sie immer noch beschäftigte, und weil sie jemanden brauchte, der mit ihr darüber sprach. Es tat ihm gut, dass erst Saskia und dann die Wojtyła ihm eine Art Mitgefühl aussprachen, auch wenn das gar kein bisschen auf seine augenblickliche Situation passte. Sie standen mit Liva und Holm, der ihm jetzt völlig egal war, am Rand der Tanzfläche, neben dem Tapezier-tisch, dessen Papierdecke nun ein ganz schönes Muster aus Rotweinbecherringen verzierte.

Liva hatte zwei Becher in der Hand und reichte ihm den volleren. Danowski war begeistert, wie gierig er den Rotwein in sich reinlaufen ließ.

«So anstrengend?», fragte Liva.

«Ich hab ein bisschen Schwierigkeiten, Grenzen zu setzen», sagte Danowski.

«Das ist sicher so 'ne Art Berufskrankheit», sagte sie.

«Ja, auch», sagte er.

«Die Mareike wieder?», mischte Holm sich ein und lächelte ganz denimfarben.

Danowski kämpfte um Leichtigkeit. Jeder dieser Momente würde später, da machte er sich keine Illusionen, gedreht und gewendet werden im harten, kalten LED-Licht einer Schreibtischlampe, und Holm würde ein ganz besonderes Vergnügen daran haben, sich an alles genau zu erinnern.

«Was hat die bloß mit dir», sagte Holm, als hätte er gern mehr erfahren.

Liva zog Danowski von ihm weg, sie kannte seine Holm-Abneigung ja von den gemeinsamen Abendessen, über so Betriebsnudeln wie Holm lästerte man gern beim Salatbarsalat. Danowski merkte, dass es wieder Richtung Tanzfläche ging, kein Wunder, auch da waren die Grenzen und Übergänge fließend, aber seine Beine waren ganz leicht, jede Verlegenheit war von ihm abgefallen.

Als der wirklich sehr alte DJ sah, dass die Zahl der Tanzwilligen sich zu verdoppeln anschickte, zog er die Regler noch mal hoch, und die Musik wurde so laut, dass Liva Danowski die Hand auf die Schulter legen musste und ihm ins Ohr rufen, Rotweinatem, wobei, was hatte die Hand mit der Lautstärke zu tun: «Ich will nur tanzen!»

Danowski, dem das in diesem Moment ehrlich gesagt ganz egal war, rief zurück: «Ich auch!»

Einen Moment fand er es etwas ungerecht, dass Mareike Teschner nun oben in der etwas zu kurzen Wanne die Exkremente von ihrem Mann waschen und ihm danach wieder den

Neoprenanzug anziehen musste, aber dann, fand er, hatte er auch wirklich genug nachgedacht über Gerechtigkeit heute Abend.

49. Kapitel

Wie man einen Toten wusch:

– eigentlich wie eine Tote;

– sorgfältig und in Ruhe;

– man erhöhte den Leichnam, indem man ihn auf Lochkassetten bettete, Blöcken mit Öffnungen, durch die das Waschwasser und gegebenenfalls Körperflüssigkeiten leicht abfließen konnten;

– man desinfizierte die Haut und alle Öffnungen des Körpers;

– man wusch den Körper mit kaltem Wasser, schnitt die Nägel, wusch die Haare mit mildem Shampoo;

– man massierte den Körper ein mit einer feuchtigkeitsregulierenden Creme, um die Leichenstarre zu lösen;

– diese, wie man sagte, hygienische Grundversorgung war allerdings nicht notwendig, wenn man den Toten danach nicht ankleiden und in einen Sarg betten wollte, sondern ankleiden und mehrere Stunden in Salzwasser einlegen wollte;

– falls einlegen das richtige Wort war;

– einlassen? treiben lassen? untergehen lassen?;

– in diesem Fall brauchte man nur jemanden, der einem (oder: einer) half, den Toten in eine Badewanne oder Duschkabine zu legen, womöglich einen ehemaligen Polizeikommissar, der aus Versuchsanordnungen und von Erste-Hilfe-Kursen wusste, wie man einen Toten oder Bewusstlosen transpor-

212

tierte (Rautekgriff), und der mit dem nach hinten gestellten Fuß die Badezimmertür offenhielt, die immer wieder zuklappen wollte, weil dahinter, an der Handtuchleiste, das etwas zu pralle Reise-Necessaire an seinem Haken hing und verhinderte, dass die Tür sich ganz öffnen ließ;

– anschließend musste man den Toten in seinem Neoprenanzug nur so lange mit der Handbrause abspülen, bis das Wasser im Ausguss klar war;

– das konnte eine Weile dauern;

– danach trocknete man den nassen Toten, den nassen Neoprenanzug auf seiner kalten Haut, so gut es ging mit einem großen Strandtuch, das man danach auf den Balkon hängte, über die Brüstung, das war nicht gern gesehen, aber vielleicht ging es über Nacht;

– denn der Tote sollte nicht zu nass sein;

– und dann wartete man;

– möglichst weit entfernt vom Badezimmer, dessen Tür sich nicht von außen abschließen ließ. Eine Weile überlegte sie, ob es nicht am unauffälligsten und einfachsten wäre, wenn sie das Zimmer verlassen, es von außen abschließen und für die letzten zwanzig Minuten, die letzte halbe Stunde zum Strandball gehen würde, ein bisschen am Rand stehen, ein bisschen trinken, vielleicht sogar tanzen, ein bisschen zur Ruhe kommen.

Aber das hatte sie nicht besprochen mit Adam Danowski, und sie beschloss, dass es am einfachsten war, wenn sie genau das tat, was sie miteinander verabredet hatten.

Es war lange her, dass sie mit jemand anderem gegenseitig die Sätze vervollständigt hatte. Freundinnen hatte sie nicht (mehr) so viele (keine). Freundinnen waren zu schwierig geworden, weil es schon zu viel war, wenn Freundinnen zwei-

oder dreimal im Jahr Fragen stellten, häufiger mussten sie ja nicht, oder, noch schlimmer: irgendwann keine Fragen mehr stellten. Und die Sätze von Männern vervollständigen: von welchen denn. Früher war das im Job so ein Pingpongspiel gewesen, sie hatte eine Idee, der Bildredakteur setzte noch einen drauf, der Redakteur kam dazu und stellte eine Frage, die sie beantworten konnte, bevor er die Stimme hinten hochzog. Aber ihr Ex-Mann, so nannte sie ihn inzwischen, seit zwei, drei Stunden, im Kopf, ihr Ex-Mann war immer ganz seltsam geworden, wenn sie so enthusiastisch geworden war, dass sie seine Sätze vervollständigte. Entweder er kam ihrem Gesicht dann ganz nahe, als wollte er in sie reinkriechen, oder er ging ohne ein weiteres Wort aus dem Raum, als würde es reichen, wenn sie darin sprach, allein.

Mit Adam Danowski, das war fast wie früher gewesen, zumindest vier, fünf Sätze lang, mit den Männern und mit den Frauen in der Redaktion, wenn alle durcheinanderredeten, und es war ein gemeinsamer Text, und danach fühlte man sich für einen Moment verbunden, auch wenn es nur Arbeit war, und nicht einmal gut bezahlt, und oft ganz schön ätzend und langweilig, der Anzeigenkunde will nicht neben Erdtönen stehen, kannst du die Typo noch mal ändern.

Sie stellte sich im Schatten des Balkons über ihr nach draußen, nah an der Trennwand zum Nachbarbalkon, in einen toten Winkel. Falls ihr Mann wieder aufstand, «Eine verhängnisvolle Affäre», Glenn Close in der Badewanne, dann würde sie ihn von hier aus einen Moment früher sehen als er sie. Dann könnte sie noch über das dünne, in Wellen geschwungene Metallgeländer vom Balkon springen, zweiter Stock, das überlebte man, da konnte man sogar womöglich noch rennen.

Rennen.

Warum war sie eigentlich nicht gerannt.

Na ja. Wohin denn. Jetzt war alles frei und offen.

Es sei denn, der Kommissar kam demnächst wieder, mit einer ganzen Rotte von Kollegen. Sie stellte sich Männer in Lederjacken vor. Gar nicht billig, aber geschmacklos. Ganz kurze Haare. Bequeme Schuhe.

Andererseits: hätte er dann wohl kaum ihrem Vorschlag zugestimmt, ihren Ex-Mann abzubrausen.

Obwohl: das auch eine Kurzschlusshandlung gewesen sein könnte. Und er war im Gegensatz zu ihr jemand, der wieder zur Vernunft kam.

Sie lehnte sich an die Wand und sah aufs Meer. Sie überlegte, wie das wäre: wenn der Polizist zur Vernunft käme. Vor Gericht, das stellte sie sich anstrengend vor. Immer zuhören. So viele Formulare. Allein die Suche nach einer Anwältin. Es wäre ihr dann schon lieber, das würde eine Frau machen. Und dann wieder eingesperrt, wie immer.

50. Kapitel

Wenn man erst draußen, an der kühlen, aber noch nicht kalten Luft merkte, dass man geschwitzt hatte. Beim Tanzen. Wenn sich einem die Stirn durch die Luft darauf von selbst erfrischte, Verdunstungskühle.

«Ich bring mal die Wojtyła ins Bett», sagte Saskia und hakte sich unter. Tatsächlich hatte niemand von ihnen darauf geachtet, wie die Wojtyła womöglich einen ganzen Zwanni am Rotweintapetentisch investiert hatte, also abgesehen von einer Runde am Anfang (acht Euro) den Rest für sich selbst (sechs weitere Rotwein). Sie sah ganz verjüngt aus, aber auf den zweiten Blick merkte Danowski, woran das lag: weil sie so einen ganz traurigen Zug um die Augen hatte, wie eine viel jüngere Frau, die das Leben noch vor sich hatte und gerade das erste Mal kostete, was es an Trauer bereithalten würde.

Holm lungerte in Danowskis Nähe rum, zwischendurch hatte der sich zwar ein bisschen zu seiner eigenen Tischrunde entfernt, so eine ziemlich laute Beamtengruppe, Zuversicht ausgedrückt in Dezibel, aber dann war er wieder zurückgedriftet zu ihnen, immer einen Seitenblick auf Danowski.

Vielleicht bring ich den auch noch um, dachte Danowski. Der fing langsam ernsthaft an, ihm auf die Nerven zu gehen.

Er musste grinsen, weil sein Leben an einem einzigen Abend so dermaßen absurd geworden war, wie es vielleicht schon immer hatte werden wollen. So ein Leben hatte ja einen Drall, da kam man auf die Dauer nicht gegen an.

Liva umarmte ihn, aber so ganz herzlich. «Ich fand's auch sehr lustig heute Abend», sagte sie, zu seinem Grinsen. Dann folgte sie Saskia und der Wojtyła mit so einem mädchenhaften Zwischenschritt, bei dem der Sand auf dem Betonweg knirschte.

Danowski ahnte, dass er Holm jetzt zunicken musste, und fügte sich ins Unausweichliche.

Holm nickte zurück.

Danowski setzte sich in Bewegung, mit jedem Schritt wuchs seine Erkenntnis, dass er noch einen schweren Abend vor sich hatte, oder eine lange Nacht. Und er hasste das Meer, wenn es dunkel war.

«Adam, wart mal kurz.»

Aber wie. Wie in so einem Neunziger-Jahre-Film, einfach umdrehen, auf der Hacke, und abknallen, kommentarlos. Aber seine Dienstwaffe war über hundert Kilometer entfernt im Präsidium im Schließfach, und die neunziger Jahre waren vorbei und die Filme sowieso, und dass ihm so was nach drei, vier Bechern Rotwein als Selbstscherz durch den Kopf ging, war ein weiterer Beleg, wie gut seine Entscheidung mit dem Kündigen war. Danke, Holm.

Er drehte sich um.

Holm kam ihm hinterher. «War doch ein netter Abend.»

«Ja.» Als hätte er das bestritten. Es wäre besser gewesen, wenn er gar nichts getrunken hätte. Aber er wusste so schon nicht, wie er das alles durchstehen sollte. Ganz nüchtern wäre, wenn er ehrlich war, noch schwieriger gewesen.

«Wollen wir vielleicht noch ein Gläschen trinken, wir zwei beiden?», fragte Holm, fast ganz neben Danowski. Sie gingen weiter Richtung Kurklinik, ohne einander anzusehen.

«Na ja, da ist ja Schluss jetzt leider», sagte Danowski und machte so eine Bewegung mit dem Kopf Richtung Kurpark.

«Im Ort gibt's aber diesen einen Griechen, da ist immer noch was los», sagte Holm, der offenbar ein Kenner der örtlichen Immer-noch-was-los-Szene war.

«Ach so», sagte Danowski. «Nee, ich bin bettreif.» Das Wort hatte er normalerweise auch nicht im Repertoire. So ganz normale Männer wie Holm brachten ihn immer aus der Fassung. Wie die sich nicht abschütteln ließen. Was stimmte bei denen denn nicht. Oder warum war er nicht auch einfach so. Streng genommen hatte er noch mindestens eine Stunde Zeit, und was interessierte ihn, wie lange Mareike Teschner auf ihn wartete.

Andererseits war es wichtig, sich bei Leuten, die man nicht so gut kannte, an die Vereinbarungen zu halten. Sonst geriet alles außer Kontrolle. Und er hatte gesagt, um zwölf ist das Ding da vorbei, dann komme ich zurück.

Oder hatte er nach Hause gesagt? Man legte in solchen Momenten seine Wörter ja nicht auf die Goldwaage, wenn ein Toter mit im Raum lag.

«Ach komm», sagte Holm und haute ihm so ein bisschen spielerisch auf die Schulter. «Sei kein Frosch.»

Danowski traute seinen Ohren und seinen taktilen Fähigkeiten nicht. Das war hier, was, 2019, und er musste sich anhauen und auffordern lassen, kein Frosch zu sein? Er seufzte und blieb stehen.

Danowski tastete nach seiner Stirn. Er fand, dass er genau einen Plastikbecher Rotwein zu wenig getrunken hatte, Côtes du Rhône. Er stöhnte.

Holm nahm es als Gesprächsangebot. «Wir haben uns da irgendwie auf dem falschen Fuß erwischt», sagte er. «Also, in der Gruppe. Und sonst. Auf der Bank.»

«Also, Holm», sagte Danowski. Er merkte, dass er in die

Jackentasche gegriffen hatte, um seinen Türschlüssel in die Hand zu nehmen. Es fühlte sich an, als käme er dadurch irgendwie voran, und vielleicht war es auch ein visuelles Signal für Holm, dass er nun wirklich schon auf halbem Weg ins Bett war. Das Gummi des schweren Schlüsselanhängers fühlte sich weich und unangenehm an in seiner Hand, zusammen mit dem Gewicht des runden Metalls und den runden Gravurkanten der Ziffern so eine Siebziger-Jahre-Haptik, alt und nicht ganz sauber. Er merkte, dass er jetzt in beiden Händen so einen Schlüssel hatte, seinen und den von Frank Teschner. Er ballte die Fäuste, weil er einen Moment geträumt hatte, er könnte nun wirklich bald ins Bett.

Holm hob abwehrend die Hände. «Nein, ernsthaft. Mir tut das leid. Ich komm manchmal so … Adam, wirklich. Wollen wir nicht einfach mal anstoßen und das Kriegsbeil begraben? Wir haben doch morgen erst um elf wieder Gruppe, du kannst doch deinen Frühsport mal sausen lassen.»

Danowski war, als könnte er durch die Worte von Holm in die Zukunft schauen, für einen Wimpernschlag oder zwei, und was er da sah, gefiel ihm nicht: all die Schufterei. Was das für eine elende Plackerei werden würde.

Erst das Gehassel mit der Leiche.

Dann so tun, als wäre nichts.

Und sich darauf verlassen, dass Mareike Teschner das auch irgendwie hinkriegen würde: so tun, als wäre nichts. Bis morgen nach der Gruppe. Oder noch später. So lange, bis die Leiche ihres Mannes wieder angeschwemmt wurde.

Und danach erst recht. So tun, als wäre nichts.

Nichts, womit sie oder Hauptkommissar Adam Danowski irgendwas zu tun hatten.

«Lass mich mal bitte», sagte Danowski. «Ich geh jetzt ins

Bett. Ich bin müde.» Er steckte beide Schlüssel rechts und links in die Sakkotaschen, sodass sie ihn gleichmäßig runterzogen.

Holm klappte die Unterlippe ein bisschen nach innen und zog zugleich die Mundwinkel nach unten: Alles klar, ich habe verstanden. Dann nicht, der feine Herr.

Danowski ging weiter, und nach einer Weile hörte er das Knirschen von Holms Schritten hinter sich, langsamer, vielleicht enttäuscht, irgendwie aggressiv.

51. Kapitel

Im zweiten Versuch öffnete er die Tür der Teschners mit dem richtigen Schlüssel, fast lautlos. In der kleinen Suite war es dunkel, die paar Möbel eine einzige dunkle Landschaft ohne Perspektive, vielleicht grenzenlos. Die Balkontür stand offen, die Luft roch nach Meer. Vorsichtig öffnete er die Badezimmertür einen kleinen Spalt, das unvermittelte Licht eine große Fläche ganz dicht vor seinem Gesicht. Mareike Teschner hatte ein Parfum versprüht. Es roch, als hätte jemand sich feingemacht. Den Leichnam ihres Mannes hatte sie mit benutzten, zusammengerollten Handtüchern so abgestützt, dass er in der Wanne saß wie jemand, der keine Kraft mehr hatte, um noch auszugehen. Sein Gesicht hatte sie zur Wand gedreht, die gleichen beigefarbenen Kacheln mit der ungleichmäßig geriffelten Oberfläche wie bei Danowski. Seine Beine waren ein Stück angezogen, weil er sonst nicht in die Wanne gepasst hätte.

Danowski fasste ihn am Oberarm, als wollte er ihn auffordern mitzukommen. Die Muskeln waren noch weich. Wenn seine Schätzung zutraf, würde die Leichenstarre frühestens in etwa zwei bis drei Stunden eintreten. Das gab ihnen genug Zeit, noch abzuwarten, bis die Stunde gekommen war, in der die meisten wirklich schliefen, zwei Uhr, halb drei vielleicht. Noch besser: drei. Der Neoprenanzug war feucht, aber trocken genug, um keine Wasserspuren auf den Gängen zu hinterlassen.

Danowski löschte das Licht und tastete sich erst durch den

kleinen Vorraum mit dem Kleiderschrank und der Sitzbank neben der Garderobe, die fand er eigentlich ganz praktisch, vielleicht war das mal was für sie, für Finkenwerder.

Der Name seines Stadtteils kam ihm vor, als hätte er einen Ort am anderen Ende der Welt heraufbeschworen. Kauai, Kyoto, Finkenwerder.

Er stieß sich das Knie an der Bettkante. Das Bett sah frisch gemacht aus, keine Mulde, kein Fleck von Teschner.

Mareike Teschner stand in der dunkelsten Ecke des Balkons. Danowski drückte sich an ihr vorbei, beugte sich nach vorn ins Leere und schaute hinter die Trennwand, auf den Nachbarbalkon. Dort war nicht nur das Licht im Zimmer aus, sondern die Gäste hatten ihre Plastikrollläden hinuntergelassen. Er ging mit zwei möglichst großen, möglichst leisen Schritten zur anderen Balkonseite. Dort waren die Vorhänge zugezogen und kein Fenster auf Kipp. Was über und unter ihnen los war, konnte er nicht sehen, aber zwei von vier fand er eine gute Tendenz.

Er legte einen Finger vor die Lippen, und Mareike Teschner missverstand ihn. Sie reichte ihm eine Zigarette, als hätten sie sich hier zum Rauchen verabredet, kommst du noch mit raus. Danowski wunderte sich, wie vertraut die Zigarette seinen Fingern war. Er rollte sie ein bisschen und machte mit der anderen noch mal das Zeigefinger-Psst. Nach einer Weile war es so still bei ihnen auf dem Balkon, dass er das trockene Rascheln seiner Zigarette hörte, wenn er sie zwischen Daumen und Zeigefinger drehte, und wie Mareike Teschners Zigarette knisterte, wenn sie daran zog mit den rauen Lippen.

Nach zehn Atemzügen räusperte sich Danowski und sagte: «Hallo.»

Mareike Teschner nickte.

«Hat alles gut geklappt?» Alles war neu, alles war anders, aber dumme Fragen konnte er noch.

Sie hob die Schultern und bot ihm das Feuerzeug an.

«Ich weiß nicht genau, wo ich das Board aufpumpen soll», sagte Danowski leise. «Also, bei mir im Zimmer, oder ob ich lieber mit der ganzen Tasche hierherkomme.» Er überlegte. Es war doch gut, die Dinge einfach mal auszusprechen. Man sah dann gleich klarer. «Wohl doch eher bei mir im Zimmer. Dann muss ich danach nicht noch die Tasche abholen und solche Sachen.»

Sie nickte wieder. Ihre Zigarette war schon ganz kurz.

Danowski guckte seine an. Warum hatte er keine Lust mehr, sich die in den Mund zu stecken. Das war doch so schön gewesen immer. 2011 oder so hatte er aufgehört.

«Die habe ich mir vorhin geholt», sagte sie, weil sie seinen Blick missdeutet hatte. «Bei der Tankstelle.»

«Ja», sagte Danowski. «Die sind nett da.»

«War das okay? Also, dass ich die geholt habe?»

«Die Zigaretten?»

«Ja.»

«Na ja. Sie können ja lesen.»

«Was?»

«Rauchen gefährdet Ihre Gesundheit.»

«Hm. Das steht da gar nicht.»

«Ja, aber …»

«Das Rauchen aufgeben – für Ihre Lieben weiterleben», las sie vor, die Schrift vor dem weißen Hintergrund gut zu erkennen noch in der Dunkelheit.

«Okay, unpassend», sagte Danowski.

«Na ja.»

«Meine Töchter hassen mich auch dafür. Also, für diese Art von Antworten. Witzen.»

«Sie haben Töchter?»

«Zwei.»

«Und sonst noch Kinder?»

«Nein.» Er wunderte sich kurz, wie wenig er über sie wusste. Vielleicht stand er deshalb hier. Vielleicht hatte er bisher über die Menschen immer zu viel gewusst, und deshalb so wenig geholfen.

Helfen, das war doch mal ein schöner Euphemismus.

«Und Sie?», fragte er, mit so einer Hoffnung: wenn sie Kinder hätte, dann wäre das vielleicht noch klarer für ihn, noch einfacher. Weil, dann hinge ja noch mehr dran.

«Nein», sagte sie. Er nickte, weil er dachte, das war's. Eigentlich oft ein bisschen peinlich, Menschen nach Kindern zu fragen, die dann keine hatten. Als würde man denken, die brauchten welche. Dabei war ihm das völlig egal, und er war überzeugt, dass man ohne Kinder sehr glücklich und sehr vollständig sein konnte. Nur eben nicht ohne Stella, ohne Martha.

«Aber ich hab ja noch ein bisschen Zeit», sagte sie. «Mir das zu überlegen. Also, ab jetzt.»

Danowski nickte. Er hängte sich die Zigarette in den Mundwinkel, ohne sie anzuzünden. Gleich fühlte er sich wieder wie mit dreizehn, vierzehn. Dieses subtile Aroma von kaltem Tabak, und wie man spürte, dass der Filter nass wurde.

Jetzt kannte er kein Zurück mehr, so schmeckte das.

«Wegen der Zigaretten», sagte sie. «Es könnte mich halt jemand gesehen haben. Auf dem Weg zur Tankstelle oder zurück. Ich musste vorher auch kurz zum Strand. Er hat da immer meine Sachen versteckt.»

«Das ist egal», sagte Danowski fachmännisch, nahm die Zigarette aus dem Mund und gestikulierte ein bisschen damit.

«Es wäre sogar ganz gut. Weil es ganz normal ist. Ein Gang zur Tankstelle, bisschen an den Strand.»

Sie zog. «Es ist gar nicht normal», sagte sie, durch Qualm. «Das hätte ich nie gemacht. Ich hab seit zehn Jahren nicht geraucht. Offiziell. Manchmal heimlich. Aber schon lange nicht mehr. Ich hätte mich nicht gern von ihm dabei erwischen lassen.»

Das Wort *ihm* wurde sehr groß zwischen ihnen, es füllte den Balkon, sodass Danowski unwillkürlich einen Schritt zurücktrat, es dehnte sich aus, wurde leichter dabei und flog vom Balkon wie eine aufgeblähte Ballonhülle, durchsichtig, aber vorm Nachthimmel dennoch wahrnehmbar, ein plötzlich härteres Funkeln der Sterne. Wolken und kein Mond wären Danowski lieber gewesen.

«Was machen Sie eigentlich beruflich?», fragte er, vielleicht in parodistischer Absicht: was Leute eben so sagten, wenn sie mit einer fremden Person auf dem Raucherbalkon standen. Vielleicht, weil er wirklich mehr über sie wissen wollte. Weil sie nie davon erzählt hatte in der Gruppe.

«Ich bin Graphikerin von Hause aus», sagte sie nach einem Stutzmoment. «Also, Schwerpunkt Typographie. Buchstaben.»

«Ich weiß, was Schrift ist», sagte Danowski.

«Erst bei der Zeitschrift, typographische Schlussredaktion, zuletzt war ich in der Herstellung bei einem Verlag.»

«Und was stellt man da so her?»

«Man kümmert sich darum, wie die Bücher aussehen.»

«Also die Umschläge und so.»

«Wo die Buchstaben auf der Seite sind. Und wie die Wörter da stehen», sagte sie. «An welchen Stellen, sozusagen.»

Danowski hatte das Gefühl, dass er sie gar nicht verstand,

und dass dieses Nichtverstehen womöglich schon vor etwas längerer Zeit begonnen hatte. Er beschloss, das Thema zu wechseln.

«In zwei Stunden hole ich das Board», sagte er und wunderte sich, dass er nicht fror. «Und dann sehen wir weiter.»

Sie nickte und steckte sich noch eine an.

«Oder soll ich lieber jetzt gehen und dann wiederkommen?»

Sie blies den Rauch über das Balkongeländer. Ihre Blicke trafen sich, und Danowski dachte, dass ihnen beiden nicht klar war, ob sie einander trauen konnten. Vielleicht verband sie am meisten, dass sie beide nicht genau wussten, warum Danowski heute Nacht noch einen Toten übers Meer schieben würde.

Ich hatte nichts Besseres zu tun, Euer Ehren. Manche vielleicht, aber nicht ich.

Ich war zur richtigen Zeit am richtigen Ort.

Es hat sich so ergeben. Über Stunden.

Weil ich

– aber das klang viel zu: sendungsbewusst?

was gutzumachen hatte.

Was? Euer Ehren. Das geht Euch gar nichts an.

«Nein», sagte sie. «Also, ich würde mich freuen, wenn Sie erst mal hierbleiben.»

Danowski nickte. Er musste sich seine Energie einteilen.

«Ich kann Ihnen nur leider nichts anbieten.»

Er steckte sich die rohe Zigarette noch mal ins Gesicht.

«Haben Sie doch schon», sagte er.

52. Kapitel

«Was haben Sie eigentlich mit dem Bettzeug gemacht?»

So nebeneinander still im Dunkel stehen, das verband ja. Manchmal guckte er auf ihr Profil, ob sie noch da war, und wenn er zum Meer guckte, merkte er, dass sie das Gleiche tat. Es wurde kälter, Danowski gruselte sich schon vor seiner Badehose. Der Mond kam um den Gebäuderiegel, abnehmende Sichel.

«Mit dem schmutzigen?»

«Ja. Warum sollte ich mich für irgendein anderes interessieren. Als für das, auf dem Ihr Mann gelegen hat.» Und dann war er doch gleich wieder genervt von ihr. Vielleicht, weil er selten mit jemandem so viel Zeit allein verbrachte. Oder, weil er sich in den letzten Wochen so daran gewöhnt hatte.

«Ich war in einem der anderen Zimmer.»

«Wie bitte?»

«Wo die heute abgereist sind. Die Doppelzimmer sind gar nicht viel vermietet. Die machen die immer erst am Vormittag. Ich hab das Bettzeug von den Leuten abgenommen und bei uns aufgezogen.» Bei uns. Sie zögerte. «Und das Bettzeug von uns, also von Frank, hab ich da im Zimmer gelassen. Dann waschen die das morgen früh gleich, das wird von so einer Firma abgeholt, denke ich, dann ist das weg.»

Danowski nickte langsam. Bis auf die Tatsache, dass sie im alten Bettzeug von irgendwelchen anderen Leuten schlafen musste, keine schlechte Idee. Er bekam ein seltsames Kribbeln im Unterkiefer. So, als ob das hier vielleicht alles klappen könnte.

«Wie geht es Ihrem Ellenbogen?»

«Gut. Besser.»

«Nein, ernsthaft. Können Sie damit tragen?»

«Ja. Der ist schon länger wieder besser.»

«Aber Sie haben die Manschette weiter getragen, weil ...»

«Wegen Frank.»

Sie schwiegen. Danowski dachte nach, sie, hatte er den Eindruck, versuchte, es zu lassen.

In seiner Jackentasche merkte er, wie der Familienchat auf WhatsApp weiterlief, das einzige Benachrichtigungsvibrieren, das er auf dem Privathandy nicht deaktiviert hatte. Stella und Martha schrieben da manchmal bis weit nach Mitternacht: was sie sich zum Frühstück wünschten, ob jemand wusste, wo die helle Hose war. Also, mit anderen Worten: ob Leslie die gewaschen hatte.

«Und die Orthopädin hier, die weiß, dass es Ihnen eigentlich bessergeht, also vom Ellenbogen her, und die hat Ihnen geholfen, in die Gruppentherapie zu kommen, weil sie der Meinung war, Sie müssten mal reden, sich helfen lassen, und so weiter, oder war das Ihre Idee?»

Sie zuckte die Achseln, er merkte es nur an einer winzigen Veränderung in der Dunkelheit. «Ich frag nur, wer dann hinterher denken könnte, ach, wie ...», er fand nicht die richtigen Worte und fand sich ab mit den falschen, «... ach, wie passend, dass sie, also, ihren Mann jetzt los ist.»

«Los ist», sagte Mareike Teschner. Irgendwie wäre es einfacher gewesen, wenn sie sich geduzt hätten, letztendlich war hier doch eine ganz schöne Intimität entstanden im Laufe der letzten Stunden. Oder? Dieses Gesieze war doch unnatürlich, wem war er jemals näher gewesen als dieser Frau.

Andererseits hatten sie den Absprung irgendwie verpasst. Also, wie sollte man das jetzt einfädeln oder ansprechen. Sagen Sie mal, wollen wir nicht Du sagen, jetzt wo wir …

Also, ich bin Adam.

Er verzog das Gesicht, sie bezog es auf sich.

«Ich habe ihr erzählt, wie widersprüchlich das für mich ist: dass ich es nicht mehr aushalte, und dass ich mir trotzdem Sorgen mache. Wenn er da immer rausschwimmt, jeden Morgen, bei jedem Wetter. Um irgendwas zu beweisen. Und dass ich immer in Sorge bin, er könnte nicht zurückkommen. Wegen seiner Gesundheit.»

«Clever», sagte Danowski. Es sollte neutral klingen, was aber gar nicht gelang.

«Danke», sagte sie, ebenso sarkastisch. Und dann, wie ein Friedensangebot: «Ich bin übrigens Mareike.»

Danowski guckte ins Leere, so kam ihm das Meer jetzt vor: wie ein Nichts, ein blinder Fleck in der Nacht. Wer sollte da jetzt noch rein.

«Ich weiß», sagte er.

53. Kapitel

Danowski sah ein, dass er mit den Füßen das leichtere Ende erwischt hatte. Die Kopfseite war generell schwer zu greifen, so auch hier, Teschner, Frank, man glitt mit den Fingern an den Schultern ab, und wenn man den Körper unter den Achseln fasste, konnte man nur rückwärtsgehen, in unnatürlich gebeugter Haltung. Mareike Teschner hatte darauf bestanden: Das Kopfende, das war ihre Zuständigkeit.

Sie gingen nach Gehör durchs Haus, so schnell und leise es ging mit dem Gewicht eines zwar schlanken, aber ausgewachsenen Menschen. Ab und zu musste sie absetzen. Danowski spürte seine Muskeln nicht mehr. Sie waren sehr vorsichtig mit dem Körper. Danowski, weil er sich später nicht von sich selber nachsagen lassen wollte, respektlos gewesen zu sein.

Der Notfallplan für den Weg durchs Haus, durch die dunklen Treppenhäuser, die Gänge, bei denen Notlichter in Knöchelhöhe funzelten: Falls sie jemanden kommen hörten, wollten sie Frank Teschner absetzen, als wäre er gerade betrunken zusammengesunken, und auf ihn einreden. Hilfe ablehnen, zurückkehren aufs Zimmer. Und einen neuen Plan machen. Vielleicht den, aufzugeben.

Der Notfallplan für außerhalb des Hauses: sich nicht erwischen lassen. Also: dass niemand sie sah.

Es war zwanzig Minuten nach zwei. Ob niemand sie gesehen hatte, würden sie leider erst sehr viel später wissen. Wenn ein Toter angespült wurde. Und Frank Teschner war. Und die Polizei kam. Und die ganze belastende Mühle anlief.

Und Mareike Teschner entsetzt und traurig sein musste.

Und Adam Danowski ahnungslos und leicht betroffen.

Und die Polizei aus Eckernförde (oder Schleswig?, er war sich nicht sicher) professionell, aber die letzten fünf bis zehn Prozent desinteressiert. So, wie er sich das vorstellte. Er war so ein guter Schwimmer. Wie die Touristen das immer unterschätzten. Und dann eine Obduktion, die bestenfalls kursorisch war. Oder gar nicht erst stattfand, weil alles so gut ins Bild passte. Aber gut in irgendein Bild passte alles nur, wenn es keine anderen Bilder gab.

Vor allem keins, wie zwei gebeugte Gestalten nachts zwischen zwei und halb drei, abnehmender Mond, einen länglichen Gegenstand?, einen Körper? zwischen sich trugen.

Keins, wie diese Gestalten in den Dünen verschwanden und auf der anderen Seite, wo es noch zwanzig, dreißig Schritte zur Meereskante waren, nicht wieder rauskamen, erst mal.

Seetang und kleingeriebene Muscheln vom Tage und aus der Nacht, der Meeresrand ein einziges unermüdliches Angespüle, ein dunkler Rand vorm etwas helleren Meer, die Küstenlinie nachgezeichnet auf dem hellgrauen Sand von Angeschwemmtem.

Und hoffentlich auch kein Bild, wie eine der Gestalten alleine zurückkam, ausgegeben vom Spalt zwischen den Dünen, wo der Weg war, wie ein Parkschein oder ein Pfandbon. Um dann Richtung Betonriegel wieder zu verschwinden, unter den Balkonen, in der Schattenwelt der Hauswand.

Und keins, wie diese Gestalt, wohl ein Mann, aber kaum größer, kaum breitschultriger als die andere Gestalt, wie diese Gestalt etwa zehn Minuten später wieder aus der Betondun-

kelheit auftauchte, ein großes, im Nachtwind sachte schlen-
kerndes Stand-up-Paddleboard unter dem Arm, barfuß jetzt,
nacktbeinig, überhaupt, der hatte nur noch eine Badehose an.
Neu sah die nicht aus von weitem. Wie aus dem Automaten.

Und keins, wie, noch mal zehn Minuten später, die andere
Figur, ganz und gar angezogen, helle Strickjacke, Sieben-
achtel-Jeans, ebenfalls aus den Dünen kam, die Arme verschränkt wie eine Frau, der es überraschend etwas zu kalt
geworden war am Meer, schnell ins Haus, der Restgeruch
nach Essen, die Teppichwärme, unsichtbar in zwanzig, dreißig Schritten.

Wovon es definitiv kein Bild gab: Wie Adam Danowski, als er
in seinem Zimmer die elektrische Pumpe anwarf, nach etwa
fünf Sekunden innerlich zusammenbrach.

Weil ihn das Geräusch irgendwie an Urlaub erinnerte. Und
weil Urlaub Leslie war und Stella, Martha. Und weil er plötzlich so einsam war, wie er es sich niemals hatte träumen lassen.
Ganz allein auf der Welt. Verblüffend, wie einen das dann traf,
egal, wie gern man sonst ohne andere war.

Er schnappte richtig nach Luft, so laut, dass er selbst es
über die Pumpe hinweg hören konnte.

Das zuverlässige Gerät hatte das Paddleboard voll in nicht
mal vier Minuten, Danowski liefen Tränen runter die ganze
Zeit.

54. Kapitel

Wie flach die Ostsee anfangs immer war. Wie lange das dauerte, bis man einigermaßen ins Tiefe kam, wenigstens über die Knie. Die Kälte am Sack. Der Trick war, sich auf was anderes zu fokussieren. Zum Beispiel auf einen Leichentransport.

Es kam ihm archaisch vor, wie ein Begräbnisritual aus einer anderen Kultur: wie er das Board mit Teschner in Neopren vor sich herschob.

Nun durfte ihn niemand sehen.

Der Gedanke war Danowski nicht fremd. Seit langem operierte er so: in der Hoffnung, dass ihn niemand sah.

Der Mond schien auf den Teschner, das schwarze Neopren eine feierliche, nächtliche Textur. Das leicht plätschernde Gleiten. Danowski freute sich darauf, den Boden unter den Füßen zu verlieren. Dann würde alles noch einfacher werden. Das Schwerste hatten sie hinter sich. Den Leichnam durch die Dünen tragen. Ab jetzt wurde es besser. Das Beste kam immer noch: wenn er zurückschwimmen würde, in fünf, höchstens zehn Minuten, vielleicht einer Viertelstunde. Über den Strand huschen. Durch die Dünen. Zurück ins Haus. In sein eigenes Bett, das ihm heute Nacht, wo er so weit davon entfernt war, richtig ans Herz wuchs.

Als ihm die kühle Ostsee bis zu den Brustwarzen ging, stieß er sich vom Boden ab, behielt den Kontakt zum Brett und ging mit dem Kopf unter Wasser, ein kalter, wunderbarer, grauenvoller Schock.

Als er wieder hochkam, war der Körper von

Teschner, Frank

sein ganzer Horizont. Er schob sich selbst im salzigen Alles
zur Seite, damit er am Brett vorbeisehen konnte. Als wenn
man so einen Alten auf die Eisscholle setzte, wenn der Stamm
ihn nicht mehr brauchte. Es war wirklich ganz genauso. Mit
dem Unterschied, dass man bei den Inuit wahrscheinlich nicht
Stamm sagte, das ließe sich ja rausfinden; und dass es keine
Männer waren, sondern die alten Frauen, das hatte er einmal
in einem Hörbuch gehört, vor zwanzig Jahren, als Hörbücher
noch neu waren, und er auch. Ein Unterschied war auch, dass
da ein Stoß gereicht hätte und das, soweit er wusste, relativ
einvernehmlich geschehen wäre, weil, halt Brauch.

Danowski sah am Brett entlang ins Anthrazit von Ostsee
und Himmel, der Horizont jetzt, sobald Wolken länger vor der
Mondsichel hingen, nur noch eine Ahnung. Das Brett trieb ab
nach links, oder sagte man jetzt Backbord. Danowski hielt die
Hand daran und drehte sich probeweise auf den Rücken. Kalt
am Nacken. Sein Blick auf die ineinander versetzten Betonriegel
hinter dem Strand. Wie nah das alles noch war. Er drehte sich
wieder auf den Bauch, noch mal kalt am Hals, und gab mehr
Kraft in seinen Beinschlag. Wie lange dauerte so was denn.

Danowski versuchte, sich so zu verhalten wie in Konferenz-
räumen und bei Schulungen: Er dachte an nichts und hoffte,
dass seine Seele seinen Körper verließ und rechtzeitig zurückkommen würde.

Doch, ja, in seinen Beinen war noch Reserve, in den Armen
wahrscheinlich nicht mehr nach dem Geschleppe, da hatte er
Mareike Teschner vielleicht doch zu viel versprochen.

Nach einer Weile

      schob er probeweise das Brett von sich,

        um die Strömung zu prüfen.

          Sofort kam es zu ihm

            zurück

          und trieb

        an ihm vorbei

      zurück Richtung Strand,

    wo vielleicht jemand schlaflos guckte.

Danowski atmete flach, es war so ein seltsames Gefühl: dass das so auch nicht ewig weitergehen konnte.

Aber dann, wie eine Euphorie: dass es das ja auch nicht musste. Dass er es so gut wie geschafft hatte. Was, wenn er sich einfach noch fünf Minuten gab?

Er nahm eine Hand vom Brett und sah auf die Uhr, um die Zeit zu nehmen. Fünf Minuten, das war nichts. Noch fünf Minuten raus, dann fünf Minuten wieder rein, also zurück, das waren rund zehn Minuten, das war also so, als würde man zu einer Frau und Kindern sagen, ach, ja, gut, in einer Viertelstunde wollt ihr essen, ich geh noch mal

           zehn Minütchen

             ins Wasser,

          ich bin

        gleich wieder da,

      ihr könnt sogar

     schon vorgehen.

   Ich komm dann nach.

    Wenn ihr wollt,

       bestellt mir doch schon was.

        Ihr wisst doch, was ich

      gerne da esse.

Danowski registrierte, dass er sehr großen Hunger hatte, und einen unangenehmen Nachgeschmack von Rotwein, Salzwasser und kalter Zigarette im Mund. Er fragte sich, ob er Quallen berührte, Seegras oder andere ausgesetzte Ehemänner, immer wieder war etwas an seinen Unterschenkeln. Es störte ihn, dass er die Füße von Frank Teschner vor sich hatte. Aber wenn er zu weit wegguckte, wenn er den Horizont suchte oder einfach nur irgendetwas für seine Augen, dann bog sein Kurs zur Seite ab, dann wurde er parallel zum Strand, und außerdem wurde die Ostsee furchtbar, wenn er sie im Dunkeln mit den Augen absuchte, eine schwarze, organische Fläche, auf der an überraschenden Stellen Reste von Mondlicht auffunkelten, als kämen sie aus der Tiefe.

Als Kind hatte er sich gefürchtet vor den roten Unterwasserminen, größer als er, die Zünder auf der Außenseite angeordnet wie die Proteine auf einer Virusdarstellung, in Rot oder Schwarz standen sie in den Ferienorten seiner Kindheit, Husum, List, Cuxhaven, man konnte Groschen einwerfen für die Seenotrettung, aber umgekehrt warf die Mine dann auch was in das Kind ein, in den kleinen Adam: wie das wäre, im Wasser zu treiben, und eines von diesen stahlborstigen Ungetümen triebe auf einen zu, ein paar Zündbolzen kaum über die Wasseroberfläche ragend, und wann fand man die mit den Füßen, oder sie einen.

Er fragte sich, ob man im Wasser eine Gänsehaut bekommen konnte. Er atmete vorsichtig und sah auf die Uhr. Keine drei Minuten. Er drehte sich halb zur Seite, ließ die Hand nicht vom Brett, und schaute zum Strand.

Da tat sich so gut wie nichts. Das täuschte womöglich.

Er ließ das Brett los, und plötzlich frei davon zu sein, war köstlich. Zugleich merkte er, dass er sich seine Kräfte einteilen musste: ohne Hand am Board fehlte ihm jeder Halt, er war müde und erschrocken.

Mit drei, vier energischen, technisch nicht so guten Kraulzügen schwamm er ein Stück Richtung Ufer, vielleicht fünf Meter, vielleicht zehn, er konnte das hier in dieser Situation schwer schätzen. Überhaupt war es bemerkenswert, wie bewegt das Wasser wurde, sobald man nicht mehr stehen konnte, für ihn also schon seit etwas Längerem. Vom Balkon sah das flach und einfach aus, aber wenn man drin war, hob und senkte sich das und hob und senkte sich, ohne Anfang und Ende, nach einer Weile wurde er richtig genervt davon.

Scheiß Ostsee, dachte Danowski. Von wegen: stehendes Gewässer.

Aber vielleicht war er bald draußen.

Er konzentrierte sich darauf, mit dem Besten zu rechnen, drehte sich um und hoffte, nun schon den Horizont absuchen zu können nach dem Board, rausgezogen von einer dieser Unterströmungen, von denen man hier so viel hörte.

Das Brett schwamm etwa einen halben Meter hinter ihm, die nackten Fußsohlen von Frank Teschner wieder mitten in seinem Gesichtsfeld, Zentrum seines Universums. Als könnte sich der nicht von ihm trennen.

Danowski stieß mit dem Kopf unter Wasser. Erst, um sich zu erfrischen, dem System einen Schock zu versetzen, dann, weil er sich an seinen Vater erinnerte: Unter Wasser schwimmt man schneller. Was die Eltern einem immer so erzählten.

Damals konnte er aber auch länger die Luft anhalten.

Denk an was anderes, dachte er. Dann dachte er daran, dass es sich anfühlte, als wäre er wieder ganz am Anfang.

Warum musste er das hier eigentlich –

Na ja, der Ellenbogen. Zum Tragen ging's noch, aber raus-
schwimmen, das sah er ein.

Er atmete gleichmäßig mit seinen Beinstößen.

Er kam in eine Zone,
wo alles nach einer Weile
nur noch aus ihm
und dem Brett
und dem Meer
zu bestehen schien.

Ach ja, und aus:
dem Körper von
Frank Teschner,
den Namen
lasse ich auch
auf dem Meer,
an den werde ich
irgendwann nie wieder
denken müssen.

Ein paar Fragen,
ein paar Antworten,
dann ist das vorbei,
für mich
und alle, die mich kennen.

Und die nichts davon wussten.

Niemals davon erfahren durften.

Das würde bei ihm und Mareike Teschner bleiben, und
wenn sie sich am Ende der nächsten Woche voneinander
trennten, kuriert, wenn man so wollte, dann würde das
Geheimnis verschwinden, weil sie einander nie wiedersehen
würden, und wenn man etwas allein in sich trug, war es kein

Geheimnis, sondern einfach nur eine Erinnerung oder irgendwann vielleicht nur noch ein Traum.

Danowski brannten die Augen, und nach einer Weile war er froh, sie zuzulassen. Er meinte, jetzt ein Gespür für die Richtung zu haben, Peilung. Die Kälte an seinen Beinen signalisierte ihm, dass er sich in einer anderen Gegend befand, innerlich und äußerlich: Er hatte seinen Rhythmus gefunden, seine Beine machten das inzwischen wie von selbst, und er hatte wirklich Strecke gemacht offenbar, weil die Ostsee hier kälter und fremder war, sie hörte sich sogar anders an.

Er merkte, dass das Brett mit einer rhythmischen Aktivität begonnen hatte, mit dem Abfließen jeder kronenlosen Welle setzte es einmal hart und klatschend auf. Danowski drehte sich auf den Rücken und war erfreut und erschrocken, weil er den Strand nicht mehr sah, erst einen Atemzug später, als er nicht mehr im Wellental war. Der Strand hatte eine ganz andere Form bekommen, gebogener, Danowski sah jetzt die kleine und relativ flache Steilküste im Norden, rechts von ihm, und links von ihm den nächsten Ort, oder den übernächsten, da zuckten Lichter wie im Regen und verschwanden hinter dem Wellenberg, ein halber Meter reichte schon. Danowski reckte sich, um mehr zu sehen, er war jetzt wirklich weit genug draußen. Das Brett klatschte aufs Wasser, und einen Moment hatte er Mühe, es zu stabilisieren, bis ihm einfiel, dass er das eigentlich gar nicht musste: Hier konnte er Teschner – wie nannte er das jetzt

loslassen
aussetzen
aussteigen lassen
abwerfen

versenken

vom Brett stoßen

und dann auf dem Board zurückschwimmen, bäuchlings, mit den Armen im Wasser, mit wenig Kraft, mit so viel Zeit. Vorher würde er das Brett einmal mit der Oberseite ins Wasser drehen, damit er sich nicht in die Teschnerpfütze legen musste.

Woran man dann alles dachte. Was einem alles durch den Kopf ging.

Vermutlich, dachte Danowski, hätte ihn dieses Erlebnis hier zu einem besseren Polizisten gemacht: weil er das jetzt auch mal von der anderen Seite gesehen hatte. Aber das war jetzt auch egal. Das brauchte er jetzt nicht mehr. Das war vorbei.

Wie konnte es sein, dass der Strand noch weiter in der Nacht verschwunden war, und dass im Süden womöglich ein weiterer Ort auftauchte, Baumreihen, die Danowski von hier aus noch nie gesehen hatte und niemals hätte sehen wollen.

An seinen Beinen spürte er gar nichts mehr, aber wenn er die Augen schloss, war ihm, als zöge ihn ein Loch in der Ostsee unaufhaltsam immer weiter hinaus, womöglich hinab, weg von seinem Bett, seinem Zuhause, seiner Familie, aber nicht von seiner Schuld.

Das Brett, dachte er deutlich, hätte ich nun gern für mich allein. Ich kann nichts dafür, dass der Mann tot ist. Gar nichts. Ich kann nichts dafür, dass die Frau nicht verdient hat, was sie erwartet.

Außerdem, hier wurde es schon undeutlicher, das Brett gehört mir.

Teschners Körper schien daran festzukleben. Danowskis Arme zitterten im Wasser, als er versuchte, das Brett zu kippen mit Teschners Leiche darauf. Er resignierte, ein Tosen in seinen Ohren, als wäre das hier eine wilde Fahrt hinaus aufs Meer, dabei hatte er keinen Anhaltspunkt außer der inzwischen nur noch undeutlichen Silhouette des Festlands, verwaschen vom Regen, den Wellen und der Entfernung. Der Regen war neu. Immerhin. Die Zeit verging also, Dinge geschahen.

Er hangelte sich im Wasser auf die Seite des Brettes und griff an den Leichnam, bis er den Hüftknochen fand. Mit einer kalten Hand, seiner furchtbaren Klaue, hielt Danowski das Brett, das viel zu dick war dafür, und das die Griffe zu weit in der Mitte hatte, unter Teschner. Mit der anderen Hand drückte er ihn ins Wasser. Das Brett ging eine Handbreit unter und kam sofort wieder hoch.

Teschner war nicht mehr da, bis er im Abgang Danowskis Füße berührte.

Das würde er nun doch nie wieder vergessen können.

55. Kapitel

Die fremde Bettwäsche war ihr widerlich. Sie drehte sich auf den Rücken, damit ihr Gesicht so weit weg davon war wie möglich. Sie bildete sich ein, ein älteres Ehepaar zu riechen. Sie sagte sich: Das ist doch schön, bestimmt sind sie glücklich. Den meisten Leuten geht es ganz gut. Lass sie doch.

Sie stand auf, um sich ein Handtuch aus dem Bad zu holen. Um wenigstens das obere Ende des von anderen benutzten Lakens abzudecken mit etwas, das ihr vertraut war. Im Bad waren alle Handtücher feucht, eingesetzt zur Leichentrocknung.

Sie öffnete vorsichtig den Schrank und wollte ihren Bademantel herausholen, um ihn sich unterzulegen. Beim ersten Bügelklappern fiel ihr ein, dass sie den verliehen hatte: an den Mann, der keinen eigenen Bademantel dabeihatte, wenn er auf Kur ging, und der einen brauchte, wenn er wieder aus dem Wasser kam.

Keine Telefonsignale, hatten sie verabredet.

Ein kurzes Klopfen an ihre Tür, im Vorbeigehen, wenn alles

erst mal

vorbei war. Das hatte sie überhört. Weil sie womöglich doch geschlafen hatte, altes Ehepaar hin oder her. Oder er hatte gar nicht geklopft. Weil er noch im Wasser war. Sie brauchte nicht auf die Uhr zu sehen, das analoge Zifferblatt auf dem Ruhedisplay ihres Telefons. Gerade hatte da Viertel vor fünf gestanden, das war noch nicht lange her. Knapp anderthalb Stunden bis Sonnenaufgang. Sie sah nichts vom Balkon, außer Regen und Ostsee und Strandpromenade und Dünen.

Sie setzte sich aufs Bett. Sie stand wieder auf. Sie nahm ihr Telefon in die Hand. Sie legte es wieder beiseite.

Sie wunderte sich, dass sie sich fühlte wie immer. Als wäre das keine Ausnahmesituation gerade. Sie ging wieder auf den Balkon und prüfte, ob der Regen die Polster der beiden Plastikstühle erreicht hatte, breite, weiß-grüne Streifen. Frank mochte es gar nicht, wenn so was wie die Polster über Nacht auf dem Balkon blieb. So was: alles, was man auch hätte wegräumen, an den richtigen Ort bringen, kontrollieren können, alles, worum man sich hätte kümmern können.

Das eine Polster war durchnässt, das andere war klamm, aber sie nannte es angenehm kühl für sich. Sie breitete es auf ihre Bettseite, auf die Zudecke, zog sich eine Jogginghose an und ein Sweatshirt und legte sich mit dem Rücken auf das Polster.

Wunderte sie sich, dass sie sich fühlte wie immer?

Einen Moment, vielleicht zwei. Dann wurde ihr klar, dass sie sich fühlte wie immer, weil sie immer Angst hatte, immer angespannt war und immer mit dem Schlimmsten rechnete.

Sie richtete sich auf, nahm ihr Telefon vom Nachttisch und legte sich wieder auf den Rücken wie aufgebahrt. Es störte sie nicht, dass sie hier so lag wie Frank den ganzen Abend über. Es erschien ihr passend. Für einen Moment dachte sie, sie müsste ihn anrufen, weil er immer wusste oder zumindest immer sagte, was zu tun war.

Dann verschränkte sie die Hände mit dem Telefon darin vor dem Bauch und wartete, dass der Hauptkommissar klopfte.

56. Kapitel

Danowski war sich nicht ganz klar, wie das nun ablief: Fing man selber an, über sein Leben nachzudenken, alle Stationen noch mal zu durchlaufen, wie thumbnails auf einer schlecht programmierten Website, Internet 1.0, späte neunziger Jahre, und man konnte überall noch kurz klicken, oder begann das automatisch, wie so ein Urlaubsfilm oder eine Werbung, wenn man durch Facebook oder Instagram scrollte?

Der Fußkontakt mit Teschner hatte ihm einen solchen Schrecken eingejagt, dass er das Brett losgelassen hatte. Die Wellenberge folgten inzwischen so schnell aufeinander, dass das Brett drei, vier Meter entfernt war, bevor er den Arm danach ausstrecken konnte. Als er hinterherschwamm, war es bereits zwei Täler entfernt. Als er merkte, dass er keine Kraft mehr in den Armen hatte, wusste er schon nicht mehr, wo diese Wellentäler gewesen waren, wohin er sich hätte wenden müssen, um sein Brett zurückzuholen. Keine Peilung mehr.

Man durfte ihm einfach nichts schenken.

Du musst pfleglich mit deinen Sachen umgehen.

Im Meer hörte man immer die Vaterstimme. Was Väter einem so alles erklärten. Woran würden Stella und Martha sich erinnern? Sein Vater hatte ihm erklärt, wie das mit den Strömungen war. Allerdings an der Nordsee. War das hier auch so, oder ganz anders?

Wenn dich das rauszieht, darfst du nicht dagegen ankämpfen. Du darfst vor allem nicht in Panik geraten. Du lässt dich ziehen, bis die Strömung nachlässt, und dann schwimmst du parallel zum Strand, bis du wieder zurückschwimmen kannst. Weil da keine Unterströmung mehr ist.

Woher wusste man das dann? Kam da so ein Schild im Meer, aufgesteckt auf eine Boje

Ab hier keine Unterströmung mehr!

und falls ja, war das dann hoffentlich auch beleuchtet?

Danowski musste sich zwingen, nicht mehr das Wort Unterströmung zu denken. Das war so tief und finster. Er hatte Angst, dass das Wort selbst ihn hinabzog.

Wie das aussehen würde. Zwei tote Männer am Strand. So ein Rätselfall, wie alle ihn hassten. Es sei denn, Mareike Teschner brach ganz schnell ein. Dann hatte man das eins fix drei erledigt, Lösung auf dem Silbertablett. Aber ansonsten? Keine Chance.

Er hatte solche Angst zu sterben.

Keine Chance. Zwei Männer, die morgens IN ALLER HERR-GOTTSFRÜHE und BEI DEM REGEN ins Meer gingen, ihre Kräfte überschätzten und tot wieder zurückkamen.

Kräfte überschätzen: Das war eine sehr gute Begründung für das, was sich hier gerade abspielte. Obduktionsergebnis, Todesursache: Kräfte überschätzt. Und traf das nicht sogar auf Frank Teschner zu, in Wahrheit? Seine Kräfte überschätzt, einer Frau auf die Dauer das Leben zur Hölle zu machen. Da hatte der sich so viel vorgenommen, aber am Ende dann eben doch: seine Kräfte überschätzt.

Danowski wollte nicht sterben. Also, er merkte, dass er

nicht nicht da sein wollte. Er wollte nicht nicht da sein für Leslie und die Mädchen. Das war wirklich alles. Der Rest, und hier fing er an zu handeln, der Rest war ihm völlig egal, er verlangte doch insgesamt wirklich wenig, und war es wirklich SO VIEL verlangt, jetzt einmal, ausnahmsweise, nicht aus dem Leben von drei Frauen gerissen zu werden, die sich an ihn gewöhnt hatten?

Danowski versuchte toter Mann. Die Legende (vom Vater!) war, man könnte damit ewig überleben (paradoxe Namensgebung). Ihm schien, der Ostsee fehlte es an Salz. Oder er hatte nicht mehr die Kraft, seine Arme anständig auszustrecken, so richtig jesusmäßig.

Mit wem verhandelte er hier eigentlich.

Glaubte er, nun hatte er ja Zeit, darüber nachzudenken: eigentlich an Gott?

    ○   ja
    ○   nein
    ○   vielleicht

Sag du's mir, lieber Gott, dachte Danowski. Dass Teschner am Ende womöglich kein Wasser in der Lunge hatte: das war ein Problem. Also, dass man das bei der Obduktion herausfinden und feststellen würde, dass er nicht ertrunken war.

Darüber musste er sich jedenfalls keine Sorgen machen. In seiner Lunge würde man genug davon finden, wenn das so weiterging.

    ○   ja
    ○   nein
    ☒   vielleicht

Wie alles immer weniger wurde. Die eigenen Ansprüche. Was man vom Leben erwartete. Vor einem Tag hatte er sich nichts sehnlicher gewünscht, als kein Polizist mehr zu sein, einen neuen Sinn im Leben zu finden, endlich so was wie Seelenfrieden. Vor acht Stunden hatte er sich gewünscht, vielleicht kurz mit Liva aus seiner Tischrunde zu knutschen. Vor vier Stunden hatte er sich einfach nur nach seinem Bett gesehnt. Vor einer Stunde hätte ihm das verdammte Paddleboard gereicht, um wunschlos glücklich zu sein.

Und jetzt, dachte Danowski, jetzt würde langsam vielleicht reichen, dass es ganz schnell vorbei war, und dass plötzlich alles ganz warm und hell wurde oder so was, statt kalt und dunkel.

Er trieb. Seine Augen wurden verrückt. Aber es war nur ein Anfang von Tageslicht, der sich über seine formlose Welt legte wie eine Klarsichtfolie, die alles ein bisschen flacher und matter machte.

So was gab es also auch noch.

Es passierte doch immer wieder was Neues. Man überschätzte also seine Kräfte, und dann verließen sie einen. Die Kräfte gingen, sie hatten Bindungsangst, sie wollten weiter. Die Kräfte waren weg.

Danowski war ganz allein mit sich und dem angebrochenen Tag.

57. Kapitel

Von weitem war der angespülte Körper leblos, von nahem womöglich auch.

58. Kapitel

Takety, Sie altes Haus.

Mach dir nichts draus. Und schlaf dich erst mal richtig aus.

Er hatte als Kind «Take it easy, altes Haus» missverstanden und nicht begriffen, warum da erst geduzt und dann gesiezt wurde. Aber jemanden, der Takety hieß, altes Haus zu nennen, fand er vertraut und sympathisch. Manchmal schien es ihm, als hätten Erwachsene so eine ganz nette Art, miteinander umzugehen, das war so leicht und witzig.

Er lächelte.

Er kam von ganz weit weg.

Die Bettdecke fühlte sich köstlich an unter seinem Arm, er hatte sich so halb darin eingewickelt. Ein Kühlbein draußen. Das war doch gut.

Danowski richtete sich auf. Meta Jurkschat saß auf seinem unbequemen Stuhl und kaute mit ihren kleinen, sorgfältigen Bissen ein Tankstellenbrötchen. Neben ihr standen drei Pappbecher mit Kaffee, Danowski meinte, er müsste an Sehnsucht sterben. Sie nahm einen der Becher und trank.

«Na», sagte sie, immer noch ein bisschen kauend. Er sah, wie ihre Muskulatur unter der Haut arbeitete.

«Ist da ein Kaffee für mich», sagte er und verzog das Gesicht, denn das Sprechen tat ihm weh, als hätte er noch zu viel Meer im Hals.

Meta reichte ihm einen Becher und betrachtete ihn nachdenklich. Danowski lehnte sich gegen die Wand, er war fast nackt. Er hörte die Dusche.

«Finzi hat dich ausgezogen. Er duscht gerade.»

Der Kaffee war wunderbar widerlich. «Danke.»

«Möchtest du ein Brötchen?»

«Ach ja.»

«Pute oder Emmentaler?»

«Gerne Emmentaler. Pute mag ich gar nicht.»

«Oh, das ist Brie.»

«Brie ist gut.»

«Spinnst du eigentlich?»

«Na gut, dann doch Pute.»

«Im Ernst.»

«Nein. Ja.»

«Ich glaube auch.»

«Gibst du mir jetzt das Brötchen?»

Sie nickte und warf es ihm zu, ein bisschen härter, als nötig gewesen wäre.

Danowski biss hinein. Es waren Preiselbeeren dabei. Eigentlich war es ein Festessen. Und er lebte. Er nahm einen Schluck Kaffee. Der schwarze Zaubersaft perlte ihm durch die Peristaltik.

«Deine Bekannte hat mich angerufen», sagte Meta. «Heute Morgen um vier.»

«Wie spät ist es jetzt?»

«Zehn. Halb elf.»

Er hatte gleich Gruppe.

«Also sie hat uns angerufen», setzte Meta Jurkschat noch einmal an. «Das war am Telefon natürlich keine nachvollziehbare Analyse der Situation, aber genug Information, damit wir uns in Bewegung setzen.»

Sie trug wieder einen Pferdeschwanz. Seit wann eigentlich. Eine Strähne darin, die an der Stirn anfing, grau. Durchs Fenster fiel die Parkplatzsonne. Was für ein schöner Tag.

«Ihr wolltet doch sowieso kommen», sagte Danowski. «Also du.»

Meta Jurkschat schüttelte ungeduldig den Kopf. «Wir wollten aber nicht um Viertel vor fünf hier eintreffen, morgens. Und uns anhören, du wärst aufs Meer rausgeschwommen.»

Danowski kaute. Die Welt entstand um ihn herum aufs Neue, und das war alles gar nicht einfach. Aber es war sehr schön, wie der Kaffee sich in seinem Mund jeweils mit dem Restbisschen vom Briebrötchen vermischte, für so was war man doch am Leben.

«Finzi ist rausgeschwommen», sagte Meta. «Das war ehrlich gesagt kein so schönes Gefühl. Für mich.»

«Der Rettungsschwimmerkurs», sagte Danowski. «Ich sag wirklich nie wieder was über eure Sporthobbys.»

«Aber er hat dich nicht gefunden. Er hat es aber lange versucht. Ich finde, zu lange.»

Danowski spürte die ersten Flügelschläge des schlechten Gewissens, in dessen Schatten er sich von nun an lange aufhalten würde. So ein guter Schwimmer war Finzi nun auch wieder nicht. Und er verstand nicht.

«Er hat mich nicht gefunden?»

«Nein.» Sie räusperte sich. «Er sah ziemlich verzweifelt aus, als er wieder rauskam.» Sie biss noch mal ab, ihr Brötchen war fast weg. «Ich mag das nicht, wenn Finzi ziemlich verzweifelt aussieht», sagte sie mit fast vollem Mund.

Danowski senkte den Blick. Seine Hände auf der Bettdecke sahen greisenhaft aus, welk und eingeschrumpelt.

«Und dann?», fragte er, kindlich oder kindisch.

«Dann hab ich mir auf der App vom Hydrographischen Institut Kiel die Strömungsverhältnisse im Damper Becken angeschaut», sagte Meta, als wäre das klar. «Wie weit es jemanden rauszieht, und wo die Strömung sich dreht, und wo dann jemand vielleicht wieder angespült wird. Mit jemand meine ich dich. Das sind so Pfeile auf der App, die bewegen sich.»

Danowski nickte und schob seine Hände außer Sichtweite.

«Ich bin ja hier», sagte er.

«Ja», sagte Meta. «Du lagst anderthalb Kilometer nördlich am Strand, auf einem Bett aus Seegras und Tang. Wir dachten, du wärst tot.»

«Ja. Ich auch.»

«Ich hab dann das Auto geholt.»

«Und der Rest von der Geschichte?», fragte Danowski und richtete sich ein bisschen weiter auf.

«Ja», sagte Meta Jurkschat, «ich wär jetzt bereit dafür. Danke, dass du das von selbst anbietest.»

«Was wisst ihr denn?»

Meta Jurkschat runzelte die Stirn und beugte sich vor. Sie hatte einen dünnen Blouson an, weil sie immer exakt richtig angezogen war fürs Wetter. Altweibersommer, hatte seine Mutter das genannt.

«Adam», sagte sie. «Willst du dich über mich lustig machen?»

«Nein. Ich hab euer Board verloren.»

«Okay. Du warst morgens um, was, drei oder vier, zum Stand-up-Paddeln, und dein Kurschatten …»

«Sag bitte nicht Kurschatten.»

«Was denn dann?»

«Also Frau Teschner.»

«Dein Kurschatten.»

«Eine Mitpatientin. Eine Frau aus meiner Therapiegruppe.»

«Gut. Also, Frau Teschner, mit der ich eigentlich über die Problematik der häuslichen Gewalt ihres Ehemanns reden und sie beraten sollte, ruft mich mitten in der Nacht an, um mir zu erzählen, dass du auf dem Meer verschollen bist, das Wort hat sie benutzt.»

«Ja.» Danowski rieb sich die Stirn. Auf dem Meer verschollen. Es klang nicht wie eine Wendung über ein Danowskileben. Aber das hier war sein neues, sein zweites. Vielleicht gehörten da jetzt so Formulierungen rein.

«Wem habt ihr denn davon erzählt? Wer hat uns gesehen? Also, vor allem Finzi und mich?»

«Keine Ahnung», sagte Meta Jurkschat. «Niemand, im Zweifelsfall. Das war um etwa Viertel nach sieben. Da waren vielleicht ein, zwei Jogger unterwegs. Aber sonst. Warum ist das wichtig?»

Danowski merkte, wie sein Körper langsam mit der Erkenntnis klarkam, noch am Leben zu sein, und wie an die Stelle einer stillen Euphorie, in die er aufgewacht war, eher Ratlosigkeit trat.

Im Bad hörte die Dusche auf.

«Adam», sagte Meta.

«Ich glaube nicht, dass das wichtig ist», sagte er.

«Du traust mir nicht mehr.»

«Letztes Mal, als ich dir vertraut habe, war es nicht so gut für mich. Aber ich will da auch nicht immer drauf rumreiten.»

Meta starrte in seine Richtung. Finzi kam ins Zimmer und füllte es aus, nackte, behaarte Schultern, nasse Füße, dazwischen Danowskis letztes sauberes Badetuch, off-white.

«Na?», sagte er.

«Danke», sagte Danowski. «Tut mir ein bisschen leid, dass ich mich über deinen Rettungsschwimmer lustig gemacht habe.»

«Siehst du.»

«Also, das ist wirklich ein sinnvolles Hobby.»

«Nun bin ich für den Rest deines Lebens für dich verantwortlich», sagte Finzi und frottierte sich im Schritt. «Wenn man jemandem das Leben rettet», sagte er und frottierte weiter, «dann ist man von da an für den zuständig.» Er fuhr fort zu frottieren, das ging nun deutlich zu lange, und sagte: «Wie in so Indianerromanen.»

«Halbverantwortlich», sagte Danowski. «Du hast mich ja nicht gefunden.»

«Pedant.» Finzi wickelte sich das Frotteetuch fest um den Leib.

«Es gibt hier ein paar offene Fragen», sagte Meta.

Das fand Danowski auch. Er war sich nur sicher, dass er andere damit meinte. Wie ging es Mareike Teschner? Wie glaubhaft stellte sie jetzt gerade unter welchen Umständen dar, dass sie sich große Sorgen machte, weil ihr Mann nicht vom Morgenschwimmen gekommen war? Wie ging das nun alles weiter? Für ihn, in ihm? Und, vor allem, mal ganz zuerst: Was hatte er sich dabei gedacht?

Finzi richtete sich auf, lehnte sich gegen die Wand und verschränkte die Arme über seinem Frotteeleib.

Meta Jurkschat räusperte sich.

Es klopfte dreimal an die Tür. Sie sahen alle zugleich in

Richtung des kleinen Eingangsbereichs, wo Danowskis nasse Badehose auf dem Boden lag. Er fasste unter die Decke und fand seinen Hintern immer noch kalt.

Sie kannten diese Art zu klopfen, darüber brauchten sie gar nicht lange nachzudenken. Das hatte man drin, nach einer Weile. Es war ein Polizeiklopfen.

59. Kapitel

Danowski stand auf und freute sich über den Boden unter seinen Füßen. Seine Beine fanden eine Hose. Er beugte sich in ein T-Shirt. Das Klopfen wiederholte sich, in exakt der gleichen Lautstärke und im gleichen Rhythmus. Er straffte sich für das Unvermeidliche.

Das Unvermeidliche war Holm. Er positionierte sich gleich so mit dem Oberschenkel, dass Danowski die Tür nicht sofort wieder hätte schließen können. Präsenz zeigen, ohne den Fuß in die Tür zu stellen. Unaggressiv, aber effektiv. Dabei den Oberkörper ein bisschen vorbeugen, Holm hatte das alles drauf. Danowski wich ein bisschen zurück. Holm scannte die Einrichtung und was da alles Zimmerfremdes rumlag und rumstand, und das war eine Menge. Zum Beispiel Meta und Finzi.

«Stör ich?»

«Ich hab gerade Besuch.»

«Hallo, ich bin Holm. Ein Kollege.»

Finzi nickte unverbindlich im Frotteetuch. Meta lächelte leicht. Die Schuhe, wie sie sich hingestellt hatte, wie sie die Arme locker, aber griffbereit hängen ließ. Alles auf Aktion ausgelegt. Polizeipose.

«Können wir später …?» Danowski zeigte mit dem Kinn vage Richtung Dusche, als wäre er gerade auf dem Weg dahin gewesen.

«Der Mann von der Mareike Teschner ist verschwunden. Aus unserer Gruppe.»

«Ich weiß, wer Mareike Teschner ist.»

«Das ist mir klar.»

«Was heißt verschwunden?» Danowski war ganz froh, dass er nicht mehr Zeit hatte, um sich zu überlegen, wie Schwindeln ging. Sich nichts zurechtlegen. Mit der Lüge verschmelzen. Er wusste nichts darüber, dass der Teschnermann verschwunden war. Es gab keine Realität für ihn außerhalb davon. Es klang gut für ihn, wie er das sagte: verschwunden. Ein bisschen genervt, ein klein wenig überrascht, vor allem aber so, als würde er sich wirklich nicht mit Holm unterhalten wollen.

«Der geht doch morgens immer schwimmen. Der ist nicht wiedergekommen. Seit Stunden. Die DLRG ist jetzt draußen und sucht nach dem. Die haben in Kiel einen Hubschrauber angefordert. Der ist gleich da.» Holm, der es vielleicht cool hatte angehen lassen wollen, konnte nicht verhindern, dass er von Satz zu Satz aufgeregter und betriebsnudeliger klang.

Danowski dachte an die ungerauchte Balkonzigarette von gestern Nacht. Er fragte sich, ob das der letzte friedliche Moment in seinem Leben gewesen war: auf dem Balkon, aber mit einer Leiche im Zimmer. Und war das womöglich eine Metapher für sein Leben. Er versuchte daran zu denken, wie es sein würde, wenn alles vorbei war. Das hatte ihm bisher immer geholfen, auch in Momenten größter Überforderung und tiefster Hilflosigkeit: daran zu denken, wie es sein würde, wenn das vorbei war. Dass er dann auf dem Sofa säße in Finkenwerder, oder am Abendbrottisch mit der Familie, und er hätte es hinter sich.

Jetzt stieß er gegen eine Wand. Möglicherweise würde das hier nie vorbei sein.

Holm verrenkte sich ein wenig den Hals, als wollte er bei Danowski durchs Fenster nach dem Helikopter schauen. Parkplatz, komm mal klar, Holm.

«Kleine Dienstbesprechung hier?», fragte Holm, als hätte er Angst, was zu verpassen.

«Hast du mit Mareike Teschner gesprochen?», fragte Danowski.

«Nein», sagte Holm, als hätte er daran auch gar kein Interesse, dabei sah Danowski ihm an der Nasenspitze an, dass er minutenlang an deren Tür geklopft hatte. «Die macht nicht auf. Aber da reden hier alle drüber. Der ganze Strand. Die ganze Klinik. Das würdet ihr auch mitkriegen, wenn ihr hier nicht in der Bude hocken würdet.»

Danowski war sein Leben lang Stubenhocker genannt worden, und vielleicht war er nur deshalb zur Polizei gegangen, um endlich seine Ruhe zu haben: Guckt mal, ich bin quasi den ganzen Tag draußen. Zumindest war das die ersten Jahre so. Langsam verlor er die Geduld mit Holm.

Holm, der sich offenbar nicht noch mal abservieren lassen wollte, klopfte an den Türrahmen und nickte Finzi und Meta zu. Danowski spürte im T-Shirt-Rücken, wie sich deren Energie intensiviert und verdüstert hatte in den letzten beiden Minuten.

«Na, ich halt euch auf dem Laufenden», sagte Holm.

«Ganz lieb», Danowski, halblaut, schon ins Türschließen. Es kostete ihn alle Kraft, sich umzudrehen.

«Oh, Adam.» Meta wirkte, Danowski traute seinen Sinnen kaum: aufrichtig enttäuscht.

«Spinnst du?» Finzi kam einen Schritt auf ihn zu, nackt, weil er inzwischen angefangen hatte, sich die Haare zu frottieren. Jetzt schleifte er das Tuch hinter sich her.

«Ich hab Schwierigkeiten», sagte Danowski.

Ein neues Klopfen an der Tür, keine Polizei.

Finzi räusperte sich. «Ist ja wie im Taubenschlag hier.»

60. Kapitel

Mareike Teschner schlüpfte in sein Zimmer wie ein Déjà-vu, leicht und formlos, als wäre sie schon die ganze Zeit da gewesen, trotzdem irritierend, man wollte sie abschütteln.

Sie sah Finzi und Meta und erstarrte, eine cremefarbene Säule. Noch eine Siebenachtel-Hose und ein kurzer Strickpullover in den Sandtönen von Wohnaccessoires in Ferienhäusern. Saubere Chucks wie frisch aus der Schachtel.

«Ist dieser Holm weg?», fragte sie.

«Vielleicht ziehst du dir langsam mal was an», sagte Danowski zu Finzi.

«Man kommt ja zu nichts. Man will ja nichts verpassen.»

Meta fasste sich an die Nasenwurzel. «Dann sind jetzt alle da.»

Mareike Teschner sah ihn von der Seite an. Wer wusste was?

«Ihr kennt euch schon», sagte Danowski, als wären sie vier die ersten Gäste auf einer Party.

«Ich kann Sie gern jetzt beraten», sagte Meta hinter ihren verschränkten Armen. «Wenn Sie uns die ganze Vorgeschichte erzählen, vermitteln wir bei den Kollegen. Also, dass Sie von Anfang an fair behandelt werden. Wenn die kommen.»

«Wird man das nicht immer?», fragte Mareike Teschner.

Meta klappte die Arme wieder auseinander, wegen Nasenwurzel.

«Und am besten, wir reden wirklich nur über die Vorgeschichte. Ich würde die ganze Beweisaufnahme gern den Kollegen überlassen. Wenn sich das hier in etwa so abgespielt hat, wie ich mir das vorstelle. Oder ist Ihr Mann wirklich beim Schwimmen verunglückt, und zwar schon letzte Nacht, und Adam ist zwei oder drei Stunden da draußen rumgeschwommen, um ihn zu suchen? Und zu retten? Ist das passiert, war das so, sagen Sie mir das jetzt mit voller Überzeugung, und du auch, Adam?»

Mareike Teschner lehnte sich gegen den kleinen Tisch mit den sinnlosen Kur-Utensilien, Fernbedienung, Spitzendeckchen, Wasserglas. Auf seiner Haut spannte Ostseesalz.

Niemand sagte was. Finzi war fertig mit Anziehen. Die Schranktür klappte.

«Warum sagt niemand was», sagte Meta.

«Mein Mann ist nicht vom Schwimmen gekommen», sagte Mareike Teschner. «Die DLRG sucht ihn. Gleich kommt der Hubschrauber.»

Meta nickte. Sie schaute zu Danowski. «Ist das euer Ernst?»

«Ich habe niemanden umgebracht», sagte er. «Falls du das meinst.» Und weil er es sich selber sagen hören wollte. Es klang bizarr.

Finzi verzog das Gesicht. Danowski musste ihm recht geben, jetzt, wo sein Satz hier so nachhallte. Er hatte was zerrissen im Gewebe zwischen Finzi und Meta und ihm.

«Adam», sagte Meta, und er sah zu, wie sie in aggressiver Langsamkeit die Hände vors Gesicht hob.

«Ihr schuldet mir was», sagte Danowski. Es war ganz klar in seinem Verstand: Es war durchgerechnet, fest eingebucht, es war wasserdicht. Aber in dem Moment, wo er es aussprach, fing die ganze Rechnung an zu wanken. Er musste an eine von

Frau Birkmanns Formeln denken. Also, dass das Leben eben keine war.

Meta nahm die Hände vom Gesicht. Sie weinte.

Danowski stand da und fühlte sich, als hätte er eben doch jemanden umgebracht. Etwas. Sich und Meta, was sie zusammen mal gewesen waren.

Wie in einer Abwehrbewegung, gegen das tränende Auge, hob Mareike Teschner wieder ihre Kleidung hoch. Finzi betrachtete ihre Hämatome, als wäre er dankbar, Danowski nicht anschauen zu müssen.

«Warum zeigen Sie mir das?», zischte Meta. «Denken Sie, ich glaube Ihnen nicht?»

Mareike Teschner blieb so stehen, als wäre es eine Siegespose. Einen Schmerz da ausstellen, wo er einem zugefügt wurde. Hier, in diesen Betonwänden.

«Ich glaube Ihnen. Denken Sie, das macht irgendeinen Unterschied?» Es war Danowski unheimlich zu sehen, wie Meta weitersprach durchs Weinen. Sie ließ sich nicht aufhalten, von nichts. Er streckte die Hand nach ihr aus. Wirklich nur ein Reflex. Eine Person, die einem nahestand, weinte. Man bot mit einer Geste an, diese Person zu trösten. So ging das doch.

Sie drehte sich langsam zu ihm, zog die Nase hoch und wischte sich mit dem Handrücken über die Nase.

«Fass mich nicht an», sagte sie.

Finzi legte ihr die Hand auf die Schulter. «Adam, was zur Hölle. Die Frau hier bringt ihren Mann um, und du bringst irgendwie den Leichnam aufs Meer raus? Mit dem scheiß Paddleboard?» Finzi zeigte auf die leere Tasche, die halb unter dem Bett vorschaute.

«Wenn du vielleicht nicht so laut sprichst», sagte Danowski, um ein bisschen Halt in die Situation zu bringen, aber alles fiel von den Wänden, die Möbel rutschten alle in eine Zimmerecke, die Decke brach in Stücke, und der Strand flog ihm um die Ohren.

«Das ist dein geringstes Problem», schrie Finzi, Danowski kannte diese Lautstärke von ihm nur vom Millerntor, da wollte er doch auch immer mal wieder mitkommen, obwohl es ihn nicht interessierte. «Ob mich jemand hört.» Oder mit Verdächtigen.

Mareike Teschner ließ ihr Bündchen sinken, und Danowski sah, dass der Pullover zu kurz war, um ihre Blutergüsse ganz zu verdecken. Sie trug sie, als wären sie ihr nun egal. Er fand das gut. Und außerordentlich besorgniserregend. Sie wirkte rücksichtslos.

Bevor sie gehen konnte, klopfte es wieder, professionell und barsch.

«Kann ich mal das Zimmer machen?» Die Frau mit dem Wagen.

«Das ist jetzt ganz schlecht.»

«Ja. Für mich auch.»

«Also, wenn Sie vielleicht später.»

«Nö, das ist ja kein Hotel hier.»

«Gut, also, wir gehen auf den Balkon so lange.»

«Ist das hier ein Familientreffen? Na, machen Sie sich's mal nett.»

«Ja, nein.»

«Meine Güte, der ganze Sand.»

Danowski wollte die anderen auf den Balkon dirigieren, aber Mareike Teschner schüttelte den Kopf.

«Ich geh zurück und warte auf Nachrichten von meinem Mann.»

Meta Jurkschat putzte sich die Nase an einem Papiertuch, das sie aus dem Spender am Putzwagen zog. Sie schnaufte, höhnisch oder erschöpft, als sie damit fertig war. Dann ging sie an Danowski vorbei auf den Gang, ohne sich umzuschauen.

Finzi haute ihm auf die Schulter, so, dass es wehtat. Danowski suchte Finzis Blick. Finzi gönnte nicht. Danowskis Schulter brannte. Finzi machte die Zimmertür hinter sich zu. Die Staubsaugerdüse knallte gegen die Fußleisten. Danowski ging auf den Balkon und war allein. Das Ostseeauge lag glatt und trübe.

61. Kapitel

Wenn man ein Verbrechen begangen hatte, war es genauso, als wenn man kein Verbrechen begangen hatte: Man musste so tun, als ginge das Leben einfach weiter. Man musste so tun, als wäre alles weitgehend in Ordnung, unter Kontrolle. Man musste so tun, als stünde man nicht kurz vorm Zusammenbruch.

So oder so musste man so tun, als wäre man unschuldig.

Man = Danowski. Danowski tat, als wäre er unschuldig, seit er denken konnte.

Ich habe doch Übung darin, dachte er, während er das Innere der Betonfestung unsicher machte. Das kann doch nicht so schwer sein.

Recht schnell merkte er, dass es nicht darum ging, sich zurechtzulegen, wie man sich wohl verhalten würde, wenn man nicht das getan hätte, was man getan hatte. Sondern sich selbst davon zu überzeugen, dass man nicht getan hatte, was man getan hatte. Es von sich abzuspalten, dann aufzuspalten, dann in der Spalte zu versenken, die sich in der Erde eigentlich für einen selbst aufgetan hatte.

Er tat Nahrung in sich, er goss Getränke hinterher. Er ließ Dinge an sich anwenden. Er sprach und hörte zu und lächelte und lächelte nicht und war dabei und nicht dabei, wie immer. Er war genau der gleiche Mensch, der er immer gewesen war, und, der Gedanke ließ ihn einen Moment schwindeln: immer sein würde. Er war schuldig. Er war unschuldig. Wie immer.

Das Gefühl hielt stand, solange er es darauf anwandte, dass er vorige Nacht einen Toten auf dem Stand-up-Paddleboard ins Meer geschoben und dort ausgesetzt, abgelegt, versenkt hatte. Das Gefühl löste sich in Unbehagen auf, sobald er dachte an: Meta Jurkschat, weinend.

Warum war er da.

«Möchtest du was sagen, Adam?»

«Nein.»

«Sicher?»

«Sicher. Frau Birkmann.»

Dann sprachen sie in der Gruppe über Mareike Teschner, die nun in ihrem Zimmer saß oder bei der Wasserschutzpolizei oder im sagenhaften Hubschrauber aus Kiel, das wusste keiner so genau. Danowski auch nicht. Warum auch. Es war alles so, wie es gewesen wäre, wenn er nichts damit zu tun gehabt hätte.

Also, weil sie ja keine Klatschgruppe waren, sprachen sie darüber, wie belastend das für sie hier in der Gruppe war. Dass die Mareike so etwas Furchtbares erleben musste.

Na ja, noch bestünde ja Hoffnung.

«Ach ja?», sagte Holm, als interessierte ihn das wirklich: Da gab es noch Hoffnung? Wie sähe die denn aus? Dass ein UFO den Teschner aus dem Wasser gezogen haben könnte, oder ein geheimes Fischerboot, vier Stunden nach seinem Verschwinden?

«Das ist ja ein erfahrener Schwimmer», sagte der Bauingenieur. «Und die Ostsee hat da draußen noch an die vierzehn Grad, der kann da vierundzwanzig Stunden überleben, vorher geben die nicht auf.» Und dann, nach einer Kunstpause: «Die Hoffnung stirbt zuletzt.»

Danowski hielt schön die Klappe. Der Bauingenieur kam aus

dem Sauerland und kannte sich plötzlich bestens mit der Ostsee, ihren Temperaturen und Strömungsverhältnissen aus.

«Wenn das den weit rausgezogen hat, ist der da draußen safe, sag ich mal», sagte er mal. Danowski runzelte die Stirn, reflexartig ging seine Hand hoch. Wie glatt sie war. Da war ja gar nichts.

Holm musterte ihn interessiert, aber auch nicht übergriffiger als sonst.

Frau Birkmann sah betroffen aus. Danowski ließ den Blick auf ihr ruhen, ein Zufluchtsort in hellen Rottönen. Sie lebten beide auf einem anderen Planeten: dem, wo man mehr wusste über Mareike Teschner und ihren Mann. Einmal blickte sie zurück, und für einen Moment ahnte er, dass sie ihn zumindest ansatzweise durchschaute.

Als er wieder zu seinem Zimmer kam, sah er Gespenster. Im Flur standen drei Frauen.

«Es hat geklappt mit Seattle», sagte Stella. Gefühlsausbrüche waren nicht so ihrs eigentlich. Aber darüber, nächstes Jahr ein Jahr in die USA zu gehen, freute sie sich offenbar sehr. Also, weg zu sein von zu Hause. Was die da für Waffen hatten. Das gefiel ihm gar nicht. Seattle war ihm auch neu. So weit weg. Stella kam auf ihn zu und umarmte ihn. Bald war sie größer als er.

«Kleiner Überraschungsbesuch», sagte Leslie, als sie an der Reihe war. «Das Wetter soll ja richtig schön werden heute Nachmittag. Und dann lass ich dir den Wagen hier. Wenn sie dich nach Hause lassen. Wir nehmen um sieben den Zug von Süderbrarup.» Wie sie immer alles im Griff hatte. Es machte ihn froh. Eine ganz dünne Schicht Frohigkeit über seiner brandneuen Lebenslüge. Du, ich muss dir was sagen. Die Frau hat einen umgebracht. Ich hab ihr geholfen, den wegzuschaffen. Aha, aha, aha.

«Wolltest du nicht nach Tokio?», fragte Danowski.

«Let's go to the beach», sagte Martha, die offenbar in Adiletten im Auto gesessen hatte. «Ich hab den Badeanzug drunter.»

«Oh», sagte Danowski. Sie zogen ihn schon in Richtung Strand, und die Bewegung wurde nicht weniger, weil sie es gewöhnt waren, dass er immer erst mal zögerte.

Manchmal schaute er hinauf zu Mareike Teschners Zimmer. Es war einfach, das unauffällig zu tun, weil es ein unauffälliger Balkon an einer unauffälligen Betonwand in einer unauffälligen Kuranlage war. Er sah nichts. Er sah wieder weg.

Als seine Töchter ins Wasser gingen, tötete er alles in sich ab. Bis kurz davor: Ist euch das nicht viel zu kalt? Sind da heute nicht ganz, ganz viele Quallen? Wollen wir nicht erst was essen? Aber sie lachten nur.

Hast du wieder deine Badehose verloren, Papa?

Zwischen Horizont und Wolken, vor dem Blau, zog der Hubschrauber übers Wasser, sein Geräusch undeutlich, aber näher, als es hätte sein sollen. Drei junge Frauen in den roten T-Shirts mit gelben DLRG-Buchstaben standen in der Nähe ihres Schlauchbootes und diskutierten, es ging unter im fast sommerlichen Strandlärm. Das Gerücht flatterte im Wind, einer ist nicht wiedergekommen heute Morgen. Aber das Wetter war zu schön, so ein ganz unvermitteltes Spätsommergeschenk, wollte man sich davon wirklich abhalten lassen, also, es konnte doch gut sein, dass der ganz woanders wieder an Land kam. Oder dass der Hubschrauber den jeden Moment da draußen fand. Und dann wäre man dabei, wenn die gute Nachricht den Strand hier noch mal richtig aufmischte, ein perfekter Spätsommernachmittag mit glücklichem Ende.

Danowski saß da mit dem Wissen, dass dieses glückliche Ende aus allgemeiner Sicht einer einzelnen Frau bereits stattgefunden hatte.

Leslie blieb mit ihm am Strand. Sie hatte sich so eine kleine Kuhle gegraben, wo sie sich mit dem Bikinihintern reinsetzte, sodass sie sich anlehnen konnte wie in einem Sessel. Sie verschränkte die Arme hinterm Kopf und ließ zwischen den Fingern ihre Haare im Wind flattern und betrachtete ihre Töchter voller Liebe und Stolz im Leichenwasser, von dem sie nicht wusste, dass es Leichenwasser war.

Danowski lachte nervös.

Stella und Martha wurden kleiner, wegen der Entfernung, und wegen des Wassers. Kinder.

Was hast du gemacht, Papa?

«Alles in Ordnung bei dir?» Leslie streckte den Arm aus ihrer kleinen Kuhle und strich ihm über den Rücken.

Ich muss dir was sagen.

Also, das war so. Das hat sich folgendermaßen ergeben. Und dabei gedacht beziehungsweise dabei gefühlt habe ich Folgendes:

«Adam?»

«Ja. Also …»

«Bist du traurig? Wegen Stella?»

Das war ja einfach. Auf was Konkretes antworten. «Schon. Ein bisschen. Nee, ich freu mich für sie.»

«Du wirkst bedrückt.»

Danowski drehte sich ein bisschen zu ihr um. «Habt ihr heute nicht Schule?»

«Ich hab mir freigenommen. Bei den Mädchen ist Lehrerkonferenz. Finde ich konsequent, die auf einen Freitag zu legen. Also, was ist?»

«Heute Morgen ist einer nicht vom Schwimmen zurückgekommen», sagte Danowski.

Leslie nickte und strich ihm wieder über den Rücken. «Ja, das hab ich gehört, als wir vorn nach dir gefragt haben. Die Mädchen haben es aber nicht mitbekommen. Hätten wir ihnen verbieten sollen, ins Wasser zu gehen? Eigentlich schon.»

«Ja. Ich weiß nicht.»

«Ich hätte gedacht, der ganze Strand ist abgesperrt oder so was. Oder dass niemand ins Wasser geht. Aber das ist ja alles ganz normal hier.»

«Das Wetter ist halt schön.»

«Komisch, wie normal einem das dann vorkommt. Also, wie man das vergessen kann. Dass da vielleicht jemand ertrunken ist.»

«Ja», sagte Danowski.

«Aber vielleicht finden die den da draußen, offenbar gibt es ja Hoffnung. Also, wegen dem Hubschrauber.»

«Ja», sagte Danowski.

«Und da, wo die Mädchen sind, ist es doch nicht gefährlich, oder?»

«Ja», sagte Danowski. «Nein.»

«Tja», sagte Leslie. «Ich geh trotzdem nicht rein.»

Und er brachte es nicht über die Lippen. Wo hätte er da jetzt ansetzen sollen. Ach so, ja, eine Sache noch, der, der da vermisst wird: Den hab ich rausgeschoben heute Nacht.

Sie streckte sich nach oben zu ihm und küsste ihn. Er schmeckte ihren Lippenstift und das Strandaroma ihrer Haut.

«Bald hast du's überstanden», sagte die Grundschul-Rektorin Leslie Danowski aus Hamburg-Finkenwerder zu ihrem Mann, dem Hauptkommissar Adam Danowski, mit dem sie zusammen war, seit sie beide in der 11. Klasse waren.

62. Kapitel

Der Nachmittag zog sich, der Nachmittag zog an Danowskis Herz. Dann fuhr er Leslie, Stella und Martha mit dem Familien-Renault zum Bahnhof in Süderbrarup. Der Zug bestand aus zwei rot-weißen Triebwagen, die ganz lustig über den erhöhten Bahndamm in der norddeutschen Landschaft verschwanden. So eine Scheißidylle eben. Dafür hatte er auch auf der Rückfahrt in die Kurklinik keinen Nerv, die niedrige Sonne schräg durch die Pappelreihen, die Wintergerste kniehoch, anderswo Kohlreihen Richtung Horizont.

Pappeln.

Pferde.

Kühe.

Knicks.

Pappeln.

Pferde.

Kühe.

Horizont.

Als er auf den Parkplatz einbog, standen da zwei Wagen der Kollegen, Landeswappen von Schleswig-Holstein. Er atmete ganz normal. Er parkte beim ersten Ansatz rückwärts ein. Er stieg aus und nickte.

«Gibt's was Neues?», fragte er. Zwei Uniformierte, die ohne Mützen, in Lederjacken an ihrem Touran lehnten, schüttelten die Köpfe, als ginge ihn das gar nichts an. Aus dem anderen Auto stieg eine junge Kollegin in Jeans und Turnschuhen, lange, glatte braune Haare, Trainingsjacke, und zeigte ihm, was er selbst anderen Leuten hundertfach gezeigt hatte, Ausweis, Dienstmarke.

«Köster, Kripo Eckernförde. Sind Sie hier Patient?»

«Ja», sagte er. Abwarten und kommen lassen.

«Sie wissen ja, dass hier jemand nicht vom Schwimmen zurückgekommen ist. Kannten Sie den Mann?»

«Ich hab einmal mit ihm geplaudert, als er aus dem Wasser kam. Weil ich da gerade am Strand saß. Sonst nicht.»

«Woher wissen Sie, dass das der Mann war, der jetzt vermisst wird?», fragte sie interessiert. Sie hatte genau seine Größe und sah ihm ganz gerade in die Augen.

«Na ja, der Name spricht sich ja schnell rum», sagte Danowski. «Und er hat sich mir damals vorgestellt. Also, vorige Woche, oder wann das war.»

«Wohin geht denn Ihr Fenster, hier in der Klinik?»

«Zum Parkplatz», sagte Danowski beflissen.

Die Kollegin nickte, ein bisschen enttäuscht.

«Haben Sie heute Morgen irgendwas gesehen? Also zum Beispiel, wie der Herr …», er merkte, wie sie sich konzentrierte, «… Teschner ins Wasser gegangen ist?»

«Nein», sagte Danowski. «Um die Zeit hab ich geschlafen.»

Sie nickte und bat ihn um seinen Namen. Er buchstabierte. Sie notierte. Sie betrachtete ihre Notiz. Manchmal erinnerten sich Leute an seinen Namen. Weil zwei oder drei seiner Fälle mit seinem Namen im Fernsehen und in der Zeitung aufgetaucht waren, das Kreuzfahrtschiff, der Elbtunnelmord, und vielleicht die Entführung der Youtuberin Billi Swopp. Was war aus der eigentlich geworden.

«Wie lange sind Sie noch hier?»

«Das ist mein letztes Wochenende. Ich werd jetzt bald entlassen. Das hängt davon ab, wann ich mein Abschlussgespräch bekomme. Und die berechnen einem immer gern noch ein Wochenende.»

Die Kollegin nickte, als würde sie das nicht interessieren. Dann sah sie auf. «Sie sind Kollege.»

«Yep», sagte Danowski, haltlos salopp.

«Ihr Name kommt mir bekannt vor», sagte sie. «Und Sie haben mich bisher als Einziger nicht gefragt, warum die Kripo schon hier ist.»

«Weil Sie lieber auf Nummer sicher gehen, denn falls das Fremdverschulden war, wird mit jeder Stunde die Wahrscheinlichkeit größer, dass die Leute Ihnen hinterher nur Unsinn erzählen, und dass jeder glaubt, er hätte was Aufregendes gesehen. Jetzt bekommen Sie noch einigermaßen authentische Zeugenaussagen. Und wenn es ein Badeunfall war, umso besser. Dann können Sie den Obduktionsbericht damit unterstützen, dass Ihnen hier nichts aufgefallen ist, und das Ganze lässt sich schneller abschließen.»

Sie nickte. Sie war vielleicht Ende dreißig. So jung. Im Auto saß ein älterer Kollege, blätterte auf einem Klippbrett und interessierte sich nicht für ihr Gespräch.

«Das Kreuzfahrtschiff. Das Virus», sagte sie.

«Ja, genau», sagte Danowski.

«Sind Sie deswegen hier?»

Er verstand sie nicht.

«Wegen der Spätfolgen oder so.»

Ach so. Er wollte etwas sagen in die Richtung: Nee, irgendwas ist ja immer, aber er feilte noch daran, als er sah, wie ihr Blick mitleidig wurde und herablassend.

«Na», sagte sie und schnalzte ihren Block zu, wie er das

vor zehn, fünfzehn Jahren vielleicht auch noch gemacht hatte. «Dann mal gute Besserung.»

Danowski stakste davon. Hinter der Ecke standen die Schachfiguren auf dem Außenfeld der Kuranlagen. Noch während der Eröffnung, wie er das beurteilen konnte aus dem Augenwinkel. Also, nur daran, dass das noch so viele waren. Eine davon setzte sich in Bewegung, weiß.

«Adam.»

Mareike Teschner winkte ihn zur Muschel, zwei Schritte voraus. Statt sich dahinter zu verstecken, blieb sie davor stehen. Sichtbar für alle, aber außer Hörweite des Parkplatzes.

«Ich weiß nicht, ob das hier eine gute Idee ist», sagte er. Er wollte das Abendessen nicht verpassen. Halb acht. Das wäre ja noch auffälliger.

«Wir sind zusammen in der Gruppentherapie», sagte Mareike Teschner. «Mein Mann wird vermisst. Wir unterhalten uns darüber. Ich wüsste ehrlich gesagt nicht, was normaler sein sollte. Oder normaler aussehen sollte. Du könntest mich sogar ein bisschen in den Arm nehmen oder so was. Zum Trösten.»

Sie setzte sich eine graue Baumwollmütze mit großem silbernem Stern aus lauter kleinen Strasssteinen auf und zog sie sich bis zu den Augenbrauen.

«Äh», sagte Danowski.

«Ich lege da auch keinen Wert drauf», sagte sie. «Das war nur ein Beispiel.»

«Ja.»

Sie standen da.

«Wie geht's?», fragte Danowski.

Sie nickte, und er merkte, dass sie froh war. Er dachte an

Meta. Ihm war kalt. Durch die Hecken und Büsche leuchtete der Horizont noch einmal auf.

«Ich hab nur Angst», sagte sie, «dass er plötzlich wieder neben mir steht. Also, so tropfend. Dass das Wasser da draußen ihn irgendwie wieder aufgeweckt hat, und dass er vielleicht sogar alles vergessen hat. Aber dass er wieder da und alles normal ist. Dann wird mir schlecht. Aber es dauert nicht lange. Es geht vorbei.»

Er nahm sie am Arm und drehte sie ein wenig zu sich, mit dem Rücken zum Klinikgebäude. «Guck mal bitte nicht so fröhlich», sagte er heiser.

«Jeder trauert anders», sagte sie.

«Was hat die Polizei gesagt? Was hast du denen gesagt? Was haben die gefragt?»

«Der Hubschrauber ist wieder in Kiel. Es ist jetzt zu dunkel. Die brauchen die direkte Sonne. Irgendwie haben die keine Wärmekamera oder so was. Also, vielleicht kommt die noch. Aber …»

«Ja», sagte Danowski und kämpfte dagegen, sich mit den Handballen gegen den Schädel zu hauen, beidseitig. «Das ist immer so ein Problem. Mit dem Material.»

Sie rauchte wieder, als hätte sie es die ganze Zeit getan. «Kann ich mir vorstellen.»

«Hör mal», sagte Danowski. Er sehnte sich nach seiner Tischrunde. Der Abend dehnte sich ins Unendliche und schob sich wieder zusammen. Er wollte sich hinlegen. «Wir können das auch alles noch umsteuern.»

«Wie jetzt.»

«Also, die Kollegin da. Frau Köster. Macht eigentlich einen sehr vernünftigen Eindruck.» Was. Wie kam er darauf. «Und wir könnten: Also, wenn ich da vermittele. Ich glaube, wir können das … also. So, dass du. Ich kann das ja bezeugen. Also. Wir können mit denen reden.»

Sie rauchte. «Und du?»

Er hob die Schultern. «Ich wollte eh aufhören. Mit der Polizei. Und ansonsten. Tja. Störung der Totenruhe. Ich glaube nicht, dass man da viel mehr … Also, wenn du denen alles erzählst.» Erzählen. Wie gemütlich das klang. Also, erzähl doch mal.

«Bisschen erzählen, von meinen Vergewaltigungen und so was», sagte sie. Das Wort hatte so unendlich viele Silben, wenn sie das sagte. Es hörte gar nicht mehr auf.

«Ja, nein, so meine ich das nicht.» Als sie fragen wollte, wie er es denn meinte, hob er die Hand, als bräuchte er Zeit. Aber ihm fiel nichts ein.

«Hör mal», sagte sie. «Ich bin irgendwie richtig …» Sie suchte nach einem Wort, sie kringelte mit der Zigarettenhand den Rauch in den Kurparkabend. Sie fand: «… happy.» Sie schob sich die Mütze zurecht. Danowski hatte die mal bei Ernsting's family gesehen in Kappeln in der Fußgängerzone. Er hatte Martha gefragt, ob das nicht was wäre für sie, weil: Mit neun oder zehn hätte ihr die gefallen. Aber sie war ja nun zwölf. Also, Papa, gar nicht. Betonung auf GAHAR.

«Weißt du», sagte Mareike Teschner. «Für mich ist das jetzt vorbei. Ich kann das hier noch durchstehen. Ich kann vielleicht sogar weinen. Oder es ist halt der Schock. Und das war's dann für mich. Aber, keine Ahnung. Untersuchungshaft? Eine Anwältin finden? Der alles erzählen? Vor Gericht? Da alles erzählen? Und dann komm ich ins Gefängnis? Da alles erzählen? Und dann hört das nie auf, mit deinem Scheißerzählen? Alles eine einzige Story? Immer weiter?»

Sie warf die Zigarette weg, der Filter schmurgelte schon.

«Nee», sagte sie. «Echt nicht.»

Er drehte sich um. Er mochte, wie der Sand ein bisschen scheuerte und glitt unter seinen Schuhsohlen, wie leicht und unernst das Gehen dadurch wurde, Teile vom Strand, geweht vom späten Sommerwind auf den Waschbetonweg des Kurparks. Wie leicht ihm die Schritte waren, weil sie ihn wegführten von Mareike Teschner.

Nach zehn, zwölf Metern blieb er stehen und drehte sich um zur Betonmuschel. Mareike Teschners Silhouette zeichnete sich ab, und als er die Hand hob, weil er ihr dankbar für die Klarheit war, veränderte sich die Silhouette so, dass er sah, sie winkte zurück.

63. Kapitel

Beim Abendessen geriet er in eine Ausgelassenheit, die ihn selbst überraschte.

«Das soll so ein guter Schwimmer gewesen sein», sagte die Wojtyła und knusperte ehrfürchtig Eisbergsalat.

«Vielleicht taucht er ja noch auf», sagte Saskia ein bisschen nervös. «Also, ein guter Schwimmer kann sich doch ewig über Wasser halten.»

«Stellt euch mal vor», sagte Liva und sah Danowski an, als meinte sie insbesondere ihn, «der hat das nur vorgetäuscht. Also, du bist ein guter Schwimmer. Du gehst ins Wasser. Du hast in der nächsten Bucht …»

«Waabser Bucht», flocht die Wojtyła ein.

«… danke, Wojtyła. In der nächsten Bucht Anziehsachen, einen Rucksack, Geld, vielleicht ein Auto, obwohl, Rennrad würde reichen, Mountainbike, also: alles da bereitgelegt, und dann haust du ab nach Dänemark, und von da mit der Fähre nach Norwegen, raus aus der EU, und dann in die Berge, und wer soll dich da suchen oder finden.» Sie zwinkerte Danowski zu, als würden sie sich da in einer Hütte treffen und Lachse mit den bloßen Händen fangen. Er fand das prinzipiell eine gute Idee, mit der Einschränkung, dass er lieber bei Leslie blieb, und dass es ihm eh peinlich wäre vor seinen Töchtern.

Er schmeckte Tausend-Inseln-Dressing und Mineralwasser und das weiche Schwarzbrot, den löcherigen, aber dabei geschmacklosen Käse, und einen Moment dachte er: Hm, gar keine schlechte Hypothese, man musste ja alles in Betracht ziehen, aber das war nur ein Aufblitzen, bis ihm wieder ganz deutlich wurde, dass Frank Teschner im Augenblick gar nichts anstrebte, und ganz bestimmt kein Doppelleben.

«Du hast die Witwe ja ein bisschen getröstet heute», sagte Liva und stieß ihn unterm Tisch mit dem Fuß an.

«Sag doch nicht Witwe», sagte Saskia. «Wer weiß, ob der nicht doch noch …»

«Also, die Witwe getröstet», hielt Liva durch. «Wie geht's ihr denn?»

«Ich glaube», sagte Danowski, «sie steht unter Schock. Also, sie begreift das noch gar nicht. Was das bedeutet. Für sie jetzt auch. In Zukunft.»

«Sie kennen sich ja aus mit so was», sagte die Wojtyła, ganz artig, als wäre Danowski plötzlich so was wie eine Respektsperson. «Also, Sie erleben sicher öfter so Situationen.»

«Das stimmt», sagte Danowski und ahnte, dass er gleich was Dusseliges anfügen würde. «Aber es ist doch immer wieder neu.»

Die drei Frauen nickten.

«Doppelleben», sagte Liva.

«Liva», sagte Saskia.

«Der taucht schon wieder auf», sagte Liva.

«Ohne Zweifel», sagte die Wojtyła. «So oder so.»

Dann lag Danowski auf dem Bett, die Decke unerträglich. Weil sein Telefon am Ladekabel hing, musste er sich strecken, um wieder und wieder vergeblich bei Meta und vergeblich bei Finzi anzurufen. Er hatte Angst davor, wie wenig Angst Mareike Teschner hatte.

64. Kapitel

Holm Fleischer war unter anderem deshalb in der psychosomatischen Kurklinik, weil er nicht so gut schlief, also oft gar nicht. Er wusste nicht, woran es lag, denn er hatte keine Sorgen. Was er sich gemerkt hatte: lieber aufstehen und etwas tun, als im Bett zu liegen und sich den Kopf zu zerbrechen, worüber man sich den Kopf zerbrechen könnte.

Also stand er auf, nahm das Fernglas, das er zur Vogelbeobachtung angeschafft hatte, und stellte sich damit auf seinen Balkon. Dessen Front ging Richtung Kurpark, aber von der Schmalseite konnte er das Meer sehen und davor die Strandlinie. Der Mond war halb, das Licht ganz gut. Er fing an, das Wasser und den Sand nach etwas abzusuchen, was Frank Teschner hätte sein können. Hin und wieder setzte er ab und schaute auf seine Taucheruhr. Drei Uhr, vier Uhr. Die Zeit verging, wenn man was zu tun hatte. Er dachte darüber nach, warum und wie er in die Sicherheitsberatung der Kriminalpolizei Kiel geraten war. Wann das angefangen hatte, dass er nicht angefordert wurde für neue Dienststellen oder Sonderkommissionen. Dass er bei Einbruchsermittlungen eher über dem Papierkram gesessen hatte, als nachts auf Autobahnraststätten Lieferwagen mit osteuropäischen Kennzeichen zu observieren. Und dann, aber da war er schon nicht mehr dabei, vor Europcar- oder Sixt-Filialen zu beobachten, wer die Sprinter und die Ducatis auslieh, und was da für Leute einstiegen, zu welchen Tageszeiten. Hatte er selbst irgendwann angefangen, sich da aus der Verteilung zu nehmen, oder hatten die Kollegen ihn da rausgedrängt?

Und dann, es ging gegen sechs, und der Horizont war schon hell von unten, sah er, ein ganzes Stück entfernt von der Strandlinie, im vielleicht bauchnabeltiefen Wasser, weit weg vom Balkon und dennoch klar, den schwarzen Neopren-körper von

Frank

Teschner.

65. Kapitel

Beim Frühstück kam die Nachricht.

Danowski saß alleine, und sobald die Information durch den Speisesaal gesprungen war, stand er auf und ging raus. In seinem Zimmer merkte er, dass er ein Brötchen in der Hand hielt. Leslie kaufte immer nur Vollkorn. Dieses Brötchen war das weißeste Brötchen der Welt. Er hielt es gegen sein Gesicht, wo die Mundöffnung war, und mümmelte ein wenig daran. Er stieß dabei auf Butter und flachen, am Rand geriffelten Buffetscheibenkäse. Sein Vergangenheits-Ich von vor einer Viertelstunde hatte ihm ein Brötchen gemacht. Er empfand keine Dankbarkeit. Er überlegte, zur Wassergymnastik zu gehen. Er sah auf den fotokopierten A4-Zettel, der auf seinem Tisch lag. Ach nein, es war noch mal Bewegungstherapie, Tanzen. Er freute sich kurz, dass er geholfen hatte, eine Leiche verschwinden zu lassen, die nun genau zu diesem Zeitpunkt wieder aufgetaucht war, sodass er nicht tanzen musste. Mit Leslie tanzte er gern. Mit Liva hatte er gern getanzt. An Stäben wollte er nicht mehr tanzen. Und es war, wenn jemand ertrank, sinnvoller, einfach im Zimmer sitzen zu bleiben und zu warten, ob einen jemand dazu befragen wollte.

Oder? Wenn man, da man, falls man unschuldig war?

Wenn er ehrlich war, war er einfach unfähig aufzustehen.

Er saß auf der Bettkante und aß das Brötchen. Als das Brötchen aufgegessen war, spürte er eine Weile mit seiner Zunge den weicher werdenden Krustensplittern in seiner Mund-höhle nach. Dann gab es nichts mehr zu tun.

Eine große Ruhe kam über ihn. Er hatte alles versaut, alles war kaputt. Die Frage war nur noch, was zu retten war. Und wie. Und wann.

Zum Beispiel jetzt, wenn er Leslie anrief. Sonnabendvor-mittag, vielleicht war sie schon zurück vom Markt. Eigentlich kaufte er ein, aber er hasste den Markt. Zu viele Leute, zu viel Obst und Gemüse. Wenn er nicht da war, lief sie durch die Gegend mit einer Lauchstange, die aus dem Fahrradkorb ragte, den sie abgeklippt hatte, weil das so praktisch war. Sie machte sich die Wimpern, um auf den Markt zu gehen. Er hatte dieses Doppelbild seiner Frau vor Augen: wie sie im winzigen Gästeklo neben dem Hauseingang stand und die Augen ganz weit auf- und die Lider doch hinabgezogen hatte, um sich die Wimpern zu tuschen, und wie ihr Mund dieser Bewegung folgte, während sie ihm zuhörte.

Leslie, es ist Folgendes passiert.

Er fand keine Worte in diesem grauen Raum hier. Sonn-abends kam wenigstens niemand zum Saubermachen. Er überlegte, sich einfach selbst zu entlassen und nach Hause zu fahren. Normalerweise hätte er das gemacht. Scheiß auf das Abschlussgespräch, die kostbaren letzten fünfundvierzig Minuten Einzeltherapie, überhaupt, was für eine Art von Bilanz sollte er ziehen nach den Wochen hier.

Das Bild von Leslie überlagerte sich mit dem von Meta, wie sie sich den Pferdeschwanz immer wieder auf- und zuge-macht hatte, als sie ihre ersten gemeinsamen Observationen hatten, im Herbst vor … vier Jahren? Fünf, sechs? Es mochte ja sein, dass die Seele eines Menschen überlebte, eines Tages, also, er glaubte nicht daran, aber er konnte den Glauben daran nachvollziehen. Aber was wurde aus diesen kleinen Gesten und Gewohnheiten, aus denen Menschen bestanden? Die Art, wie Leslie sich aufs Bett setzte, und wie sie einen Moment innehielt, bevor sie sich hinlegte, und wenn er sie darauf ansprach, war es ihr noch nie aufgefallen. Wie sie beim Telefonieren durchs Haus lief, eine Heckwelle von Gesprächsfetzen hinter sich herziehend, bis jedes Zimmer mit ihren Worten gefüllt war.

Wenn Meta einfach so guckte und zuhörte, mit diesen kieselfarbenen und glatten Puppenaugen, und man wusste gar nicht, wie weit weg sie war, aber am Ende sagte sie etwas, das ihn zwar nervte, das aber immer stimmte. Außer, wenn sie ihm Nux vomica empfahl gegen seine Empfindlichkeit und seine Überforderungsgefühle. Er merkte, dass er sich immer darauf verlassen hatte, dass Meta die richtige Antwort finden würde, und dass die Antwort diesmal nur gewesen war, dass sie hinter vorgehaltenen Händen in Tränen ausbrach.

Es klopfte an die Tür, mehrfach, hart und laut.

Danowski richtete sich auf und fühlte sich in Angst und Schrecken versetzt, weil er dachte: Ich hatte gar nicht genug Zeit zum Überlegen. Ich brauche nur noch ein paar Minuten, dann ist mir alles klar. Dann weiß ich genau, was ich sagen soll.

«Aufmachen, Polizei!»

66. Kapitel

Finzi kam ins Zimmer und roch nach Auto, als er Danowski beiseiteschob.

«So», sagte er. «Mach mal die Tür zu.»

Danowski machte die Tür zu.

«So», sagte Finzi noch mal, weil er sich offenbar auch erst mal ordnen musste. «Die werden eine Obduktion machen, und zwar heute noch. Da kannst du bei Wasserleichen nicht so richtig lange warten.»

«Ja», sagte Danowski.

«Also, der war ja nicht lange drin, aber am Ende eben doch über vierundzwanzig Stunden. Wie du weißt.» Er setzte sich auf den Stuhl, der unter ihm noch kleiner und unbequemer aussah. Knackend drehte er die Mineralwasserflasche auf, die hier seit dem ersten Tag unangerührt stand, weil Danowski nicht wusste, ob er die bezahlen musste, und weil man doch auch Leitungswasser trinken konnte. Finzi setzte sie an den Hals und leerte sie bis auf zwei Finger.

«Hat denn jemand was gesehen?», fragte Danowski.

«Wohl nicht», sagte Finzi. «Der ist halt jeden Morgen schwimmen gegangen. Leute haben ihn fünf-, sechsmal dabei gesehen, wie er in seinem Scheißneo ins Wasser gestiefelt ist, und jetzt sind sie überzeugt davon, sie hätten ihn auch AM BEWUSSTEN MORGEN», er sprach das tatsächlich in Versalien, «dabei gesehen, und ich bin sicher, das hast du dir so gedacht.»

286

«Ja.»

«Also, Badeunfall ist die Parole, aber die Bürgermeisterin der Gemeinde hier hat ganz gute Verbindungen in die Landeshauptstadt, und die sorgt immer dafür, dass es eine Obduktion gibt.»

«Was?»

«Weil das für die Touristenleute hier natürlich besser ist», sagte Finzi, als wäre Danowski schwer von Begriff, «wenn jemand beim Schwimmen an Herzinfarkt oder Unterzuckerung oder Überfressen stirbt, als wenn das an der Strömung liegt. Tödliche Strömung, schlecht für den Badebetrieb. Kannst du dir vorstellen.»

«Die Strömung ist hier aber wirklich gefährlich», sagte Danowski.

Finzi sah ihn zum ersten Mal direkt an, und Danowski konnte sich vergewissern, dass er hier rein gar nichts zu melden hatte.

«Woher weißt du das alles?», fragte Danowski trotzdem.

«Na ja», sagte Finzi. «Dein Freund Holm kennt Kienbaum von früher. Die waren beide mal in Neumünster auf einem Lehrgang wegen Einbruchsdelikten und so weiter. Vor zehn, zwölf Jahren. Der hat Kienbaum, ich würde mal sagen, alarmiert.»

«Wieso das denn?», sagte Danowski und konnte nicht verhindern, dass er dabei beleidigt klang.

«Weil das schon interessant ist, wenn jemand an einem Ort stirbt, wo ein Kollege in der Nähe ist, der Tötungsdelikte bearbeitet. Holm hat das so erzählt, als würde er sich Sorgen machen, du könntest hier irgendwie in die Ermittlungen eingespannt werden und würdest dann vielleicht wieder in Stress geraten oder so was.»

«Was für eine Arschgeige», sagte Danowski.

Finzi sah ihn an, als hätte Danowski das Privileg verloren, anderen Schimpfnamen zu geben.

«Danke», sagte Danowski.

«Halt die Fresse», sagte Finzi.

«Danke, noch mal», sagte Danowski.

Finzi seufzte und stand schwerfällig auf. Seine Sporthobbys schienen wie abgefallen von ihm. «Da ist jetzt Kienbaum mit drin, Adam. Das heißt, wenn du jetzt die Wahrheit offenbarst, sind Meta und ich auch mit drin. Weil das alles Scheiße ist. Weil wir gestern hier waren, und weil wir das Kienbaum vorher erzählt haben. Also, Meta hat natürlich angerufen, auf dem Weg hierher, um uns abzumelden. Weil wir bei dir mal nach dem Rechten sehen müssen. Weil irgendwas ist, vielleicht.»

«Das hätte ja vielleicht …»

«Ja, Adam, die ganze Scheiße, weil wir uns um dich kümmern mussten. Oder weil Meta das Gefühl hatte. Oder was weiß ich. Okay, es wäre besser gewesen, Kienbaum nicht anzurufen. Aber so ist nun mal die Sachlage.»

Sie schwiegen. Finzi ging zur Tür.

«Und jetzt?», fragte Danowski.

«Jetzt suche ich die Kollegen aus Eckernförde und schau mal, ob ich die aushorchen kann. Damit wir auf dem Stand bleiben.»

Finzi stand vor der geschlossenen Tür, und Danowski hatte das Gefühl, dass sehr viel Geschichte und sehr viel, was nicht so gut war, an Finzi hing wie alte Kleidung. Wie ein Kostüm, das er nicht ablegen konnte. Am Gürtel im Schrank. Halbtot im Keller. Katatonisch im Pflegeheim. Finzi sah ihn an.

«Du bleibst jetzt bei deiner Geschichte, Adam», sagte Finzi. «Also, bei unserer.»

Während die Tür ins Schloss fiel, nickte Danowski.

Sein Telefon vibrierte. Leslie stand im Display, dahinter ein Foto von ihr, wie sie einen Tulpenstrauß verkehrt herum hielt wie eine abgeschnittene Alltagstrophäe. Er drückte sie weg.

67. Kapitel

Im Laufe des Tages fühlte Danowski sich immer kleiner, kindlicher, zum ersten Mal seit langem dachte er an seine Eltern. Ein Schullandheimgefühl durchzuckte ihn.

Liebe Mutter, lieber Vater,

heute wurde ich zum ersten Mal von der Polizei als Zeuge befragt. Das war für mich auch aufregend. Also, ich habe natürlich schon Zeugenaussagen vor Gericht gemacht in meiner Eigenschaft als Polizist (bitte entschuldigt meine Handschrift, ich schreibe auf den Knien auf meinem Bett sitzend, hier in der Kurklinik in meinem Zimmer gibt es zwar auch einen kleinen Tisch, aber es liegt ein Spitzentuch darauf, und ich weiß ehrlich gesagt nicht, wohin damit, und das jetzt am drittletzten oder vorletzten Tag plötzlich zusammenzufalten und wegzulegen, kommt mir irgendwie komisch vor, und ich wüsste auch ehrlich gesagt nicht, wohin. Das Zimmer ist ziemlich klein. Aber sauber! Und ich habe einen sehr schönen Blick.). Vor Gericht, aber da haben mich keine Kollegen befragt. Und ich bin nach dem Virusausbruch auf dem Kreuzfahrtschiff von einer internen Ermittlungseinheit befragt worden, ebenso nach dem Elbtunnelmord, aber das war, ehrlich gesagt, eine reine Formalität.

Heute war das ganz anders, das waren eine Kollegin und ein Kollege aus Eckernförde, die hier die Kurgäste befragen, weil ein Badegast ertrunken ist. Die Bucht hat ja eine ganz tückische Strömung. Aber die müssen natürlich ausschließen, dass da Fremdeinwirkung mit im Spiel gewesen sein könnte. Ich finde die Formulierung «im Spiel» sehr merkwürdig.

Jedenfalls hat mir das gar nicht gefallen, ich habe mich ganz kindlich gefühlt in der Situation. Erst mal, weil ich die Fragen gar nicht so richtig beantworten konnte, also die einfachen: Wann genau ich zu Abend gegessen habe, warum ich hier bin, mit wem ich alles gesprochen habe an dem Tag, als der ertrunken ist, wie oft ich ihn gesehen habe und wo, ob ich ihn an dem Morgen gesehen habe oder am Abend davor, das ging richtig durcheinander, mir hat der Kopf geschwirrt davon!

Vor allem fand ich es ziemlich fies, dass sie immer wieder darauf zurückgekommen sind, warum ich hier bin, und dass sie mich nach meinem Trauma und meiner Erschöpfung und meiner psychischen Vorerkrankung befragen wollten. Ich habe ihnen gesagt, das sei ärztliche Schweigepflicht, weil ich nicht sagen wollte, das geht Sie gar nichts an, aber sie haben mir gesagt, dass sie ja wohl keine Ärzte sind und ich auch nicht, höchstens ein Doktor Besserwisser, darum gilt das nicht mit der ärztlichen Schweigepflicht, und ich kann ihnen ruhig alles erzählen. Ich habe mich gar nicht wohlgefühlt! Am Ende ist es ihnen aber zu langweilig geworden und sie sind einfach gegangen, also fast mitten im Satz. Unhöflich! Ich habe dann gehört, wie sie am Nebenzimmer angeklopft haben, das geht wie am Fließband hier.

Beim Abendessen haben wir dann auch nur über diesen ertrunkenen Badegast gesprochen. Seine Frau saß ganz alleine an einem Tisch und hat ganz langsam gegessen, aber sie sah gar nicht so richtig traurig aus. Das hat mir ein bisschen Sorgen gemacht. Die anderen drei am Tisch waren ganz lieb. Als ob die mich hätten trösten müssen oder so. Weil ich die Witwe aus so einer Gesprächsrunde kenne, wo wir uns sozusagen unser Leben erzählen immer. Die eine am Tisch sieht aus wie der vorvorige Papst, wir nennen sie darum die Wojtyła. Dann gibt es eine Kinderbuchhändlerin, sie heißt Saskia und passt auf, dass wir nicht so grob werden. Die Chefin vom Tisch heißt Liva, sie hat immer eine Zigarette hinterm Ohr, also oft. Die Wojtyła hat gesagt: «Er war so ein guter Schwimmer.» Ganz ehrfürchtig und schauerlich.

Ach so, Finzi ist auch hier. Aber er war nicht mit beim Abendessen. Er hat gesagt, er kennt die ganzen Leute ja gar nicht, und es ist auch nur Platz für vier am Tisch. Erinnerst du dich an den, Papa? Der fährt aber heute wieder weg. Du hast ihn nie kennengelernt, Mama. Grüßt mal Karl und Friedrich von mir und fragt sie, wie es mit dem Kapital vorangeht. Die wollten mich eigentlich auch besuchen, aber ehrlich gesagt, die melden sich ja nie. Na ja, macht nichts, ich melde mich ja auch nicht.

Alles Liebe, und schade, dass Ihr tot seid!

Euer Adam

68. Kapitel

Als Danowski aus dem Fenster sah, stand Mareike auf dem Parkplatz, als würde sie auf ihn warten. Ihre Sternmütze glitzerte im Licht der beiden Laternen. Er machte vorsichtig einen Schritt zurück in den Raum und verharrte im Dunkeln, bis er hörte, dass ein Auto wegfuhr.

Finzi kam mit Pizza von einem Lieferservice im Ort, «Il Carnivale». Danowski hatte gar keinen Appetit, fand aber die Pizza Hawaii fast Strafe genug, darum aß er mehr als die Hälfte davon. Es entstand eine flüchtige Insel von Behaglichkeit, Treibland, während sie im Dunkeln kauten.

Dann sagte Finzi: «Die haben den heute obduziert. Aber ich weiß nicht, wie lange der Bericht dauert. Oder was vorab dabei rausgekommen ist.» Er schob den leeren Karton von sich, als könnte er nicht mehr.

Leslie rief an. «Finzi ist gerade da», sagte Danowski.

Finzi nickte.

«Aber ich muss dir was sagen», sagte Danowski.

Finzi streckte die Hand aus, als wollte er ihm nicht nur das Telefon, sondern das ganze Gesicht abnehmen.

Danowski lehnte sich zurück.

«Klingt spannend», sagte Leslie, im Hintergrund so häusliche Geräusche, die ihn fast umbrachten. «Was Gutes?»

«Ja», sagte Danowski, «was sehr Gutes. Ich wollte dir das eigentlich schon die ganze Zeit erzählen.»

Finzi verstand keinen Spaß, das merkte Danowski daran, wie der ihm das Knie in den Oberschenkel rammte und den Ellbogen in den Bizeps, aber Danowski war klein und schmal, er wand sich raus und lag auf dem Bauch auf dem Bett mit dem Telefon in der Hand, fast hätte er mit den Füßen in der Luft gebaumelt.

«Ich hör mit der Polizei auf», sagte Danowski. Und, mehr für Finzi: «Wenn das hier alles vorbei ist.»

Finzi ließ von ihm ab. Es war bemerkenswert, wie schnell der umschalten konnte. Er fand den Rest von Danowskis kalter Hawaii-Pizza und aß, während er zuhörte.

«Oh Mann», sagte Leslie. «Ich hab mir so was schon fast gedacht. Also, ich hab's vielleicht auch gehofft. Ich finde das so super.» Zum Schluss klang sie gedämpft, als würde sie sich mit dem Pullover über den Handballen übers Gesicht oder vielleicht sogar die Augen wischen.

«Puh», sagte sie.

«Ja», sagte er. «Lass uns mal morgen reden. Oder übermorgen. Ein paar Sachen muss ich hier noch regeln.»

Finzi nickte.

«Ja», sagte Leslie. «Na klar.»

«Mach's gut», sagte er. «Ich liebe dich.»

«Ich werde jetzt rumbrüllen, wenn ich aufgelegt habe», sagte sie. «Und gegebenenfalls tanzen. Ich dich auch.»

Vielleicht hörte er sogar noch den Anfang vom ersten Teil, dem Rumbrüllen.

«Nach reiflicher Überlegung wirklich eine sehr gute Idee von dir», sagte Finzi kauend. «Das mit dem Aufhören.»

Als Finzi das nächste Mal wieder ins Zimmer kam, war es fast zweiundzwanzig Uhr. Danowski hörte, wie ein ganz charakteristischer Touran-Diesel sich vom Parkplatz machte. Finzi lief durchs Zimmer und trank die letzten beiden Fingerbreit aus der Wasserflasche von heute Vormittag.

«UWE», sagte er. «Unten wird's eklig.» Und dann, das Gesicht volle Breitseite in Danowskis Richtung; ach, das war ein Grinsen: «Ich hab die Kollegin Köster eben noch getroffen. Die haben einen Anruf aus der Gerichtsmedizin bekommen und fahren jetzt nach Eckernförde, um den Totenschein zu beglaubigen. Todesursache Schwächeanfall durch Unterzuckerung, ohne Fremdeinwirkung. Kein Ertrinken, dafür war zu viel Luft in der Lunge. Aber die Vorgeschichte und die Strömungsverhältnisse reichen völlig aus. Die Köster war ganz erleichtert. Die haben keinen Bock auf so was, die Kleinstadtbullen. Rätselfälle.»

Finzi prostete ihm mit der leeren Wasserflasche zu und ließ sie dann auf den Tisch klötern. Wie feierte man so was dann jetzt? Also, dass die Welt durch die Lüge wieder annähernd so kaputt und schlimm war wie davor, aber für einen selbst eben nicht noch kaputter und nicht noch schlimmer?

«Grüß mal Meta», sagte Danowski, als Finzi schon auf dem Flur war. «Bitte.»

«Nee», sagte Finzi. «Ganz bestimmt nicht.»

69. Kapitel

Der Sonntag handelte davon, dass Mareike Teschner abgereist war. Ohne Abschlussgespräch am Montag. Allzu verständlich, fanden alle. Danowski wollte einen Strandspaziergang machen, den ganzen Tag. Es nieselte beruhigend. Als er auf den Strand kam, fiel ihm das Meer wieder ein. Erst hielt er den Blick landwärts, dann kehrte er um. Er ging zur Tankstelle und verwickelte den Mann an der Kasse in ein Gespräch, bis der sagte: «Ich muss jetzt hier weiterarbeiten.» Danowski klopfte auf den Verkaufstresen, ich mach mal den hier. Dann ging er ein wenig durch den Wald. Er überlegte abzufahren. Er war froh, dass ihm Holm nicht über den Weg lief. Er hatte keine Lust, sich anzuhören, wie das damals gewesen war mit Kienbaum in Neumünster, und wie gut, dass ihm der Name wieder eingefallen war, und was für ein toller Kollege das wäre, und wie Danowski denn mit dem zurechtkäme, und und und.

Das interessiert mich alles nicht mehr, dachte Danowski.

Das ist ja eine richtige Leichtigkeit, dachte Danowski.

Lieber ein Ende mit Schrecken (und ein Schrecken war es gewesen, ganz ohne Zweifel), als wenn sich der Schrecken nun immer weiter fortgesetzt hätte, tagein, tagaus, bis zur Pensionierung. Er atmete ganz freie grüne Luft und stellte fest, dass er in den Wald zwischen Bundesstraße und Küstenstreifen geraten war. Er dachte an Mareike Teschner und stellte sich vor, wie gut die sich erst fühlen musste. Und dass er das niemals erfahren wollte. Aber dass er es ahnte. Und zwar zum ersten Mal, obwohl er mit schon so dermaßen vielen Leuten zu tun gehabt hatte, die ganz Ähnliches versucht hatten: sich zu befreien. Nur, dass sie immer schon gescheitert waren, sobald er in deren Leben trat.

Ja, scheiß auf das Abschlussgespräch, dachte Adam Danowski. Das führe ich mit mir selber, auf der Rückfahrt.

Er ging in sein Zimmer und brauchte nur eine halbe Stunde, um seine wenigen Sachen zu packen. Die leere Verpackung des verlorenen Stand-up-Paddleboards knüllte er in den kleinen Mülleimer, der Müllbeutel knisterte. Er legte seinen Schlüssel mit dem knubbeligen Anhänger auf den leeren Empfangstresen, sonntags nur bis sechzehn Uhr besetzt, und schrieb auf dem hauseigenen Notizpapier ein paar Sätze: Familienangelegenheit, alles weitere bitte schriftlich, bis hierhin vielen Dank.

Dann ging er zum Parkplatz, und im Gehen schrieb er Leslie mit dem Daumen, dass er auf dem Nachhauseweg war. Zum Feiern.

Als er den Kofferraum zuwarf, vibrierte sein Telefon, und er freute sich auf Leslie.

Kienbaum hatte so einen Sonntagston in der Stimme, es hörte sich an, als riefe er von einer Minigolfanlage an, so eine Mischung aus Vogelgezwitscher, Cornetto Erdbeer und kontrollierter Ausgelassenheit.

Kienbaum hatte offenbar nicht viel Zeit, denn er brauchte nur ein paar wenige Sätze, um Danowski die Sachlage zu erklären. Dass der Kollege Holm sich da das eine oder andere notiert hätte, was ihm in den letzten Tagen so aufgefallen wäre. Und nicht nur notiert. Er, also Kienbaum, würde hier gerade ein Foto betrachten, auf dem man Danowski und Mareike Teschner in einem doch recht innigen Gespräch im Kurpark sehe, im Dunkeln zwar, aber unverkennbar, laut Quelldaten der Datei aufgenommen am Abend vor dem Verschwinden des Ehemannes der Mareike Teschner. Und dann hätte er hier den vollständigen Obduktionsbericht, der möglicherweise auf dem Weg von Eckernförde nach Hamburg etwas abgewandelt worden wäre, also, das könnte er Danowski gern mal in Ruhe erklären, jedenfalls, das sähe ja doch alles nicht so gut aus, also, da könnte man jederzeit wieder angreifen, Exhumierung, chemische Rückstände im Körper, das ganze Besteck. Vor allem aber, und hier hörten die ausgelassenen Geräusche auf, offenbar hatte Kienbaum ein Fenster zugemacht, vor allem aber: Der Kollege Fleischer, also, Fleischer Komma Holm, hätte ja nicht nur mit dem «Feldstecher» (Kienbaum) die Leiche entdeckt, sondern etwas später einige hundert Meter weiter auch ein Stand-up-Paddleboard in Türkis, auf dem er ihn, also Danowski, einige Tage zuvor mal gesehen hätte.

«Kommt dir das bekannt vor?», fragte Kienbaum.

Danowski rieb sich die Stirn und sagte nichts.

«Na ja», sagte Kienbaum. «Ich hab das dem Holm mal abgekauft. Buchstäblich. Das Board. Ich bin hier gerade in meinem Kleingarten, Elbdeckel, wirklich schön hier, und ich hab das mal gesichert, es liegt hier bei mir im Schuppen, und es ist erstaunlich, was du da an Genmaterial von der Oberfläche von so einem Ding holst, also, das ist ja alles sehr geriffelt. Ich hab da erst mal so ein privates Labor beauftragt. Die sind sehr schnell. Und sehr teuer. Ich finde, das Geld schuldest du mir eigentlich auch.»

Kienbaum raschelte mit Papieren. «Das geht an die 900 Euro brutto.»

Danowski lehnte sich ans Auto.

«Vielleicht denkst du mit deinem Helferkomplex auch mal an diese Frau», sagte Kienbaum. «Du weißt ja, wie das abläuft. Ich nehme an, die will vielleicht noch 'ne Familie gründen oder so, die ist ja noch jung. Aber halt nicht, wenn sie mit Ende vierzig aus der JVA kommt.»

Danowski wollte was sagen, aber er fand nichts.

«Na ja», sagte Kienbaum, «ich muss Schluss machen, und du willst ja auch los. Du kommst jetzt jedenfalls mal schön in die Mordbereitschaft morgen, und dann besprechen wir das alles in Ruhe. Oder was meinst du?»

«Was heißt in Ruhe besprechen?», fragte Danowski.

«Na ja», sagte Kienbaum. «Dass du in Zukunft genau das machst, was ich sage. Hier in der Mordbereitschaft. Und Finzi und Meta auch. Dass ihr einfach nicht aufmuckt, mir zuarbeitet und die Klappe haltet. Weil sonst: mein Schuppen. Und so weiter.»

Danowski nickte.

«Bis morgen», sagte Kienbaum.

Danowski stand auf dem Parkplatz, ganz still und stumm. Guck mal, das ist doch Herbstlicht. Wie eine hellbraune neue Cordjacke. Der Sommer war jetzt vorbei. So viel Neuanfang in diesem modrigen Laubgeruch, ein Hohn. Seine Finger waren taub, als er nach dem Autoschlüssel fischte. Sein Telefon vibrierte wieder. Die Schlüssel fielen ihm runter.

«Können wir jetzt in Ruhe reden?», das war Leslie, so aufgeräumt in der Stimme. «Ist Finzi weg? Du kommst echt früher? Was willst du essen?»

Danowski lehnte sich ans Auto. «Ich bin wieder bei der Mordbereitschaft.» Es hörte sich seltsam an, von so weit weg.

«Echt?»

«Ja, doch. Kienbaum hat mich angefordert.»

«Damit hab ich jetzt nicht gerechnet.»

«Ja.»

«Und ist das gut oder schlecht? Du klangst so euphorisch gestern Abend. Ich fand das so eine schöne Vorstellung. Mit dem Aufhören.»

«Ja», sagte Danowski, gestern Abend, nun sprachen sie schon über ein weit zurückliegendes Erdzeitalter. «Nein.»

«Und bist du happy?»

«Klar», sagte er nach einer Weile. «Klar bin ich happy.»

70. Kapitel

Zentral, modern, naturnah – Ihr neues Zuhause!

Freistehendes Einfamilienhaus in Hamburg 21149

- Kaufpreis 579 000 Euro
- Wohnfläche ca. 132 qm
- Zimmer 4,5
- Grundstücksfläche ca. 375 qm
- Anzahl Parkflächen 1
- Zustand Zweitbezug
- Baujahr 2017

Das Grundstück liegt in einem reinen Wohngebiet direkt im Grünen. Eine Besonderheit dieser Wohnanlage ist die Nähe zum Naturschutzgebiet – hier wohnen Sie naturnah in der Großstadt! Das Haus wurde als Energiesparhaus nach KfW55 Standard erbaut und ist mit Luft-Wasser-Wärme-Pumpe und dreifachverglasten Kunststofffenstern ausgestattet.

Durch die geradlinige und anspruchsvolle Klinkerarchitektur wird ein unverwechselbares Zuhause geschaffen, für Menschen, die Komfort, Qualität und Individualität schätzen.

Verkauf von privat.

Jetzt Finanzierungspartner finden

Sichern Sie sich jetzt einen Besichtigungstermin

Danke

Für Auskünfte, Anregungen, Fundstücke und Unterstützung bedanke ich mich bei Sandra Beck, Magda Birkmann, Tobias Gohlis, Lasers, Maike Rasch, Svenja Reiner und Alena Schröder, bei Stephan Bartels und Markus Friederici, und ganz besonders bei Christine Hohwieler. Ich danke Nina Grabe, Gwendolyn Simon und ihren Kolleg*innen bei Rowohlt sowie allen bei der Agentur Michael Gaeb dafür, dass es weitergeht mit Adam Danowski. Danke, Katharina Rottenbacher, für das geduldige, konsequente und einfallsreiche Lektorat.

In meiner Kindheit war ich oft an der Ostsee, meine Großeltern haben jahrelang in Scharbeutz gelebt, mein Vater stammt aus dieser Gegend. Wenn wir die Küste raufgefahren sind, hat mich der Ortsname Damp 2000 fasziniert. Die Gemeinde hat die utopische Zahl 2000 irgendwann fallengelassen, hier im Buch darf sie dennoch weiterexistieren. Damp hat auch keine Bucht, aber das ist sicher nur eine Frage der Zeit.

Weitere Titel

Bin ich schon depressiv, oder
ist das noch das Leben?

Hab ich noch Hoffnung, oder
muss ich mir welche machen?

Ich werd dann mal ...
Nachrichten aus der Mitte des Lebens

Adam Danowski

Treibland

Blutapfel

Fallwind

Neunauge

Unter Wasser

Hausbruch

Sturmkehre